沧海桑田，方显人物本色

沧海一粟，犹见历史一斑

沧海文丛

庚甲散记
子楼随笔

林庚白 著

浙江大学出版社
ZHEJIANG UNIVERSITY PRESS

图书在版编目（CIP）数据

子楼随笔·庚甲散记/ 林庚白著. —杭州：浙江大
学出版社，2018.4
（沧海文丛）
ISBN 978-7-308-17978-2

Ⅰ.①子… Ⅱ.①林… Ⅲ.①随笔—作品集—中国—现
化 Ⅳ.①I266.1

中国版本图书馆 CIP 数据核字（2018）第 025699 号

子楼随笔·庚甲散记

林庚白　著

责任编辑	罗人智	
装帧设计	周　灵	
责任校对	姜井勇	
出版发行	浙江大学出版社	
	（杭州市天目山路 148 号　邮政编码 310007）	
	（网址：http://www.zjupress.com）	
排　　版	杭州林智广告有限公司	
印　　刷	浙江印刷集团有限公司	
开　　本	880mm×1230mm　1/32	
印　　张	7.5	
字　　数	195 千	
版 印 次	2018 年 4 月第 1 版　2018 年 4 月第 1 次印刷	
书　　号	ISBN 978-7-308-17978-2	
定　　价	42.00 元	

林庚白(1897—1941)

1937 年 3 月,林庚白与林北丽在上海举办的订婚仪式上合影

林庚白 1936 年春在广州游历时留影

林庚白于 1914 年 2 月出版的《急就集》

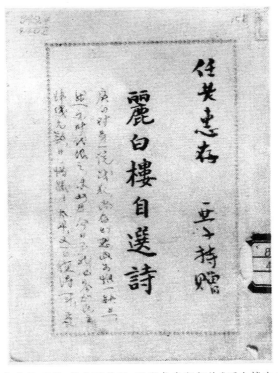

1946 年由柳亚子、林北丽整理，开明书店印行的《丽白楼自选诗》

1943 年 4 月, 柳亚子等三百余人在桂林发起林庚白追悼活动时印发的纪念册

目　录

导读

奇人奇书：林庚白和《子楼随笔》

蔡登山

　　林庚白是位奇人，《子楼随笔》是本奇书。 然而林庚白早于 1941 年在香港为日军所误杀而身亡，而《子楼随笔》在 1934 年出版后，至今已过七十多个春秋，早已成绝版之书了。 人往风微，谁还记得当年的流风遗韵呢？ 往事如烟，早就看惯了春风与秋月！ 但冥冥之中总有些因缘，今岁"四月天"，余赴南京开胡适研讨会，会后往苏州访友，再到吴江庙港太湖畔拜访作家沈鹏年先生，蒙沈老一家人殷勤接待，铭感五内。 临别当日沈老以《子楼随笔》初版本见示，曾经梦寐以求之书，如今见着，真是大喜过望。 征得沈老同意当场复制一本，带到机场，在候机的两小时间欲罢不能一口气读完，深感这是此行"美丽的收获"之一。 鼎脔一尝，不忍独享，商之秀威宋发行人，拟为复刻，以飨更多读者。 因略志林庚白生平二三事及读《子楼随笔》之所感于卷头，笔者不敏，所言仅一己之见，尚求方家不吝指正。

　　林庚白（1897—1941）原名学衡，字凌南，又字众难，自号摩登和尚，闽侯县螺洲镇（今福州郊区螺洲镇州尾村）人。 庚白幼孤，由其姐抚养长成。 他四岁能作文，七岁能写诗，被视为"神童"。 1907 年，他因写论文骂孔子、周公，被天津译学馆开除学籍，次年改入天津北洋客籍学堂。 1909 年秋，因领导反日运动又被学校开除。 不久由天津赴北京，以第一名考入京师大学堂预科，与同学姚鵷雏、汪国垣、胡先骕、王易等相酬唱。 1910 年，经汪精卫介绍加入同盟会。 1912 年，与柳亚子订交，并加入南社。 孙中山辞去临时大总统职务之后，林庚白在上海秘密组织"铁血铲除团"，以暗杀北洋官僚和变节党人为目标。 同年，出任上海《民国新闻》（日报）主笔。 1913 年春离沪入京，主持国民党在北方的机关报《民国报》，同年出任宪法起草委员会秘书长。 1917 年 7 月张勋复辟，林庚白随孙中山先生南下护法。 8 月任广州非常国会秘书长，9 月兼任孙中山大元帅府秘书。 1921 年，受孙中山密派，到北洋第二舰队做策反工作，未果。 1927 年"四一二"反革命政变之后，林庚白因对马克思主义的唯物观产生怀疑而一度消极，闭门读书，研究诗词。 1928 年国民政府定都南京后，他受聘为外交部顾问及南京市政府参事。 1933 年，他在上海创办《长风》半月刊。 此时他专事创作，所撰诗文甚多，先后编校《庚白诗存》《庚白诗词集》，并撰写《子楼随笔》《子楼诗词话》等，成为南社的一员健将。

后来成为他的妻子的林北丽说："我和庚白的正式认识，是到南京的那年①，但是他的作品，我早已读得很多，他的历史也知道得很清楚，尤其他和某小姐②的恋爱曾轰动过全南京。 他是我父亲③的好朋友，所以每当我读他的诗文的时候，我总想，难得这个'老头儿'的思想这样前进，难怪他也要和摩登小姐谈起恋爱来。 我的第一次见他是在亨利姐家里，恰当秋天的某一夜，一个穿黄色上装、银灰裤的西服男子来趋访，经女主人介绍以后，方才知道乃是闻名已久的林庚白先生。 我十分惊讶他的年轻和潇洒，一口流利的普通话，没有会设想到他是闽侯人的。 经过一度的闲谈以后，彼此都很好感。 一个服膺

---

① 即 1936 年。 ——蔡注
② 即铁道部女职员张璧。 ——蔡注
③ 即林寒碧。 ——蔡注

社会主义的人而善于算命，这真是一件太滑稽的事，我的好奇心使我也告诉他我的出生的年月日时，请他批命造。诗人的第一句便是'故人有女貌如爷'。命造的批语倒是很新奇而有时代化色彩，但从他的思想而言，到底是个极大的矛盾。"

林庚白曾引荐女作家谢冰莹与柳亚子相识。据谢冰莹回忆："庚白是一个耿直忠诚的朋友，他一生坦白，对人赤裸裸毫无半点虚伪，常把他十八岁就和许金心女士结缡，后来感情不和，精神痛苦的事告诉别人。"林庚白追求的名女人不少，前有林长民的女儿才女林徽音①，林庚白在北平追之甚力，但终无结果。后来又追电影明星兼女作家王莹，但没多久，两人就闹翻了，据说王莹认为林庚白有些神经病，天天盯得太牢，话又说得太啰唆。林庚白因懂得命理，他曾算出自己未来的伴偶必是一个才貌俱全的女人，后来遇着了林北丽果真如此。

林庚白 1933 年 6 月间在上海《晨报》连载《子楼随笔》，其中有则提到林宗孟和林寒碧的死，似有定数。云："余虽服膺'唯物观'，而结习未忘，于旧社会迷信之说，间有不能尽解者，诗谶其一也。林宗孟兄弟，与余相友善，介弟寒碧，丙辰（1915 年）间主《时事新报》编辑事，数过从论诗。其死前二三日，以赠别之作见示，有'领取车行已断魂'之句，意谓伤离惜别之情，使人不胜荡气回肠耳，讵竟以误触汽车死，真乃'领取车行已断魂'，岂真冥冥中有定数在耶？又甲子（1924 年）春半，余方创办《复报》。宗孟自沈阳寄诗，有'欲从负贩求遗世'之句，余报书戏谓'遗世而独立，羽化而登仙'，赤壁赋中衔接语，君其将羽化也乎？翌冬郭松龄之变，君果死于乱军中，奉天军队，以君状似日人，恐酿成交涉，遂焚骸骨，真乃羽化

---

① 即林徽因。因常被人误认为当时一男作家"林微音"，故后改名"徽因"。——编者注

矣。"其中林宗孟即林长民，也就是林徽音的父亲。 而另一则是有关林寒碧及邵飘萍的名字"不祥"，他说："飘萍初不识余，以林寒碧之介请谒，遂与相念。 余尝数语寒碧，'君之字毋乃不祥，碧矣，而又寒焉。 飘萍则更谬矣，萍本凉薄之物，而又飘焉，其能久乎？'果无何而寒碧触汽车死，越十年飘萍亦为奉军所僇。 一字之细，亦若有朕，读者得毋议其仍不脱封建社会迷信之观念否耶？"

对于林庚白的星命之说，其好友柳亚子在《怀旧集》中这么认为："君好星命之学，尝探取当代要人名流之诞辰年月而推算之，谓某也通，某也蹇，某也登寿域，某也死非命。 侪辈嗤为迷信，君纵谈自若也。 民国五年，遇胡朴安于都门，为言张辫帅之命，不出明年五月。 及十年春，重晤朴安于西子湖边，一见即曰：'五年都门之言何如？'盖辫帅果于民国六年五月复辟而失败也。 此事之前，尚有一奇验。 时陈英士为沪军都督，戎装佩剑，英姿焕发，有威震东南之概。某次寿辰，诸朋旧为之晋觞祝嘏，君亦为贺客之一。 既退，谓其友蔡治民曰：'英士恐不得善终。 能在民国五年前，作急流勇退之计，则庶几可免。'请治民乘间婉劝之。 奈英士以身许国，不之从，果于五年被刺沪寓，即今之英士路。 实则偶而言中，不足信也。"

而高伯雨更是有一番看法。 他说："林庚白的思想颇前进，常言服膺马列主义及唯物史观。 但平日和朋友聊天，则喜谈命理，有时还做游戏式的给人排八字，出版了一部《人鉴》，把当时许多政治人物的八字罗列出来，说他们的结果怎样怎样。 1915年袁世凯窃国，准备下一年元旦'启基'，庚白就扬言袁世凯明年必死，相冲相克，说得头头是道，老袁果然在1916年死了。 因此人们都说他是'神机妙算'，找他批八字的朋友多到不可胜数，高兴时他也乐于应酬。 其实他并不迷信，他说袁世凯死，不过是他恨袁世凯叛国，乃利用社会人士的迷信心理，借算命来煽动民气与诅咒袁早死而已，用心是很苦的。 可是为了这个，后来却得了不好的反响，就是他死在九龙时，有些人却说他

'对别人的命算得准，对自己的命反而不清楚，好好地安居在重庆，怎会到香港送死呢？'这实在不知道他谈命理是隐晦的烟幕。 他对当时袁世凯的政权很不满意，时有批评，未免遭时忌，故此大谈命理，又高谈阔论，装出一副狂士的面目，使当政的人不注意他，一提到他就说：'这人么，狂人而已！'此乃庚白处乱世的哲学也。"

　　林北丽初次见到林庚白，有这样的一段文字描写："除了有一个中国旧读书人的骆驼背外，不细看，不觉得，小小的嘴，高高的鼻子，简直有西方的美呢。"林北丽又说："以后，他时常来亨利家访我。 某一个例假日，他邀我同去参观一个漫画展览会，那夜，是第一次单独地请我吃饭。 在餐桌上，讲起了他的旧恋人，忽然号啕大哭，吓得我手足无措，从此这位矛盾的先生，又给我多了一个痴情郎的印象。 我们的交往渐渐密切起来，但我始终把他当我的长一辈人，一直都尊称他'白叔'，所以后来竟有人误传我和我的叔父结了婚。 以后庚白每天都来看我一次，对我十分殷勤，无微不至，但是从来也不妨害我的学生生活。 一个星期他总要写三四封信，在知道我也能写诗以后，又时常寄诗送我，信的内容那么丰富，而又写得那么流畅而生动，诗更是充分地表现了他的怀抱和天才。 这些诗和信，是从来不会因为来得太多而使我厌烦。 所以与其说我倾倒庚白，倒不如说倾倒他的文字更确当些。 他确是很聪敏，亦可讲曾经周览群书，谈起问题来也很透彻。 在他谈社会病态和治疗药方的时候，每次都抓住了我的全心灵。在这个炎凉的社会和令人头痛的世界，逼成我在他的身上又重新建筑起我们的象牙之塔来。 我常常想，如果我的'爱'的'力'能够帮助他克服他的矛盾，能够使这个被时代压倒的人在这个创造新世界的机轮上，发生些微的力量，那么，我又何必吝啬呢？由于这个观点和希望，就在 1937 年春天，我接受了庚白全部的'爱'。 3 月 7 号那天，我们就在上海订了婚。"

　　当时林庚白四十一岁，是一个离过婚并且有五六个孩子的中年人；林北丽才二十二岁的大学生。 因此她十分清楚林庚白一定不合于母亲徐蕴华的理想，所以林北丽对于订婚这件事事前并没有征求母亲的同意，因为她了解母亲最爱她，也是能原谅她的。 林北丽并赋诗二首记事云："曾俱持论废婚姻，积重终难返此身。 为有神州携手音，一觞同酹自由神。""两世相交更结缡，史妻欧母略堪思。 春申他日搜遗事，此亦南都掌故诗。"1937 年 9 月 26 日，他们在南京国际联欢社结婚，证婚人是陈真如和陈公博。 诗人徐蕴华有《寄庚白、北丽》诗云："结缡刚半月，同作锦江游。 清福香兼艳，幽花淡恋秋。 母怜儿远嫁，夫唱妇能酬。 白也才无敌，鸳鸯战地谋。"

1937 年圣诞夜，他们从南京往西逃难，为了躲避敌机的轰炸，火车经常开了一站，又退了两站，这样从南京到徐州走了整整一个星期。 在徐州等了三天才挤上陇汉路的客车，坐了十天车才到郑州。第二天却碰到敌机滥炸郑州，他们幸运地逃出了死神之手。 大年除夕，他们到达汉口。 之后，他们又辗转到了重庆。 在重庆住了四年，1941 年 12 月 1 日林庚白由重庆带了家眷来香港，拟与旅港文化人共同探讨社会形势问题，还拟在港办一日报，宣传抗日，这一计划得到了爱国华侨陈嘉庚的支持；另外还要筹办诗人协会，以团结进步文化人士；撰著一部民国史。 但甫一周，太平洋战争爆发，九龙随即沦陷。 林庚白住于友人家中，被日军间谍误认为国民党中央委员，被日本占领军通缉。 为避免累及众邻，12 月 19 日下午，他和林北丽出门另觅避难所，走了几百步到天文台道口，遇见站岗的日军喝问他何往。 林庚白不懂日本话，伸手入衣袋取纸笔，意欲借文字说明他的意向，日军误以为他要取武器，便开枪向他射击，怎样死法，因当时林北丽也受了微伤，惊恐过度，看不清楚。 林庚白在遇害当天上午还写下这首诗："中流砥柱尖沙咀，艇子鱼雷各有攻。 转战倭夷飘忽甚，偾兴皙种劫持同。 声如爆竹疑需震，势是惊雷欲困蒙。 得水蛟龙应一奋，余生岂但幸民终。"该诗成为他的绝笔之作。 而其遗骨当时草草掩埋于香港天文台道的菜田之中，没有棺木，也没有墓碑。香港复原后，有人说林北丽曾去寻访埋骨之所，但无从踪迹了。林北丽有《将去九龙吊庚白墓》诗："一束鲜花供冷泉，吊君转羡得安眠。中原北去征人远，何日重来扫墓田。"

而据唐之棣《香江诗话》记载：1947 年 10 月，柳亚子再度到香港，想起五年前客死香港的萧红、林庚白两位亡友，故有诗"碧血黄庐有怨哀，萧红庚白并奇才。天饕人虐无穷恨，更为宾基雪涕来"。柳亚子先后前往浅水湾、天文台道分别访寻萧红、庚白之墓，第一次，两人之墓均未找到。后来，在友人周鲸文等陪同下再度访寻，终于一一找到了。另据沈惠金给笔者的信云："2006 年 5 月 13 日，我到上海拜访林北丽先生，谈到她前夫林庚白的墓穴问题。林北丽先生告诉我：林庚白 1941 年遇难后，葬于九龙。抗战胜利后，孙科出面把林庚白等一批知名人士的遗骸迁葬到上海万国公墓，当时的《申报》对此有报道。后来，林庚白的墓穴位置要辟为通道需要迁移一下，公墓管理方这时候又说这个叫了几十年的林庚白墓穴不是林庚白而是另外一个人的，至于林庚白遗骸已搞不清葬于何处。北丽先生愤愤不平地说：'庚白早年投身辛亥革命、在抗日战争中献出宝贵的生命，如今墓穴怎么可以说没就没了呢?'她说她正在向有关方面申诉，希望能找到庚白之墓并立上一个碑，完成晚年最后一个心愿。"

林庚白逝世后，他留下的文稿有政论、诗论、经论、小说、小品、随笔等，而最有成就者是古典诗词。其诗稿由柳亚子与林北丽编纂校订为《丽白楼遗集》，内有《今诗稿》残稿一卷、《丽白楼文剩》一卷、《丽白楼词剩》一卷、《丽白楼语体诗剩》一卷、《丽白楼诗话》二卷、《虎穴余生记》一卷、《水上集》三卷、《吞日集》八卷、《角声集》四卷、《虎尾前集》和《虎尾后集》各一卷。

林庚白所作诗词，具有盛唐遗风，又有时代特色。闻一多、章士钊评其诗词"以精深见长"，柳亚子评价他"典册高文一代才"。陈石遗的《近代诗钞》选有他的诗，且称其"早慧逸才，足与当代诸家抗手"。 而他最自负的也是他的诗，他在《丽白楼诗话》中说："曩余尝语人，十年前郑孝胥诗今人第一，余居第二。 若近数年，则尚论古今之诗，当推余第一，杜甫第二，孝胥不足道矣。 浅薄少年，哗以为夸，不知余诗实'尽得古今之体势，兼人人之所独尊'，如元稹之誉杜甫。 而余之处境，杜甫所无，时与世皆为余所独擅，杜甫不可得而见也。 余之胜杜甫以此，非必才能凌乐之也。"高伯雨则举出几首诗中的句子来评论，他说："如《丙子元旦》①句云：'身悬两元旦，俗各有盘桓'。《闰三月二十日生辰感怀》云：'物欲希欧美，人情貌孔颜'。其中'悬'字'貌'字的魄力，非有别才，不能用此。 又《心灰》一首的末句云：'一国如轮前又却，循环忍见廿年来。'有议论，有见解，沉痛之至。《答展堂从化来》诗末句：'中原几竭民终敝，貌取豪华直到今。'则等于社会经济的论文了。"

　　南社的领袖、诗人柳亚子颇推崇林北丽的诗作，认为北丽的诗"非矫励所得"，乃"质性自然"。 他说："后来淞沪兵败，国都西迁，他俩由南京而武汉而重庆，奔走从亡，庚白的诗篇愈富，而北丽却废诗不作。 大概当太太的人，是不大适宜创作的吧。 同时，米盐琐屑，还有育女生男，也太把她累苦了。 庚白在《丽白楼诗话》中提到她，说她'读书颇有成，于学多能颖悟，而不求甚解。 其诗画棋七弦琴皆有心得，顾辄废去，若无足措意，有《博丽轩诗草》一卷，归余后即不尝作'，正在此时。"

　　1947 年，林北丽再婚于高澹如（笑初）。 据沈惠金说，林北丽与高澹如相识于桂林，当时林北丽任职于广西盐务管理局，高澹如任职于桂林盐务分局。 1944 年日寇入侵桂林，紧急遣散时，高澹如负责转移两局的档案资料，他帮林北丽把林庚白的诗稿安全转移到昆明。 林

---

① 丙子是 1936 年。 ——蔡注

北丽则带着五岁的女儿随同桂林文化界几位朋友经柳州、贵阳去了重庆。 翌年秋，林北丽在重庆盐务总局复职后，主动要求派往昆明，进入云南盐务局工作，和高滢如重逢于昆明盐务分局。 1946 年，政府令闽籍工作人员去台湾接收日本撤退后留下的机关，林北丽与高滢如被派往台湾工作，1947 年结缡于台北。 徐蕴华也随北丽去了台湾。"二二八"事件发生后，有友人相告，内部控制的名单上有林北丽的名字，也就是说林北丽有共产党嫌疑。 林北丽想，有些事是说不清楚的，一家人就回到上海，在上海考入中央研究院。 解放后，中央研究院由中国科学院接管，林北丽工作单位是中国科学研究院华东分院（后改名为中国科学院上海分院）图书馆，1954 年调到中国科学院上海药物研究所图书馆（后改名图书情报室），负责图书、情报工作，直到 1983 年 12 月退休。 高滢如逝于 1990 年，林北丽则和儿子林大壮一家人住在上海田林新村十村。 2006 年 10 月 15 日，九十一岁的林北丽在上海安详谢世。

　　《子楼随笔》于 1932 年 11 月起在上海《晨报》连载，至 1933 年 7 月 5 日止，1934 年 8 月由《晨报》出版单行本。 林庚白在该书的"卷头语"中说，"子楼随笔"这个专栏是社长潘公展邀他写的。 他说："同时我更感动于公展的几句话： 他以为近二十多年的中国文艺界，本来很缺乏这一类的文字，为了我个人的社会关系和在政党的历史，写起来必定'包罗万有'，可以当作新闻或故事，也可以当作小说、戏剧和诗词话。 是这样的说法，唤起了我的惰性，《子楼随笔》也就跟着产生了。"

　　《子楼随笔》的内容确实如作者所言"包罗万有"。 林庚白从武昌起义时，和汪精卫等人组织京津同盟会于天津，响应革命。 他不只是单做宣传工作，还参加实际行动，他和吴禄贞联系，计划以奇兵直逼北京，加速清王朝崩溃，后来吴禄贞遇刺身死，事才终止。 民国元年，他在上海与陈子范、林瑞珍、陈铭枢、魏怀、林知渊、叶夏声、林森等秘密组织"铁血铲除团"，曾计划谋炸往福建宣抚的前两广总督岑春煊，后陈子范制炸弹失慎死难。林庚白在《子楼随笔》中说："亡友陈子范，以郭家朱解，而兼有荆轲聂政风，辛亥鼎革，愤官僚军阀之僭窃政柄也，则密与数四同志，组'铁血铲除团'，出以暗杀。"所以他与当时的一些人物多所交往，他说："友人邹鲁、叶夏声，同为粤籍，同为旧国会议员，又同为吾党之早达者。夏声少美好如妇人女子，鲁则黝黑，貌不扬，然鲁生平多艳遇，两赋悼亡，而夫人皆倾城之选，夏声则三十以前，颇自衿'不二色'，其后数置妾，类极丑恶，相悬有如此。"都是纪实也。

林庚白后来一直追随孙中山，1920 年甚至促使讨桂的大捷。他在文中说："……孙公思有以竟革命之功，促炯明返旆讨桂，时闽帅李厚基，属于皖系，乃资炯明以大宗军火，厚基所部之师长臧致平，与直系有旧，阴使人扣留不发。孙公方旅居沪滨，遂召余与谋。余于是密邀胡汉民及皖系策士方枢、浙东师长陈乐山，又卢永祥代表石小川四君，以某夕集议于外滩之德国领事馆二楼。议既定，间关走福州，为厚基致平，有所疏解，此大宗军火，始获输送至炯明军，讨桂卒以大捷。未几孙公即诣粤，重组军政府。"此可视为珍贵之革命史料也。

由于阅历之广，他看尽官场冷暖。他在谈到仕进之道时，提出五字诀曰：吹、写、拍、拉、跑。他说五者备，罔或不能致闻达。而对于一个杰出的外交家，他认为必须具备三要素："曰眼光，曰手腕，曰魄力。眼光欲其锐，手腕欲其敏，魄力欲其宏。当断则断，不宜有毁誉之见存，而成败利钝，亦不必鳃鳃过虑，然此非识力绝远大者不办。"他认为如李鸿章者，也只可称半个外交家，但"视今之挟琵琶，作鲜卑语，媚事权要，亦自炫为外交家者，固已高出万万矣"。

另外他提到一段中国外交上的秘史说："袁世凯僭号'洪宪'，人咸以为出自'筹安会'六君子之劝进，而不知有国际背景在，盖老于中国情况之故英使朱尔典实怂恿之。 友人某君，曩为袁氏掌记室，数参枢要，曾出示朱尔典与袁氏秘密谈话之副本，竟谓中国如帝制，英可相助，且允以疏通日本，言甘而意毒，袁氏果为所愚，以自戕其身。"而对于"三一八"惨案，世人都认为是章士钊主导的。 林庚白则认为章士钊凤凰懦儒，无此胆力也。 他根据他的同学贾德润，也就是当时国务总理贾德耀的弟弟所言，提出不同的说法："'三一八'之事变，由于当时与西北军接近，号称'左倾'之徐谦，扬言于众，谓'与京畿驻军之长官某某，已有默契。 诸君第勇往勿却，必可奏效！'青年学子，深信其说，然徐固未得某某长官之同意。 请愿群众，既麇集执政府，执政以迄阁员咸皇遽，以为是必某某长官之'取瑟而歌'，迨浼别一人与西北军密者，电询某某长官，长官答以'初无闻知，公等可毋疑！'于是而卫队之枪声隆隆矣。"他如有关"一·二八"之役，世人都认为当局以不发援军为病，林庚白说开始他也如此认为，后来他和当时任朱绍良总参议的友人李拯中谈，"拯中谓当局于十九军转战淞沪之日，即电属绍良速拨精锐六师来应援，绍良以红军方势盛，谋诸拯中，恐骤调六师去赣，防线必且松懈，多缺口，乃飞谒当局力陈，无已始改派张治中所部之两师为援军云云。"这些内幕消息多得自于当事者，有其相当的可信度，可为治近现代史者提供一份珍贵的史料。

　　他对北洋军阀也有其精辟的看法。 他说："北洋军阀之分崩离析，始于冯段之背袁，盛于直奉之叛段，而终于直皖奉之内溃。 此其变迁与消长起灭之故，关于史料者至巨，有可得而述者。 盖此中消息，类涉隐秘，而策士、党人，操纵其间，其纵横捭阖之工，亦因时、因地、因人、因事，而各异其迹也。"他在《子楼随笔》中有条分缕析、探因溯源的讲述，足可称之为"北洋军阀史话"。 因篇幅所限，就不再援引。 另外他慨叹在北洋军阀统治之下，政党、议会，皆成具文。 他说："国民党之宋教仁，研究系之梁启超与汤化龙，毕生精力，瘁于组阁，顾终不获，且以身殉焉，可哀也已。 夫国号共和，政尚议会，而民国十五年以来，国务总理，罕出于政党领域中，以此而言宪政，虽千百年可知矣！"

林庚白因交游广阔，诗人、文士、政客等皆有交往，同时也有他独到的观察。 如他在书中说："梁鸿志道其客丁沽时，有友介一女郎与游，遂同诣平安电影院，幕方半，女郎匿就鸿志，探手于袴，且摩挲焉，鸿志为赋绝句二首，极隽妙，第不念曾作妄语否？绝句云：'无灯无月光明夜，轻暖轻寒忏悔时。 惭愧登迦偏触坐，与摩戒体费柔荑。'又云：'鼎鼎百年随电去，纤纤十指送春来，老夫已伴天涯老，欲赋闲情恐费才。'"由于是亲闻于梁鸿志者，所以可以为梁诗之"本事"也。 又他读郑孝胥之《海藏楼诗》，曾写下《题〈海藏楼诗〉》二首，虽识郑诗多标榜忠孝之辞，但还是读其"出唐入宋极研麟，雄阔清新取径宽"。 而当时郑孝胥叛迹未彰，等到后来郑孝胥当上伪满国务总理，林庚白在《子楼随笔》中说："郑孝胥于清室遗老中，颇以才气自衿许，其交亲亦咸震于孝胥之名，不知孝胥虽自负为'纵横家'，实仅一'热中功名'之文人耳。"可说是一语中的。 至于当时对李烈钧婆部属龚永之妻为妇，蒋梦麟娶好友高仁山之遗孀为妻，社会上都群相窃议，林庚白则独不以为然。 他说："盖世风丕变，而人道之义，方为中外有识之士所重，此虚伪之道德，正宜摧陷而廓清之，未足为烈钧、梦麟病。"他甚至还写诗给蒋梦麟，称其"结缡能善故人妻，大勇如君孰与齐？目论独怜矛盾世，儒酸犹自说修齐"。 确可谓特立独行之士，其见解言论的确不同于流俗。

林庚白恃才自傲，目中无人，不可一世，自称"诗狂"。《子楼随笔》一书论诗词之篇章亦不少，如"凡诗、词皆以意深而语浅，辞美而旨明者，为上上乘，于文亦然。 试读李杜之诗，二主之词，便知此中之真谛"。 他还指出同光以来的诸多作者，皆多"食古不化"者，喜套用古人的词语，以为如此方称得上"雅"。 林庚白则认为字面无所谓雅俗，仅有生熟之别耳。他举例说，古时因是燃灯而有"剪灯吹灯"之说，而今日大家都使用电灯，何自剪之、吹之哉？他强调："徒喜其字面之美，因袭不改，非仅'远实'，直是'不通'。今人诗、词，犯此疵累者，指不胜屈，几使人不辨，作者所处之时代，与所经历之日常生活，宁非笑柄？"因此他不但大力提倡以新词语入旧诗，还甚至以白话文译法国诗人 Paul Vailaine 的《秋之歌》。这都由于他是一位杰出的诗人，对于诗的见解自然高妙之故也。

林庚白在《子楼随笔》的"卷头语"中说："我写着随笔，我想我毕竟是一个有闲阶级，在这外患内忧和饥寒灾荒交集的中国，还有'闲情逸致'，来卖弄笔墨，而且写的是充满了'趣味主义'的文字。"的确，整本书无处不充满"趣味"。例如他说汪荣宝出使比利时，带着小妾前往。但西方国家是一夫一妻，于是汪公使只得诡称是他的妹妹。但过了一年多，使馆的洋人群相耳语说："怎么这样大的妹妹，到了晚上，老是跟哥哥睡在一床？"闻者绝倒。又谈到人体构造，说人之器官，有两孔的，有一孔的，大抵两孔的只有一种用途，一孔的却有两种用途。"盖目为两孔，仅能视；鼻为两孔，仅能闻；耳有两孔，仅能听；口以一孔而兼饮啖与语言之用；男女私处，以一孔而兼溲溺与生育之用也。"诸如此类笔墨，在书中俯拾皆是。

《子楼随笔》内容包罗万象，是身为才子、名士的林庚白的所见所闻、所思所感，既有史料性，文笔又粲然，处处充满趣味。能不称为一本"奇书"乎？

子楼随笔

（1932—1933 年）

卷 头 语

　　虽是中饭后，而丝丝的细雨带来了黄昏时候的暝色，这使人不能不感着沉闷和幽郁，尤其病后躲在悄无一人的三层小洋楼中的我，正被缭乱的情绪包围住了，在回忆着过去的一切，在想念着这眼面前像和尚而又不是和尚的味道儿。　蓦地听到敲门的声音，我自己由楼窗张下去瞧见公展先生，恰好这时佣人和娘姨也都已回来，于是开了门，请他上楼。　谈话中，公展还是很诚恳的特地来请我替《晨报》写个随笔。　写随笔本很容易的事，这只是一切文字的垃圾堆，只是供给人们茶余酒后或是在火车轮船上消遣的玩意，不需要参考的书类，不需要内容的组织，也不需要创作的天才，仅于凭着个人的见闻、理想，就可以写成若干字、若干本，再便当也没有的。　但我这富于中华民族所特具的惰性之一人，却也会有些为难，后来我想了想，我要写点东西，除了利用这机会，来克服了惰性，慢慢地养成一个习惯，是永不会产生任何的作品，因此慨然应允了。　同时我更感动于公展的几句话：　他以为近二十多年的中国文艺界，本来很缺乏这一类的文字，为了我个人的社会关系和在政党的历史，写起来必定"包罗万有"，可以当作新闻或故事，也可以当作小说、戏剧和诗词话。　是这样的说法，唤起了我的惰性，《子楼随笔》也就跟着产生了。　我写着随笔，我想我毕竟是一个有闲阶级，在这外患内忧和饥寒灾荒交集的中国，还有"闲情逸致"，来卖弄笔墨，而且写的是充满了"趣味主义"的文字。

庚　白

1933 年 1 月 11 日，于"摩登和尚寺"

壬戌秋间客昆明，偶于督署邂逅韩凤楼参赞，为言：川滇黔联军时代，与章太炎同居幕中，每宵分辄闻窸窸窣窣声，自太炎室出，习以为常，亦不之怪。一夕被酒醒，好奇心动，隔板壁窥之，则太炎先生方正襟危坐，取其行箧所贮纸币，一一罗列于灯前，累累然绿、紫、红、蓝、黑诸色，与灯光相掩映，太炎先生顾而乐之，口喃喃有词，若者为五元，若者为十元、百元，检点既竣，复扃之箧衍，徐就寝。其钱癖有如此者。

袁世凯僭号"洪宪"，人咸以为出自"筹安会"六君子之劝进，而不知有国际背景在，盖老于中国情况之故英使朱尔典实怂恿之。友人某君，曩为袁氏掌记室，数参枢要，曾出示朱尔典与袁氏秘密谈话之副本，竟谓中国如帝制，英可相助，且允以疏通日本；言甘而意毒，袁氏果为所愚，以自戕其身。原文余旧有多录，置平寓，会当驰书嘱家人觅取，续为揭橥，亦中国外交上秘史也。

民元（1912）唐少川为国务总理，年五十有二矣，乞婚于今夫人吴氏，时吴才二十一岁，乃要唐以必去髯，且尽遣妾媵，议始定。顷者陈友仁尝蓄微髯，与张静江先生之女公子荔英结缡欧洲，年事相悬亦三十许，顾未尝去髯。二君同为外交官，同以老大娶少艾，何髯之有幸有不幸耶？

辛亥改革时，旧官僚诧为天地古今未有之奇变，一时风气所趋，力矫腐败之习尚，向于旧京习闻之大人、老爷等称呼，尽易为先生矣。相传徐世昌诣世凯，阍者报"徐先生来谒"，世凯赫然怒，诟阍者谓"他是汝哪一辈子的先生？"阍者亟改称"徐中堂"，色始霁。兹事虽细，于以见世凯之心理与思想，盖皆已陈腐不可救药，宜其终叛共和也。

旧官僚而略具新知，揣摩之术，恒加人一等，迥非今之党贩、文氓，所堪望项背。北洋渠帅，习为豪奢，辽东上将军其尤也。所谓上将军者，尝与某部长博。部长固翩翩名流，颇以文章经济自矜许，然为保持禄位计，则亦日伺颜色于上将军之侧。一夕共博甚酣，上将军负三十余万金，悉数作孤注，部长摸索得"天牌对"，伪为"鳖十"（"鳖十"者，牌九中不入点也），如所负偿之后，托辞出，比复入局，又佯为误偿者，出牌以示局中人，旋自退席，上将军私其德之。其机变诚不愧巧宦哉。

余虽服膺"唯物观"，而结习未忘，于旧社会迷信之说，间有不能尽解者，诗谶其一也。林宗孟兄弟，与余相友善，介弟寒碧，丙辰间主《时事新报》编辑事，数过从论诗。其死前二三日，以赠别之作见示，有"领取车行已断魂"之句，意谓"伤离惜别"之情，使人不胜"荡气回肠"耳，讵竟以误触汽车死，真乃"领取车行已断魂"，岂真冥冥中有定数在耶？又甲子春半，余方创办《复报》，宗孟自沈阳寄诗，有"欲从负贩求遗世"之句。余报书戏谓"遗世而独立，羽化而登仙"，《赤壁赋》中衔接语，君其将羽化也乎？翌冬郭松龄之变，君果死于乱军中，奉天军队，以君状似日人，恐酿成交涉，遂焚其骸骨，真乃羽化矣。

沈阳杨宇霆，在奉军中，功高震主，卒以此自僇，盖犹是武人本色，失之粗疏也。然其才气，有足多者。壬戌直奉之役将作，余衔命度辽，参与所谓干部会议，宇霆出所草通电，有"党争借口，以法律事实为标题；军阀弄权，据土地人民为私有"之句，读电稿时，声琅琅若秀才举人诵闱墨者然。盖所指者新旧国会及直系军阀，而得意挥毫之余，忘其本身亦为军阀，不啻"夫子自道"，至可笑。

余与唐继尧，初未谋面，己未冬，忽累电见邀，所以推崇者备至。会余将有事于滇，遂间关赴之。居昆明三十余日，礼为上宾，凡军国大计，必数咨而后行。壬戌之岁，复招往，余劝其以滇事属所部，而遴选精锐，自将入粤，佐总理孙公北伐，必可为中原辟一新局面，继尧第唯唯而已。一夕饮于五华山之阴，盖继尧私邸也，自帅府隧道入，林园幽邃，馆舍美奂，俨然若"洞天福地"，继尧故多姿媵，则群居于此。酒阑留共话，余微闻其有烟霞癖，但款余与周钟岳时，必撤去，因知其怀安，语次颇委婉相喻，继尧喟然曰："众难金石之言，我非不知，顾一念及，人生不过数十寒暑，功业何为者！"余为叹惜。所策既不行，未几引去。越五年，闻其部曲哗变，忧郁死。此与李存勖之末路，盖相仿佛。声色、居室之奉，其误人亦甚矣哉。

民国九年（1920），直皖之战，段祺瑞所部边防军，与徐树铮新领之西北军四旅，先后降溃于敌。时为祺瑞策划者，闽人曾毓隽、梁鸿志。泊直系战胜，遂通缉此数人，以"安福"之罪恶归之。余旧有《哀河北文》，文用骈俪，颇精警，惜不复记忆，仅记其中两联云："陈陶短房公之气，相州溃郭令之兵。知者以为朱温篡唐，祸由崔胤立，不知者以为安石误宋，罪在惠卿。"雅有为祺瑞与毓隽、鸿志开脱之嫌，实则北洋军人以暨其依附之政客官僚，等是一封建集团，其意识与情绪之出发点，皆以封建社会传统之思想为其基础，固不易轩轻其功罪、是非与善恶也。

同光以来旧诗人，大都食古不化，所为诗虽佳，勘以经历之生活，则远不相符，且于新事物，坚不愿入诗。余知李杜苏黄生于今日，见之必将齿冷，盖谚所谓"活人面前说鬼话"也。然新诗则又往往剽窃欧美诗人之唾余，务求其貌似，而不顾及中国社会之生活，有未尽吻合者。余曩有关于黄包车夫之七律一首，又语体诗《上海车夫三部曲》三首，颇自以为"鞭辟入里"之作。 录之以质读者：

途次人力车夫就余乞钱买烧饼

劳力方隅自万千，凄辛最此损天年。
忍饥到晚将求饼，及我停车暂乞钱。
流俗锱铢微近刻，匹夫道路倘能贤？
国贫世乱交亲蹙，端有无穷入口怜。

上海车夫三部曲

黄包车

黄包车，顶着风；
车夫使劲望前奔。
衣衫前后是窟窿，
浑身淌汗眼发昏，
水米不曾进喉咙。
车上客人脸红红，
嘴边衔着"白金龙"。
斜披大氅猗狪狪，
饭馆出来去办公。
半天才到"老西门"，
大骂猪猡猪祖宗。
车夫使劲望前奔，
水米不曾进喉咙！

包车夫

包车来，雪亮新打成。
车夫名字叫阿金，
中饭起来吃点心。
我们主人是明星，
天亮刚刚闭眼睛。
出门等到三点零，
舞场、公司、卡尔登。
叮当叮当踩电铃，
我比伙计们机灵，
这样才是生意经。
他们整天跑不停，
牌照还要几两银，
我们主人是明星！

汽车夫

呜，呜，呜，汽车回，
大小车夫坐并排，
奴才还要使奴才，
闯祸只要有钱赔；
主人的油随便揩，
姨太、小姐，身边挨。
漂亮西装高身材，
走到旁处像小开。
眼看下工亲眷回，
满满一车用手推；
比起我来太吃亏。

大小车夫坐并排，
奴才还要使奴才！

"习俗移人，贤者不免"，此自中国之传统观念而言耳。 其实社会之道德、习惯，类与其社会之组织，有密切关系，何者为善，何者为恶，初未有固定之标准，故此一社会以为优美之道德、习惯，而在彼一社会之观点，或适得其反。 中国人士，囿于传统之观念，往往忽略此点。 余尝与友人言，男女在社会上，本应平等，然为社会之组织所拘束，舍"社会主义"之国家外，几无或真正平等者。 封建社会以氏族为本位，故中国历来，举妇女属于氏族，例如"婚"字为女氏之日，盖隐示妇女以嫁后乃获有完全之人格也。 观于中国妇女冠夫姓，此又显然表示属于一氏族之意。 资本社会以个人为本位，故现代各国，举妇女属于个人，例如"Mariage"字，"Mari"为夫，"age"为年龄，盖隐示妇女以有夫之年。 观于欧美妇女嫁后，辄称为某某夫人，此又显然表示属于个人之意，举隅以类推，可知凡习俗皆社会之组织为之，非必一成而不可变也。

中国旧文艺，有所谓"诗钟"之体格，系以七字一联为定律，或任拈平仄二字，分别嵌入上下联，或则任举何事物，以性质绝不相类，或相类者，分别咏述之，前者为嵌字体，后者为分咏体。 友人某君谈及分咏诗钟之一，洵可谓"语妙天下"，亟录以饷同好，题为"便壶""留音机"，上下联为"放眼洞观天下势，知音难觅个中人"。 读之使人捧腹绝倒。 又"哑巴""盲子"一联，亦雄浑可诵。 联云："万事关心浑不语，一生到眼总无人。"

亡友田梓琴，直谅多闻，忠于革命，丙辰、丁巳之交，共事国会，数集余寓斋，作扑克戏，戏则必屡负，盖不善机诈也。 晚岁思想益迂旧，所主纂之《太平杂志》，文笔绝类墨卷。其尤足解颐者，《清党纪实》文中数语："何谓党？有所标榜之谓党。何谓清？不合浊流之谓清。何谓共产党？言共产党之言，行共产党之行，风共产党之风，是谓共产党。"如此解释清党，更如此解释共产党，直是闻所未闻。余寄以一诗，有"断烂阳秋尽付君"之句。梓琴怒，报书相诟，自是不复通音问。邻笛山阳，徒呼负负。

余夙不喜曾国藩所为，偶翻其全集，有相人诀，造语皆深刻，略云："邪正看眼鼻，真假看嘴唇，功名看气概，富贵看精神，风波看脚跟，主意看指爪，若要看条理，须在语言中。"盖非入世久，阅人多者，不能道其只字。国藩与胡林翼，同为满清名臣，然当日中国国情及邦交，类极单纯，而世界资本主义，亦甫孳长，犹是闭关之中国，若太平天国乌合之众，本不足一击，曾、胡遭际时会，遂享盛名。观国藩暮年在直隶总督任内，束手于天津教案，以忧郁死；林翼见英公司小火轮驶入长江，乘风破浪，瞬息即逝，辄骇然瞠目摇手曰，"此非吾辈所知也"，言已竟昏厥。则知博古而未通今，曾、胡固亦阮籍登广武原所谓"竖子成名"耳。

已故之闽人某公，广蓄姬妾，顾五日仅一当夕者，且必先事于榻畔燃淡绿色电灯，徐裸露其妾，鞭私处至肿痛，始交接，谓非此不乐。以故妾多逃亡去，老遂块然独处，纵饮白兰地酒以终。戚属或附会迷信，以为是非凡人，余则断为生理上自有其变态之构造。近代医学，愈益昌明，其将何以解之？！

曩在北平，偶与三数朋辈恣谈，杂庄谐。梁鸿志道其客丁沽时，有友介一女郎与游，遂同诣平安电影院，幕方半，女郎匿就鸿志，探手于袴，且摩挲焉，鸿志为赋绝句二首，极隽妙，第不念曾作妄语否？ 绝句云："无灯无月光明夜，轻暖轻寒忏悔时。 惭愧登迦偏触坐，与摩戒体费柔荑。"又云："鼎鼎百年随电去，纤纤十指送春来。老夫已伴天涯老，欲赋闲情恐费才。"

直系当权时，有所谓保、洛两派，保定派以王承斌、高凌蔚、王毓芝、吴毓麟等为领袖，张志潭为之谋士。 洛阳派则为高恩洪、孙丹林诸人，悉与白坚武相结纳，一唯彼之孚威上将军马首是瞻。 所谓孚威者，固主张俟平粤平奉后，徐图拥戴"三爷"为总统；"三爷"者，曹锟之别称也。 而保派则亟不能择，欲先去黎，办贿选。 相持久，卒以承斌与旧国会议长吴景濂为师生，用景濂策，主急进，时则号称"小孙派"之议员，以温世霖关系，亦踊跃将事。 保派之主持选政者，声势益张，区分议员之价格为若干等，其负时誉者，高或数万金，次焉亦万金，其在国会中，能号召徒党著，价略相侔，普通之议员，则一律为五千金。 选举之前一夕，群集甘石桥俱乐部，作广大之牌九戏，于是诸色议员人等，群抱持纸币或支票来，博场既张，佐以倡、优，及其他娱乐，酒阑夜尽，此辈议员之青蚨，什九倾其囊橐而飞去。 有与承斌等交厚者，则私自求益，极媚行烟视之态，名裂而财亦随之。 盖中国士大夫阶级之贪污性，与宪政成一正比例，是亦今日倡为宪政救国论者，所当一"长顾却虑"也。

吴佩孚于封建社会之道德律，与其传统之学说，颇用自矜持，而使人忍俊不禁者，则值外宾请谒时，辄喜夸张中国之文化。 如谓耶稣为老子之裔，老子过函谷关，盖即远适西方以行道，观于耶稣之耶字，即自老子名李耳之耳字而来。 又言欧俗脱帽举手礼，中国固已早有之，"拿"字即其象形，皆妄诞无足称。 丙寅以陈嘉谟所领鄂军之翼戴，复起主持北方政局，益骄恣。 自国民革命军取长岳，佩孚之记室，以鄂督署急电进，盖密告蒋介石到长沙督师者。 佩孚方微醺，即奋笔批云，"蒋介石到长沙，石沉于沙，其何能为！"竟置不报。 居无何，革命军屡捷，且进逼武汉三镇，佩孚始率所部，以靳云鹗为先驱，仓皇应战，卒颠覆，汀泗桥之役，仅以身免。 其幕客某君，事后语佩孚曰："我公仅知石沉于沙，而不知'他山之石，可以攻玉'，此公之所以败于介石也。"佩孚为之恍然若失。

满清初入关，其摄政王功高望重，相传清帝顺治之皇太后下嫁焉，虽于史无征，而稗官野乘所载，似颇可信。 儿时见一钞本之笔记，载有顺治《恭贺大礼文》全篇，骈四俪六，典丽无比，仅记其中一联云："正名定分，犹是夫夫妇妇之伦；治国齐家，庶几长长亲亲之义。"长长亲亲，如此用法，可谓极文人之能事，不谂出谁氏手笔？

余尝谓中国与欧美日本互市以来，仅有一个半之外交家，总理孙公其一也，余半个则为李鸿章。 盖外交家有必具之要素三：曰眼光，曰手腕，曰魄力；眼光欲其锐，手腕欲其敏，魄力欲其宏。 当断则断，不宜有毁誉之见存，而成败利钝，亦不必鳃鳃过虑，然此非识力绝远大者不办。 孙公于举世反德之日而亲德，终以获革命之根据地；厥后又于举世反俄之日而亲俄，中国之革命史上，遂别开一新纪元。其功过俟诸千秋万世，自有定论，今之厚诬总理者，不足辩也。 孙公当时，实深知德与俄皆感孤立之苦，与中国同其利害，故毅然决然出之，较诸李鸿章仅知"以夷制夷"，固未可同日而语；顾平心而论，鸿章犹知"以夷制夷"，抑犹能"以夷制夷"，故自甲午迄今，东三省赖俄日之均势以存，垂三十余载。 日俄战后，而均势一破，帝俄革命，而均势再破，俄既自保之不暇，彼日本者，遂得肆其全力，以经营满洲，浸成最近之局。 然则如鸿章者，讵得以半个外交家而少之耶？视今之挟琵琶、作鲜卑语、媚事权要，亦自炫为外交家者，固已高出万万矣。

闽人游汉光，北大旧同学也。 年少有奇气，所为文雄深恢诡，出入于周秦诸子间，而新知亦颇丰富，课余常就余纵谈。 一夕偶谈及人体构造，汉光谓吾人所具各官能，有为两孔者，有仅一孔，其两孔者皆仅有一个用处，一孔者则必擅两用，闻之几使人葫芦欲绝。 盖目为两孔，仅能视；鼻为两孔，仅能闻；耳有两孔，仅能听；口以一孔而兼饮啖与语言之用；男女之私处，以一孔而兼溲溺与生育之用也。 可谓"匪夷所思"者矣。 汉光又言，人体凡有孔之处，必有毛以掩护之，具见造物之于人，所以爱惜之者，如此其周且挚，亦"语妙天倪"。 丙辰冬以病疝气，诣同仁医院施手术割疗致死，年仅二十有一岁。 余哭之以诗云："'谈空说有'极恢奇，苦忆西斋放学时。 兰蕙当门元早萎，龟蛇论相故难知。 能通梦寐君如在，坐误刀圭世共悲。 七载江亭携手地，'便宜坊'畔雪丝丝。"

偶与友人聚谈，余谓中国如博局然，置身局中者，但终日营营于一己之利害，其在局外之人，又群喜以"打胜家"相号召。 譬如甲、乙、丙、丁、戊数者，平日虽极不相容，故当其注全力于"打胜家"之际，辄暂能释嫌，深相结纳，迨其"打胜家"之目的既达，又泄泄沓沓然相冰炭如故，此真不可救药之劣根性。

晚近青年，有一共同之弱点，盖"怀安"与"虚矫"二者相习相搏，终以自腐其生命，此无间于某一阶级皆然。 以数量言之，所谓"布尔乔亚"之青年，如是者，什居其八九；所谓"普罗"之青年，则什或六七焉。 以质量言之，所谓"布尔乔亚"之青年，生而席丰履厚，其耽于逸乐，好为夸诞，固无足怪，何则？ 其教养之影响者深也。"普罗"之青年，则一方为生活所迫，他一方又以血气方刚，偏于情感，往往一知半解，辄自矜为中国之马克思、列宁、高尔基，挫折既多，气质渐变，重以夙所未经之实际社会中，风气所趋，类足以左右之，故自叛其所守者，非特太息流涕于认识主义之不正确，或竟卖友；并鬻其向所笃信之党，甚且以主义为稗贩，而中风狂走，可哀也已。

比岁倡导新文艺者，于论列清诗，每以黄仲则与龚定庵并称，然《两当轩》才力薄弱，迥非定庵之"气象万千"，所可等语。相传仲则以诗干毕秋帆，有"全家都在秋风里，九月衣裳未剪裁"之句，秋帆立畀以千金。此为《两当轩集》之名句，实则大类乞儿语，宜其穷薄以终，较诸定庵之"别有尊前挥涕语，英雄迟暮感黄金"，雄浑深刻，何啻霄壤？！

欧美社会，夙为一夫一妻制，未尝有置妾者。吴县汪荣宝衔命使比，携其妾往，谂知彼邦俗尚之黜妾媵也，则诡称为从妹。居既一稔有奇，使馆中臧获异之，群相耳语曰："怎么这样大的妹妹，到了晚上，老是跟哥哥睡在一床？"闻者绝倒。

十年前，偶于戚属座上，邂逅友人某君，时方自英伦归，则聚谈近代思潮及学说。某君故好作大言，又廉知同座皆懵于新知者，辄谓其在法政学校授课时，每为诸生讲述社会主义之沿革，自"第一国际"以迄"第五第六国际"，妙绪泉涌，咸为动容云。余比即扣以闻有"第四个半国际"矣，所谓"第五第六国际"者，是何组织，愿安承教。某君面红耳赤不能答。

旧国会湘籍议员陈家鼎，热中而好大言，较所述某君，抑又过之。谭祖庵尝语余，"陈家鼎行且以吹死"，亦略可知其为人矣。民国二年（1913）秋，欲得众议院议长，然国民党干部，已决定推吴景濂，于是家鼎愤而组所谓"癸丑同志会"者，冀以罗致选举票。既召集成立会，遂标榜张皇于众曰，昨美国总统罗斯福有电贺余，且询及同志会之政纲，实则家鼎不解"旁行斜上"之字，其足迹更未一涉及欧美。又尝以省亲旋里，自以电告北平某报略谓："某舟过长沙，沿岸而观者万人。"某报记者喜滑稽，与家鼎谂，则揭其原电于报端，为之标题云："陈家鼎好看煞！"顾有足多者，性至孝。丁巳复辟之变，奉其老母避丁沽，蜗居一室，饮食起居必躬亲，了无倦容。

与家鼎同时号称湖南三怪者，有郭人漳。人漳为湘军某提督子，少豪放不羁，通翰墨，能为金石篆刻及书画。早岁通籍，以兵备道出守琼崖，与赵声先后参加当时之秘密组织，盖人漳虽湘军子弟，而颇具狭义的民族思想，有志排满，传其技击甚精，然卒以此自戕其身。岁壬戌、癸亥之间，人漳尝与某某等博，获全胜，博进以二十余万金计。有某巨商负人漳七万金，约于一来复中尽偿还，届期诣索，则避不敢面，人漳恚甚，徐以掌拍案，碎其一角，肆中人咸为骇然。突有七十许叟蹒跚自内出，温语以勿尔，人漳易之，欲挥使去，叟微捻其腕，则大惊悸，仓皇归，越三日而死。盖叟为世所称少林之名辈，某巨商与有雅故，先事乞其解围，而不虞一捻之细，竟以死人漳也。

昆明吕志伊，南社旧侣，亦同盟会之干部人物也。尝译日本某社会主义者诗三首，辞意并茂，亟录以实吾随笔。

社会不平鸣

上将少校之胸旁兮，羌有光其煌煌。此何物兮？是或文虎之勋章。是耶非耶？曰非也，是乃士兵之颈血与脑浆。

宦门姬妾之鬓毛兮，羌有光其昭昭。此何物兮？是或生发之香胶。是耶非耶？曰非也，是乃平民之血汗与脂膏。

　　大资本家之玻樽兮，羌有光其温温。此何物兮？是或美酒之香槟。是耶非耶？曰非也，是乃工人之血点与泪痕。

　　客有以仕进之道相叩者，余谓是有五字诀。一曰吹。吹者，视权要之所需而自炫其长也。喜文学者，则动之以文学；志在实业者，则动之以实业；办教育外交者，则动之以教育外交，余可举隅以反。二曰写。既吹矣，则权要苟或倾听，必属以草拟某某文件，自函电以迄条例、计划、政策，各随其所宜。三曰拍。此最不易，盖拍之工者，不仅及于权要之身。将并其亲昵而拍之；甚或姬、妾、婢、媪、弁、役，皆宜曲意相周旋；盖此辈日伺其主人之喜怒，最易祸福人也。四曰拉。拉者亦人异其所拉，创银行则宜为之拉资本；在军阀之侧，则宜多方有以扩其兵力；其厕身党委文人之列者，则以广党徒，或结纳名流学者，为进身之阶，余亦可隅反。五曰跑。彼权要既我用矣，势将承命为之四出应接。跑之为用，宜勤，宜忍，宜忠顺。五者备，罔或不能致闻达。亦有仅精其一二，已大有所获者。若更深言之，岂惟仕进，将欲于此物质文明之社会求发展，举必出以是诀。顾在资此以有为者，犹可曰此"忍辱负重"也；否则几何而不流于"卑鄙无耻"哉？客称善而退。

　　青年某君以求爱之术为问，余亦告之曰，是又有五子诀：曰七要三不宜。七要者：貌要不恶，心思要细，手腕要敏给，要多金，要多金而不吝，要勤于所事，要工内媚。然七要虽备，苟犯三不宜，将败不旋踵。何谓三不宜？性情宜缓不宜急，面皮宜厚不宜薄，语言宜藏不宜露，是也。今之少年困于爱者，其慎旃旖！

　　世所称"大世界中委"某君者，尝求爱于同里某女士，女士未之许也。 有就女士询其究竟者，则谓彼人貌寝又不洁，余恶能爱彼？某君闻而求之益力。 相传曾于旅邸辟一室，招女士至，则长跽而求，继以刃划胸次作自剺之状，女士屹然不为动，某君亦卒未自剺，党人戏以"大刀队队长"呼之。 然无何女士与某君果已结缡矣，或以为是"中委"之功，余则谓成于坚忍不懈者亦半。

岁丁巳张勋复辟之变，黄陂先事有所闻，谋所以遏之者，会有赣籍某议员，夙以策士称，与勋同里，兼系通家子，因密告于黄陂，将往说勋，以利害动之。 既诣徐州，易蓝袍青色马褂请谒，执子侄礼甚恭，陈说数四，辞亦诡辩，勋慨然诺，允不复辟。 比率所部入北平，则一夕之间，已易五色旗而为龙旗矣。 同时步军统领江朝宗于"中州会馆"集议拥戴时，出语偶不慎，某上将军直前，批其颊。 故余旧所作之章回体小说，有"中州馆金吾受辱，徐州城老伯欺人"，盖指此两事也。

郭松龄之叛作霖也，欲自树立一新势力，而植其基于关外，徐图号召中原，故举兵时，罗致闻人，饶汉祥、王正廷、林长民等，咸在延揽之列。 又属其总参议萧其煊招余，余逊谢，正廷亦未果往，往者仅饶、林二君。 松龄讨张檄用骈俪，以李嗣源自比，盖出于汉祥手笔。 战既屡捷，顾以日人之掎张，又部曲哗变，致败。 汉祥、长民，各仓皇御"薄奔车"宵遁，途值奉军，叱问谁某，汉祥悸而坠于车下，奉军睹其面目猥琐，衣履尤敝，误为奴辈，挥之使去。 秘书邓某亦鄂籍，气宇轩昂，方华服高据车厢，群以为是汉祥，执之去，遂及于难。 则知貌寝者，有时转以此邀幸。

长民将就郭之前数夕，折柬约余与方声涛饮于雪池寓斋，酒半，戏拈"戌"字问休咎，余谓君必久留矣。 迨松龄军挫，长民之弟，以电觅其兄踪迹，偶相值，余忽悟长民所拈之"戌"，乃大不祥，"戌"

者戈下不成人也，是必无幸免之理，已而果然。 此自科学之眼光而言，不得谓非"迷信无稽"，然其奇中，亦正不可解。

五四运动以来，中国之文化，一新壁垒，自是而语体诗及散文、小说，日益不胫而走，然浸淫十余年，旧派章回体之小说，犹屹然不为少拔，此其症结所在，实与整个的社会，相为联系。 盖中国之新教育，初未尝普及，而受新教育之洗礼者，又显然分为左右二派，左派文艺不仅推陈出新，且一蹴而自蒙"普罗文学"之皮，其停滞于右派者，则并语体而排斥之。 矧社会之制度、习惯，暨一切事物，类皆新旧并存，更广而言之，中国之社会组织，及其经济之关系，因袭于封建社会之遗者，什犹居其六七，故所谓"封建社会性"，其流毒于人心根深蒂固，犹未可忽视，能识字读小说者流，盖什之七八，具有"封建社会性"者。 智力之程，既有等差，其兴趣宜相悬殊；重以鬻书报为业者，不愿效忠于革新，惟求其营业之有利，章回体小说，至今风靡，有自来矣。

章回体小说，与新派之小说，等是语体，而章回体较为通俗化，读之者易于了解，此固未可厚非，然嗜为章回体小说者，其现代知识，类极比较缺乏，简言之，则大都常识不足，故其描写及结构，颇少是处，盖于现代社会之动乱，及一切事物与人的解剖，辄不甚了了，而强以刻画旧社会一切者，为其脉络，"画虎刻鹄"，至为可笑。余曩读《春明外史》，间有描写徐志摩、陆小曼、王庚之处。 此数君者，本自寻常，然志摩、小曼、庚三人，即各有其特殊之个性，志摩号称纯粹"资本社会化"之浪漫诗人，而仍有其什一之"封建社会性"，小曼则什之二三，庚则什之四五焉。 如《春明外史》所描写，直是一封建社会才子佳人、公子小姐，可谓全然不似。

晚近文士，求其能兼擅法国人所称"真美善"数者之长，得四人焉：于右派得谢婉莹，即世所称为"冰心者"；于左派得沈雁冰、周树人、田汉，沈周，即世所称为茅盾、鲁迅者。婉莹之作，类有所囿，而雁冰、树人、汉，则较广传。余尤爱汉之天才，雁冰之《虹》，亦余所喜，盖诗情、画意、哲理，可时于字里行间见之也。

近十数年来，中国新旧诗人之作，每有足资谈柄者，余曩见某某两君，有《北伐》及《中山陵》诗，皆为诋毁革命，厚诬孙公而作，姑不置论。其最可笑者，《中山陵》诗悉举旧籍所载孙姓之典实，加诸孙公，如援用孙策、孙恩之类，惜不复记忆。《北伐》一绝云："山东河北万家空，青史无双北伐功。老死龟堂应不恨，生儿及见九州同。"龟堂为陆放翁，以拟孙公，毋乃不伦，而辞意之谬，又其次焉矣。新诗则余于某诗人之集，见有"可爱她那牛奶一般的身体啊"之句，不禁大噱，身体二字之上，而冠以"牛奶一般"云云，抑何其"想入非非"耶？又章太炎挽孙公联，用孙权及楚怀王典实，实亦不通已甚，盖不仅谬妄，且过于不切也。

书至此，忆及挽孙公之联虽多，佳者似仅余及吴敬恒两联。余联云："是赵佗刘裕所难，若论事功今古仅；合林肯列宁为一，独嗟身世异同多。"敬恒联云："闻道大笑之，下士应多异议；贻谋后死者，成功不必及身。"皆精警，异乎太炎所撰。

民国二年（1913），袁世凯以熊希龄为国务总理。希龄与张謇、梁启超之流相标榜，号第一流内阁。时人戏为之联曰——"乌龟忘八旦，凤凰第一流"。殊冷峭，盖希龄隶湖南之凤凰籍也。此与生挽康有为之"国之将亡必有，老而不死是为"，足以并传千古。

癸丑壬戌间，世所称"天坛宪法"者，余与江西汤漪实主其事，漪为宪法起草委员长，余则以众议院秘书长而兼主宪法起草委员会之秘书厅事。 犹记癸丑十月，袁世凯将解散国会，时宪法草案甫脱稿，漪密谋于余，先一夕深夜缮送国会，翌晨而解散之令下。 其后丁巳复辟之变，国会再被解散，余潜携草案及印信走粤。 岁壬戌，国会又复，余辞去秘书长，而此三草三已之宪法，遂于曹锟贿选之日，黄纸朱书，悬诸天安门，然卒无裨于国家与民族，无裨于北洋军阀之崩溃，并无以涤锟贿选之污。 以论往迹，宜若余为最忠于宪政者，顾私衷所见，窃以目前之中国似非适宜宪政之国家，矧今日世界潮流，宪政云，议会云，盖皆已成强弩之末，将与所谓"资本主义"同其运命，是不得不望吾党之勤于制宪者，有以因时而制宜也。

言中国政党者，莫不知有国民党与研究系，盖左右两翼之政团也。 言研究系者，又莫不知有梁启超、汤化龙、林长民，盖皆其领袖也。 然自研究系之萌芽，以迄其孳长，而盛，而衰，而涣散，为之策进而操纵之者，虽启超、化龙、长民亦奉若神明者，莫知有一蹇念益在。 念益为黔人，好机数，决疑定策，无大小，类能了若指掌。 相传蔡锷、戴戡之潜入川滇举义旗声讨洪宪，念益阴实主其谋，而丁巳督军团之毁法，亦念益所授方略。 则其功过，有待论定矣。

满清末叶，粤中某巨室妇新寡，仅一襁褓子，族人觊其多金，则日伺其隙。 会妇与僧人某私通，一夕，族人既侦知，乃纠众潜入执之，以衾席卷焉，星夜驰赴县署。 时闽人刘某为邑宰，先已受妇弟之赂十万，扬言是必于内廨亲讯，盖预为之计矣。 比解衾，则此牛山濯濯者，已易僧而尼，族人相顾愕然，刘某始斥之去。 此可谓机警，抑亦善于纳贿者。 以视晚近墨吏，动辄攫金清昼，肆无忌惮者，倘犹为贤而且智乎？

同学刘曼若之尊人，苕生先生，三十九岁时病笃，中西医皆束手，已气绝三日矣，家人以待曼若来始入殓。曼若既至，忽跃然起，大呕吐而愈。洎四十九岁病卒，曼若之太夫人曰，是又将跃起，然而竟不复醒。此事亦颇异。

武人而貌恂恂如白面书生者，类精干而深沉，余于北洋渠帅，见张作霖，南方则贺龙而已。初余以朱绍良亟称龙之才，心识之，偶诣组庵，时龙适来谒，组庵乃介余与谈，吐属亦殊蕴藉，绝不类豪客一流。传闻龙率所部至武汉，某苏联教官询"贺师长是何学校毕业？"龙笑答曰，"绿林大学毕业"也。一时传为美谈。

友人邹鲁、叶夏声，同为粤籍，同为旧国会议员，又同为吾党之早达者。夏声少美好如妇人女子，鲁则黧黑，貌不扬，然鲁生平多艳遇，两赋悼亡，而夫人皆倾城之选。夏声则三十以前，颇自矜为"不二色"，其后数置妾，类极丑恶，相悬有如此。故余近作《雪夜怀人绝句》云："邹生黧黑叶英奇，艳福无双丑妾随。党籍齐名关许事，人间不信有妍媸。"盖纪实也。

闽士擅"诗钟"之技。近见遗老某之"长""远"嵌字一联云"长治难期民已智，远交鲜傚国多疑"，颇有现代之眼光，不类迂旧者所作。因忆及先君鉴波先生之"未""丝"嵌字一联云"停针笑答年犹未，揽镜惊看鬓已丝"，亦隽妙可诵。

南通张謇，以名状元而兼土皇帝，盖亦出入于清室与民国间之一怪物。謇早赋悼亡，与某氏妇情好綦笃，然"罗敷有夫"，彼此又囿于封建社会之旧道德观念，不敢公然议嫁娶。妇固精于绣事，通翰墨，睿则迎主某女校，别于私邸左侧，辟精舍居之，角落一门，"曲径通幽"，其"意在山水之间"，从可想见。 相传妇之夫亦文士，睿岁有馈遗，戒勿往来。 洎妇死，其夫谬欲以此恫吓，冀获重金，睿置不理。 于是搜集某氏初至南通时，睿与相通问之函札及篇什，都为一集，付诸流布。 余见其中一短札，又绝句二首，皆出于啬翁亲笔者，悱恻缠绵，"兴复不浅"，录之以见旧官僚之丑态可怜也。 札云："汝定不来，我亦无法。 今夜独上西楼，看可怜之月色，此意又谁知之？"盖某氏初至南通之一夕，睿约其夜话，某氏忸怩作态也。 诗二首，则为某氏与睿共摄之影而题。 句云："杨枝丝短柳枝长，旋绾旋开亦可伤。 安得一池烟水合，长长短短覆鸳鸯？""曾是春寒拂袂时，柳枝作意傍杨枝。 不因着眼帘波影，东鲽西鹣哪得知？"

袁世凯僭号"洪宪"之始，一时人士，趋走若鹜。 时王式通为世凯掌记室，晤对俄顷中，称臣者至十数，其同列为之语曰，"王书衡有臣癖"，书衡盖式通字也。 然传闻段祺瑞誓师马厂之役，首先以一旅自廊坊发难之皖籍某旅长，初亦尝泥首宫门，张勋薄其官卑，且未御满清制服，摈不令入觐，某愤而出都，故"志在必报"云，未谂确否？ 武昌刘成禺，有《洪宪纪事诗》百首，并皆隽妙，独遗此两事，辄复泚笔及之。

有清一代，满汉之畛域綦严，汉人虽位至宰辅，类有所牵制，罔或迳行己志。 张之洞晚年入相，作《读史诗》，其一云："南人不相宋家传，凄绝津桥听杜鹃。 辛苦李虞文陆辈，追随落日到虞渊。"于时清室方全盛，迥非南渡之比，而之洞隐然以李纲、虞允文、文天祥、陆秀夫自况，无何，清果覆亡，盖有慨而发，不意其成诗谶也。

清遗老辜鸿铭，精英文，而性特顽固，喜标榜东方文化。 尝与人论列婚姻制度，鸿铭谓中国旧式婚姻，譬诸置水于炉火之上，而徐俟其沸，则过程中之温度，有增无减，近代之自由婚姻制，则譬诸已沸之水，自炉而委地，未有不冷者。其说甚辩，时贤中卫道之士，与笃旧者流，深叹服之；余则以为非是。盖封建社会之婚姻制，尤以中国宗法制度之婚制，最不可为训，即欧美资本社会之婚制，亦未尽善。彼固同一以妇女处于从属者之地位，所不同者，中国旧式婚姻，绳之以严酷之礼法，饵之以共同之利害，此殆视妇女若马然，豢以刍豆，施以羁勒，则御之者控制自如，而马亦驯服，情也，抑势也；至于欧美之自由婚姻，则离合既可依法，利害又不必尽同，矧离异之妇，例得受赡养费若干，此为中国旧制"大归"所无，是则譬诸纵马于原野，且尽卸其羁衔，其逸去，又情势使然矣。

五四运动以来，语体诗风靡一时，少年人士，辄喜为之，然晚近则书贾相戒，不肯出资购语体诗，盖售去不易也。此其故，非由于语体诗不足以行远，所谓新诗人，实阶之厉！余遍览坊间印行之语体诗，其全不押韵而取径于欧美"自由诗"者，什居其七八，其效法欧美诗人之用韵造句者，什或二三，前者直是一篇散文，其后者虽间亦不乏哲理与辞藻，然酷似欧美人之意境，不仅与中国社会之现实生活，颇有出入，抑绝不类东方民族心灵上之自然流露。一言以蔽之，则富于"模仿性"，而缺少所谓创作之天才而已。朋侪盛称余所作旧体诗词，谓能以旧式之格调，写新辟之意境，而又兼有真、美、善之长，顾未知余于语体诗，尤能戛戛独造，别开意境，堪于语体诗史中，辟一新纪元。兹录近作二首，质诸同好，此仅为余所作新诗格调之一种，差信近于自然耳。其一为《我怀疑》，诗如左：

闪动在马路旁的影子，
我怀疑，

我怀疑你在陪着我走。
树枝儿被风吹得发抖，
我怀疑，
我怀疑你在抱着我腰。
冷清清地，
冷清清地，
天上只有一颗星向我微笑。

又《记得》一首云：

记得过去的一天。
天上有星有云彩，
我们俩走到湖边，
那儿是几只小船。
走进船刚好有风，
刚好有月亮滚圆。
风吹着荷花的香，
月照着水珠儿晃。
你那可爱的模样！
你那水一样眼睛，
你那音乐似的嗓，
至今还在我心上。
你拿了我的手指，
和你自己的并排。
并排地靠着电筒，
要看"谁的血色差？"
我穿着你鞋刚好，

你不好意思的说：“我的脚太是大了。”

啊！我真不敢再想，

我只想再有一天，

你完全是我的人。

轻轻地在拥抱着，

低低地在喊“亲亲”。

假使再有一天，

我愿意敲碎了心，

我愿意毁了魂灵，

我愿意陷在泥淖里万劫不能翻身！

曩张某与刘半农，争论新旧剧，张颇以半农不解旧剧中之脸谱为诮。 近顷萧伯纳质梅兰芳，又深诋旧剧之锣鼓，或则为锣鼓致辩，余以为皆非也。 旧剧之必不能改良，尤不宜使之持续，此中固有至理在。 何则？ 旧剧皆成于封建社会之时代，闭关生活之中国，其作用在敦风厚俗，其基础则以中国数千年以来传统之忠、孝、神、怪、义、侠为根据，欲言改良，直无从改起。 晚近“质胜”，宴安逸乐，习为固然，中于人心，必欲以戏剧转移社会之观听，宜首重“戏文”，“即剧中情节是”，脸谱锣鼓之有无，迺其末焉矣。 然旧剧苟不废弃，则徒增中国社会不进化之印象，使士大夫迄于齐民，尽陷于矛盾之观念与心理中，而仍无救于宴安、逸乐之弊，盖不切于今之世情也。 此其害殆不可胜言！

中国旧有之物，自文字以至典章、风尚，莫不与旧社会之制度相表里，亦皆与所谓“社会经济”攸关，此笃旧者流，所不可不知，而革新之士，尤当穷其症结所在，善为之针砭也。 譬诸字然，“富”字为“家有一口田”之象，盖隐然可知农业社会之人民，其唯一产业在耕种之地也。 分贝为"贫"字，此又与载籍之"一夫不耕，或受之饥，一女不织，或受之寒"，互为印证，于以知畴昔之农业社会，其社会之经济，以劳力为原则也。 书至此，忆及京师大学即北大某德国教授，通晓华文，尝于讲席释"家"字。 某教授大言，"家"者室以内一窝猪也，此可知中国人之不洁无知识。 诸生哗然，群起而攻，卒以侮辱罪去职。 实则"家"字之义，信如某教授所言，特古人于民生，务求其"蕃滋"，故多男子与多福寿，并称于"华封三祝"，"家"字从豕，盖取"蕃滋"之义尔！ 所惜者，知"蕃滋"而不知"优生"，遂以养成数千年相斫之局，浸假而流为今日之孱弱，"履霜坚冰"，由来者渐矣。

陈炯明之乱，竭粤桂湘滇诸军之力，仅乃荡平，时滇桂军最精锐，军力亦最雄厚，其渠帅又贪狠，寖成"尾大不掉"，迨后讨伐杨刘一役，战既捷，希闵、震寰所部奔溃。 希闵之副司令赵某，窜身田间，农人或尾随其后，赵某皇遽，探囊出纸币相赂，则港币累累然以数千计，农人始揣知其为"高级官"，则鸣金聚众执之，赵某奋斗以毙。

是盖多金适以贾祸，所谓"虞叔怀璧"也。

亡友陈子范，以郭家朱解，而兼有荆轲摄政风，辛亥鼎革，愤官僚军阀之僭窃政柄也，则密与数四同志，组"铁血铲除团"，出以暗杀。 徐宝山之死，郑汝成之刺，皆"铲除团"所募死士为之。 刺郑时，子范已不及见矣。 与其谋者，余与魏怀、林森、林知渊、叶夏声等六七人，而陈其美、张静江，实资之以财，俾铸炸弹，购手枪，供行李乏困之需。 岁癸丑，偶亲试弹力致死，林森为之营葬于西子湖孤山之麓。 然侪辈仅知其任侠，子范固"文通武达"者，尝出其诗词见示，颇有独到处。 惜仅记断句云："凭渠江水都成泪，驵侩何曾解断肠！"盖为某女郎而作。 晚近以来，官僚军阀，犹阴为革命之梗，安得复起子范于地下哉！

以旧诗词而写新生活，工者罕见，余颇私以此自负。 偶诣霞飞路之"国泰影戏院"观影剧，得《菩萨蛮》一阕云："柔肠悄与歌声接，电光人意相明灭，如梦复如烟，情丝一缕牵。 壁灯红似血，怎似侬心热？ 絮语不多时，殷勤问后期。"

事有轶于常情之外者，群以为是必有数在，其实偶然耳。 贵阳陈夔龙除豫抚时，与驻豫之某参将，积不相能，思疏劾之。 清制督抚皆兼领军务，某参将闻而惴惴，意若万无幸免理，顾负累綦重，又势不能乞休。 未几夔龙奉诏入觐，思面劾，洎"廷对"，慈禧忽垂询："驻豫将领中，亦有一二淮军旧人否？"某参将适起家淮军者，夔龙猝无以答，不得已举某参将名，初犹思绪以他语，而慈禧不复问，遂"叫起"。"叫起"者，退觐之别称也。 翌日则谕擢某参将为大名镇总兵，夔龙私询"小军机"，朱批赫然，有"陈夔龙面保"五字，始嗒然若失。 十年前，叔兄肇煌绾上蔡县篆，会有方某乞权要电荐，必欲得上蔡令，豫当局遂以叔兄他调，然方某履新仅五日，匪陷上蔡城，夫妇俱被掳。 此与前一事稍异，而因失反得，则颇近似，并录之。

近顷中国文士，喜标榜"幽默文学"，顾其内容，去"幽默"甚远。高者颇类《笑林广记》，亦或一二似《世说》，其十之六七，直是《新一见哈哈笑》，未足以尽欧美所谓"幽默文学"之事也。 余谓魏晋人喜清谈，喜服"散"，今之鸦片与"散"同，"幽默文学"与清谈同，适足以彰民族性之堕落及其没落。 盖东方民族性，本自萎靡，安于惰，习于贪，尤好"不负责"，鸦片为惰与贪所酿成，而富于颓废，滑稽性之"幽默文学"，则不负责之显而易见者。 昔贤谓清淡亡国，余则谓"学焉而未能"之"幽默文学",亦未始不足以亡国而有余!

　　译欧美诗为中文诗,其事至不易,盖作者之意境与句调,既求其吻合,复格于中西之韵律,苦难尽善,倘遂以己意为之,则非译述矣。余曩译法人卫廉士诗,颇自矜许,盖先是余译原作为语体,讽诵久,觉其不甚佳,改译为《浣溪沙》词,乃大妙。兹录于左:

（一）语体译文

秋之歌

（译法国诗人 Paut Vailaine 作）

秋天的梵亚林里面,
拖长了哀音。
这唯一凄寂的声调,
真叫我伤心!
当着晚钟的时候,
充满了悲哀同抑郁。
我只有哭了,
回想起旧日。
去吧!
无情的秋风。
它带着我往这儿,那儿;
仿佛是枯叶在空中。

（二）文言释文

浣溪沙·秋辞

凄厉秋音去未穷，
伤心不待梵琴终，
黯然只在此声中！

往日思量空溅泪，
满怀悲悒怯闻钟。
身如枯叶不胜风。

　　总理孙公之以海军入粤护法也，程璧光实翼戴之，洎璧光被刺，海军中人，渐趋附桂系军阀，孙公益感于孤立，事多掣肘。　先是，广东省长朱庆澜，有卫队十营，庆澜将去，则因汪兆铭之介，兆铭又数为孙公通大元帅府与桂系两者之驿，遂以此十营畀陈炯明统率。　炯明固阴鸷狡黠，颇不为桂系所猜忌，得扩充成军，密承孙公之命，相机进取，而移师攻闽，实所以植其力。　逮后师次漳州，南北之形势一变，所谓广东军政府者，与北方直系军阀，潜相结纳，南有滇桂之争，北有直皖之乱，孙、段、张合纵之局以成。　孙公思有以竟革命之功，促炯明返斾讨桂。　时闽帅李厚基，属于皖系者，迺资炯明以大宗军火，厚基所部之师长臧致平，与直系有旧，阴使人扣留不发。　孙公方旅居沪滨，遂召余与谋，余于是密邀胡汉民及皖系策士方枢、浙军师长陈乐山，又卢永祥代表石小川四君，以某夕集议于外滩之德国领事馆二楼。　议既定，间关走福州，为厚基、致平，有所疏解，此大宗军火，始获输送至炯明军，讨桂卒以大捷。　未几孙公即诣粤，重组军政府。　此事颇关革命史料，爰泚笔志之。

谭延闿为国民党柱石，世多知之，而不知延闿虽早隶党籍，顾初以黄兴同里之雅，于孙黄无所左右袒。岁庚申，赵恒惕以所部叛，延闿乃因周震鳞请于孙公，愿讨赵为北伐先驱。自是厥后，尽瘁革命，大有造于党，盖湘军剽悍善战，延闿又负时望，得士心也。故余《雪夜怀人绝句》，关于震鳞一首云："筹笔从容庾岭隈，推贤能尽组庵才。中兴党史分明在，手执三湘子弟来。"

延闿负纬武经文之才，勤于治事，虚怀接物，弥有足多者，惜其生晚，限于时会，无以彰其贤，甚者世或以"模棱"讥之，然余知延闿固有心人也。流俗之评，恶足轻重？！丁卯宁汉合作后，主南都中枢，有《游秦淮》绝句云："重桥行尽转荒凉，舟过微闻菡萏香。圆月澄明高树静，不堪回首望灯光。"寥寥二十八字，正不知有多少感慨？！

同盟会为国民党之前身，其于中国之革命史"如骖之靳"，自不可漠视。然同盟会志士，初仅囿于狭义的民族革命，盖无可讳，故旧日朋侪，十七皆不脱封建社会之意识与情绪。世所称为"筹安会"六君子之胡瑛，亦同盟会健者也。系狱时，以某狱吏之力，得不死。狱吏女又数数为之料理衣食起居，情深一往，瑛私甚德之。比辛亥改革，瑛赫然新贵矣，遂与结缡。顾前此瑛文定姚氏女，则于一日之间，相携"赋催妆"。客有谂知姚女能诗者，于嘉礼告成时，纷就而索句，姚援笔立成一绝云："华堂今日试红妆，为赋新诗下笔忙。自是东风能着力，天教并蒂属英皇。"诗固不恶，而以娥皇、女英自况，瑛亦欣欣然有喜色，殆隐然自居于舜，其思想之溺于古若此。

戚属某君，新自伦敦归，偶与余谈及跳舞，余颇示不甚赞许意。某君误以为余思想迂旧，则告以跳舞实为资本社会风尚中矛盾之一，盖既已袒臂入抱矣，无论其距离何若，尊重何似，要其肌体之亲昵，已超于夫妇寻常相处以上，而与所谓 Embrasser 相若，仅少一吻耳。夫资本社会，一方以男女间生理之需要，视为神秘、秽亵，其法令及道德律，亦以为此当属于一人，顾他一方，则于十百倍于"意淫"之跳舞，拟于礼节，群相效尤，自欺欺人，矛盾孰甚?！ 此较诸封建社会之男女授受不亲，安那其主义之"性交自由"，各能自成其一贯之系统者，殆皆有愧色。 因忆及癸亥暮春，同学胡先骕招饮于金陵之海洞春，座中南昌杨铨君，深以余之说为然，更从而引申之，谓有基督教学者某英人所著《性的心理学》一书，亦极排斥跳舞，甚且谓数相跳舞之男女，罔不趋于旅邸幽会之途，有于舞场中遗精而不自觉者。 此虽从基督教之伪道德立场，张皇其说，与余异趣，而跳舞之为资本社会风尚中矛盾之一，固不可掩也。

余译法人威廉士《秋辞》，其"语体"及"文言"译文，已并纪如前，更以作者原文补志于此，以供参阅：

Chanson de I 'authome.

Des songlots lons,

de violant de I 'authome,

Ble 'se mon coeur,

D 'une longuer monotone.

Tout suffocents,

et ble 'me quand sonne I heure,

Je me souvicnt des jours encients

et je pleure,

Je men vais,

au vent mauvais qui m 'emrorte.

de ca 'de la;

Pareille a 'la

feuille morte.

北洋诸将，称王士珍、段祺瑞、冯国璋为三杰，有"王龙""段虎""冯狗"之目。然所谓"龙"者，舍于北方渠帅内讧时，数作鲁仲连，及丁巳复辟之役，曾一参"密勿"外，迄无所表现，流芳、遗臭，两无能为役，抑岂所谓"叶公之龙"耶?!

中国所谓命数之学，盖阴阳家支流也，与古代之谶纬，西方之预言，同一妄诞。然士大夫阶级以迄齐民，信之者，嗜之者，十且八九。晚近则欧美留学之新少年，亦习焉不倦，此由于东方民族之进取心与自信力，皆极薄弱，人怀侥幸，而命数之学始昌。矧封建社会与宗法制度，二者实宰制数千年以来之中国，彼皆有利用命数之学，以愚黔首，变世风者在也。闻陈炯明之将畔也，初犹豫不决，密谋之于策士某，某故擅子平术，辄语炯明以速发勿迟疑。其所挟之理由，则谓："炯明之八字，'丁丑，癸丑，辛卯，癸巳'，为'龙虎夹贵格'，在畴昔必为帝王，今亦当贵为大总统耳，孙文何足虑?"于是而围攻帅府之变乃作。炯明既陷为革命之贼，誉以"龙虎夹贵格"之某策士，后且死于乱军中，不可谓非命数之学有以误之。

卢永祥为言，客沈阳时，尝于广坐中，见作霖之秘书长郑谦，以电稿进，作霖方不怿，则掷诸地，叱曰"妈那巴子!"盖辽宁人骂人之村语也。谦面色自若，徐俯而拾之以退。永祥颇薄其为人，然谦卒以致江苏省长。有类此一事者，则伪满洲国之驻日大使鲍观澄，初亦依附军阀之一人，从田维勤为总参议甚久，维勤偶病不能起，观澄则躬为之捧溺器，余睹而慨叹，逆料观澄之终于遗臭也。或云谦与观澄咸工"内媚"，能以舌舐妇女私处，得奇快。 此虽不可知，要自其操行观之，或亦属实。

　　欧美人久于中国，每与东方民族同化，而卑污贪狠，容又过之。闽人罗丰禄居李鸿章幕中，鸿章颇礼遇。 一日，偶以故忤鸿章，鸿章厉色作合肥土语相诟。 丰禄方年少气盛，以为"士可杀不可辱"，是乌能堪，出而检行李，将袱被去。 同寅有德人某君，笑喻丰禄曰，"大丈夫何悻悻乃尔！ 子之事中堂也，岂不以中堂为阶梯，今则升堂登楼之未逮，讵自弃去，宁忘尔古人所谓忍辱负重乎？"某君盖旅居中国，已二十余稔者，且通晓华文，故云云。 丰禄深然其言，遂不复言去。 他日鸿章复召入，温语谢过，无何，外除以英、意、比三国公使，此德人可谓善于揣摩者矣。 又海防至云南，经安南国境，沿途法国吏胥，搜检至严酷，行贿则否。 赣籍某议员，尝衔命为唐继尧代表南来，过安南之河内，适天气酷热，某私携鸦片二十两，惧吏胥之相厄也，则裹而密缚于裤。 时方盛夏，炎蒸不可耐，鸦片味洋溢四达，吏胥执而搜之，果为违禁之鸦片，方厉色将有所为，某亟以特别护照出示，且书一纸云："我为唐总司令代表。"法人比即诘以"子位居何等？"某大书云："很大很大，与总司令相等。"此吏胥旋改容，但嘱其少待，既而向"舌人"作耳话，就某索千金，某无如何，赂以半数得免。 是又与某德人之事异，而其为势利无耻则一。

　　遗老某巨公，老而弥啬。 余客北平时，偶诣访之，见米店收账者至。 某巨公叩以"今日米价何若？"则答云"每担十元"。 某巨公笑谓："然则前此所购之七担，当作今日市价偿还尔。"收账者皇遽，卑辞以请。 座适有别一遗老，曾任清御史之叶某，亦从而为之说辞，某巨公始勉强畀以所值，至为可笑。 然某巨公于国学，极精湛，所为诗、词、骈散文，咸沉博绝丽，尤工挽对，尝于旅邸有句云"登降安便不我劳"，盖为电梯而作也。 此与闽李宣龚在火车中之"车行追落日，淮泗失回顾"，同为旧体诗人中之善于描写新生活者。

清末废科举，甲辰一科，所以结束有清一代科举之局，国民党与研究系人物，颇有出身于是科者。 相传是科之会元，初已内定闽举人林志煊矣，寻某考官得谭延闿卷，诧为仅见之作，乃持以力争，而延闿书法学颜平原，颇得其神髓，志煊弗逮也。 议三日，卒定以会元畀延闿，此书法得元者。 甲午则异是，时中日方交恶，廷议重时事，故骆成骧虽书法劣，而条对精详，竟擢状元。 历来状元之不善书者，无如成骧，盖时会有以成其名也。 又戊戌之变，梁启超深为清那拉后所恶，洎举经济特科，第一名为梁士诒，亦粤籍，主者不敢以进呈，遽易十一名以次之十卷，为前第十名，于是滇之袁嘉毂，遂列第一人。 余于庚申游昆明，去城三十里，见有石碑巍然，书"大魁天下"四字，即嘉毂所树。 中国人之热衷功名如此！

犹记袁世凯时代，授梁士诒以勋一位，士诒适为总统府秘书长，乃自撰授勋文，有句云："比唐家之房杜，谋断兼长；方汉室之萧曹，指挥若定。"隐然以开国功臣自况，此与杨度之"臣本布衣，得封于留已足"，皆饶有封建思想，宜其与度，同以参与洪宪帝制获罪矣。

蔡锷与杨度同里，又同为研究系健者，然度以洪宪劝进获罪，且身败名裂，锷则以讨伐洪宪，垂不朽，其有幸有不幸若此。 岁丙辰，洪宪既覆，锷亦旋病殁，时度在通缉中，挽以一联，甚佳。 联云："戎马战功多，即今豪杰为神，万里山川皆雨泣；东南民力尽，太息疮痍满目，一时成败已沧桑。"倘所谓"善于文过"者欤？

"南社"为清末党人中笃好文学者所结合之社团也，颇致力于民族革命与民权革命，柳亚子实为之倡导。 余以辛亥冬南来，于陈子范案头，见《南社诗选》，有亚子题《洪北江集》一绝云："投荒万里归来日，犹自题诗颂圣仁。 臣罪当诛缘底事？ 昌黎误尽读书人。"心识之，遂因子范与林之夏之介，得定交，相见恨晚。 亚子所为诗词，工力两擅长，且不为古人所囿，此殆其思想使然，不尽关于才气。 年少时，颇有卫玠璧人之目，卖花女郎，至误呼以"大小姐"，朋辈传为美谈。 性豪放，嗜饮，中岁以来，则深沉避席矣。 其长公子无忌，女公子无非、无垢，皆英绝能文。 无垢尤秀外慧中，美而多才，善为今体散文及小说，而思想孟晋，又突过乃翁。 余于士大夫阶级之闺秀中，罕见甚匹，所著《菩提珠》短篇小说集之《墓中人》一篇，状小资产阶级与普罗阶级间之生活，文笔极流丽自然。 无垢尝自短其小说欠结构，余则以为其佳处即在不待刻意结构，而自然神妙，如"初写黄庭，恰到好处"。 兹略举《墓中人》篇中数语，当知余所赏不谬。

　　她回家了，这是我们都认为必然的吧？但奇怪，三天后，她又来了！
　　这是怎么一回事？使我见了她，记不起昔日的可爱来。
　　"她竟换了一个人了？"当她含泪走进我房中时，我忍不住低声的喊出来！她懒懒的打扫着，寸步难挨的在搬动四肢。
　　"你休息去吧，我自己来打扫便得了！"我怜悯地说；也许一半带着不满于她的行为？！
　　"不，小姐，我可以……但……天气怪热的，我也没有生病，你，你，……你自己写信吧！你知道，像我们这样的穷人，是的，直到生命结束时，还得把所有的精力耗尽才得呢！唉！……"她呜咽地流泪了。

观于"记不起昔日可爱来"与"我怜悯地说，也许一半带着不满于她的行为"数语，小资产阶级中闺秀心理之自然流露，可谓跃然纸上。 盖无垢现身说法，乃能如此惟妙惟肖，此则自然之结构，有胜于做作之结构矣。 至于"像我们这样的穷人"句直至"唉"字，何等沉痛？！ 何等深刻？！ 何等真实？！ 然无垢于属草时，殆亦仅依女佣原来之语，而一一笔之于书耳，初未尝加以藻饰，而远胜于雕琢者万万，真天才也。 晚近所谓"女作家"，直当望而却步！（附注：《墓中人》系描写一女佣有所私而堕胎事。）

闽杨仲愈，清末才子也，尝佐沈葆桢幕府。 葆桢方为船政大臣，以十万金畀仲愈，使诣上海购军火，仲愈至沪，则于某日遍征名妓，倡为"裙钗会"。 妓之参与者，人各贶一笔、一巾、一钗，仲愈自为之写作，极一时之盛。 返而复命，葆桢怒，欲置诸法。 仲愈乞假以半日，理发更衣，既竣，则草一骈俪长函致葆桢，哀感顽艳，辞尤诡辩，葆桢奇其才，得不死。 儿时曾读传钞之稿，有句云："鲁囚越石，感大夫知己之恩；晚节李严，冀丞相他时之用。"隶事精警，故是佳构。 仲愈为同治中某科殿元，所作《三不殆论》，通篇用《左传》典实，亦壮丽传诵。 又其友某于观音菩萨之诞辰，吃荔枝暴卒，仲愈撰挽句云："莲叶为舟，大士载来君载去；荔枝下酒，浮生如梦醉如归。"颇隽妙。

满清同光间，卞宝第、谭钟麟皆尝开府八闽，皆贪黩，闽人呼宝第以"卞铁铲"，钟麟则号为"谭帚"。 盖帚之为用，仅于扫除而已，铁铲则并地中之土而刮之，极言宝第之贪十倍于钟麟也。 传闻合肥李鹤章，及其子国筠，于清代、民国，先后巡按两粤，粤人呼鹤章为"大荷包"，而以"小荷包"呼国筠，亦皆所以讽其贪。"小荷包"者，国筠为鹤章之子，又其苞苴授受间，犹稍有忌惮也。 抑人亦有言，民国以来，墨吏视清代为尤，读此可以返矣。

　　尝读李慈铭日记，有排斥建筑铁道一书，略谓中国若筑铁道，则车夫且尽为饿殍，矧一旦有事，夷人将用之以攻我，徒假强邻以便利云，其顽固可为一笑。　三十年以前之名士，迂旧无知，乃至于此。然翁同龢日记，则尚有数四中肯之处，惜不复记忆，仅记其一则云："某日新科翰林蔡元培来拜，人才也。"元培之为人，后世自有定论，余雅不欲有所毁誉，而在满清之季，元培实富于新知，其思想自胜康梁十百倍，当时翰林，恐遂无两，同龢叹为人才，非虚语。　于此可知"封建社会"之时代，居高位者，犹能稍稍留意人才，以视今之大人先生，徒沉溺于"声色狗马之奉"者，差胜一筹否?!

　　余欲刊近三月以来所作诗、词及语体诗，都为一集，而苦无以名之，偶见旌德吕碧城女士诗，有"早知弱水为天堑"之句，几失此佳名。　乃思以"弱水"名吾集。　碧城故士绅阶级中闺秀也，惊才绝艳，工诗、词，擅书翰。　岁己酉，余年甫十三，读书天津之"客籍学堂"，尝私往窥伺，时碧城才二十许，主女子公立学校，为时流所重。其诗颇有神似玉溪处，余尤喜《天风》及《崇效寺看牡丹》两律。《天风》云："天风鸾鹤怨高寒，玉宇幽居亦大难。　红粉成灰犹有迹，琼浆回味只余酸。　早知弱水为天堑，终见灵旗拂月坛。　悔过蟠桃花畔路，无端瑶瑟动哀顽。"《崇效寺看牡丹》云："才自花城卸冕来，落英狼藉委苍苔。　肯因梵土湮奇艳，坐惜芳丛老霸才。　却为来迟情更挚，不关春去意元哀。　长安见惯浮云变，忍为残丛赋劫灰!"皆置诸《义山集》中，几乱楮叶，而《天风》一首，竟似为余三年来写照，读之使人回肠荡气，有不能自已者。　后一首"长安"二字，似宜更易，盖唐以后诗人，沿用长安以代首都，而首都实已不在长安，此殊未安，然此责当由唐以后诗人共负之，于碧城无与。

　　书至此，忆及读书天津时，尝游李公祠。　祠为河北人士纪念李鸿章而设，有袁世凯所撰一联云："受知早岁，代将中年，一生低首拜汾阳，敢炫临淮壁垒；世变方新，斯人不作，万古大名配诸葛，长留丞相祠堂。"辞意并茂，盖北洋诸镇，成于小站，而世凯之练兵小站，固承鸿章之命，提倡新军也。此联闻出自幕客阮永尧捉刀，世凯方继鸿章为直隶总督，故有代将之语。

严复以翻译《原富》《法意》《群己权界论》诸书得名，然往往迁就华文，务求其工，有"以辞害意"之病。复四十以前，不甚读中邦典籍，归国后，始勤于国学，诗、古文辞，皆卓然成家，惜晚节不终，与杨度、孙毓筠等，号"洪宪六君子"，世论哀之。余与有葭莩之雅，知其负笈伦敦时，与伊藤博文同一大学。比毕业考试，复列第一，伊藤殿焉。乃伊藤归国，卒能致日本于维新，一蹴而几于世界之强，复则老死牖下。盖读书与治事，固为两途，而学校考试，能识拔一二学者，未必遂能识真才也。传闻拿破仑少日在学校亦每试辄殿其曹，从可资印证！

言宋诗者，称东坡、荆公、山谷、放翁、后山、宛陵、石湖、诚斋，而忘有刘后村；言清诗者，称竹垞、渔洋、樊榭、仲则、定厂，以迄郑子尹、王闿运、范当世、樊增祥、郑孝胥、陈三立，而忘有江湜。盖中国人士治学，辄以古人为自暇，而自为其水母焉，古人以为大家名家者，亦从而名之，大之，纵或后人所作，突过古人，仅可称其神似某某，未敢遽谓其凌铄往昔作者也。此实为中国学术上进步停滞之总因。以余所见，《后村集》与湜所著《伏敔堂集》，皆奄有唐宋诸家之长，其才力超绝，意境清新，初不待言，尤能以平易通俗之语入诗，而自然精美，此则"雕肝镂肾"之唐宋人所不及也。今之少年，喜旧体诗者，殆必取经于此二君，则新生活与现实之意境，可以恣笔出之矣！

近顷有曾今可者，倡所谓"词的解放运动"，尝就余与亚子，乞近词三数阕，盖皆传钞所获，余辈未知其为此标榜也。 词之以白描胜，乃至不论阴阳平、上去入，而只须协律，在唐、五代、北宋词人中，故是寻常事，沾沾然于四声者，南渡以后之词匠所为尔！ 此说胡适之、柳亚子与余，夙皆演绎之。 昨见署名"健甫"者，亦颇能引申其旨，是则词固无所谓解放，今可苦自浅尝耳。 然尝睹坊间选本，颇有摈斥雄浑与绮丽之词，以为是粗豪也、淫亵也。 抑知词以"回肠荡气"为主，以"铁板钢琶"为变，二者咸不可少，只为粗豪、淫亵，则何必填词，读《礼记》《语录》，宁不甚佳？ 余近倚《声声慢》一词，自谓可抗手易安，顾微闻以"幽默文学"相标榜之某君，议其太艳，而一二小报记者，或竟引为有人心世道之忧，其为不脱资本社会文人之矛盾意识，与封建社会之传统心理，殊不值识者齿冷。 彼盖未读《淮海集》，并《白香词选》亦未寓目，故于秦观之《河传》一词，无所闻见也。 录秦词以启之："恨眉醉眼。 甚轻轻觑着，神魂迷乱。 常记那回，小曲阑干西畔，鬖云松，罗鞋划。 丁香笑吐娇无限。 语轻声低，道我何曾惯。 云雨未谐，早被东风吹散。 瘦杀人，天不管。"此词倘科以淫亵之罪，可与余之《声声慢》并处资本社会律令若干等以下之罚金，然在封建社会之宋代，竟未闻有訾之者。 若乃元曲之"姐姐的黑窟窿"等句，使幽默文学家读之，必且摇首太息，而深致其中国式之幽默状，慨叹不胜矣。

世人喜崇拜英雄，抑知英雄本无是物，皆时会为之！《汉书》载光武微时与李通讼于邑宰，宰奇其貌，频频注目。 光武误为是必目通，私引以为幸，既出则语通曰："严君乃目君耶？"此可以知光武未达，且并邑宰一顾盼而辄荣之，其为雄才大略之帝王，谓非成于际遇而何？ 又尝读欧美英雄之事略，知威廉、拿破仑、华盛顿、林肯、列

宁、杜洛茨基、史达林诸人传记，则当微时、挫折时，亦每坐困，至
束手不能展一筹。英雄之为英雄，初不过尔尔。尽人可为英雄，流
俗未之深思耳。

伪满洲国国务总理郑孝胥，于清室遗老中，颇以才气自矜许，其
交亲亦咸震于孝胥之名，不知孝胥虽自负为"纵横家"，实仅一"热衷
功名"之文人耳。凤喜持妄诞之论，至倡议中日联邦，直是李完用一
流。癸亥、甲子间，逊帝溥仪召孝胥为内务府大臣，入直，过金鳌玉
蝀桥有句云："日者桥边休聚语，命宫终恐是遗民。"其梦想恢复清
室，自致贵显，情见乎辞！尝昵天津妓金月梅，纳为妾，未几奔于伶
人李春来，孝胥懊丧甚。其《海藏楼诗》所谓"云鬓缄札今俱绝，海
内何人更见哀？"盖为月梅而作也。余有题《海藏楼诗》二首，时孝
胥之叛迹未彰，故不及，而仅论列其前此所为。诗如下："一官结束
前朝史，遗老矜夸不世才。人事亦随桑海换，苦于忠爱助诗材。""出
唐入宋极研攒，雄阔清新取径宽。希腊文章罗马字，等成骨董后人
看！"前一首讥其诗多标榜忠孝之辞，后一首则纯从客观上作评次也。

丁巳以来，武人自相斫，大类五季六朝之局，士大夫阶级，以纵
横自喜者，往往出入兵间，为"诸侯客子"，或佐戎幕，竟以戕其身。
盖书生热衷功名，知依附"方伯连帅"之易显，而不虞其"虎尾春
冰"也。朋侪中如林长民、张其锽、杨毓璨，皆以此致死。长民事
已见前载，不复赘。其锽少与谭延闿齐名，多才艺，于术数之学，尤
以精湛闻于世。而其锽私亦颇自负，偶为交亲推勘禄命，或占六壬
课，皆有奇验。余虽不信此事，顾雅亦尝以为戏。丙寅岁相见北
平，其锽谓吴佩孚当有佳运七年，可统一中国。余谓以政治言，佩孚
固必无幸，即以言数，亦弩末耳。其锽与余抗辩，不能胜也，然卒不
肯去佩孚，遂死于西行乱军中。延闿以诗哀之，沉着似老杜，其警句

云："前知悲郭璞，从事异臧洪。未必谋生拙，独怜殉友忠。"隶事属辞，并见工力。其锒本自不羁，盖与长民咸溺于"纵横家言"者，"君以此始，必以此终"，固无足怪。毓瓒故贵族子弟，貌若妇人女子，见者以为绝肖伶人梅兰芳，凤羸弱、怯懦、颇有文采，诗效李义山。乃不知以何时入张宗昌军，为秘书长，烟台之役，宗昌奔溃，毓瓒与相失，致死。余旅居北平时，数与作"狭邪游"。因挽以一诗云："佳人作贼事堪哀，玉貌围城了此才。欲向酒边寻断梦，宣南丝竹已成灰。"

天坛制宪时，于"信教自由"一问题，争论甚久。盖笃旧之士，力持以"孔教"为国教，垂诸宪法；而稍习法理、略具新知者，则谓宗教信仰之自由，已成近代风气所趋，毋取"蛇足"之国教，久之莫能决。粤议员朱兆莘于是标一折中之说，其属草之条文云："中华民国国民应尊敬孔子。"条文既宣读，哄堂笑之，兆莘亦自赧然，亟撤回提案。盖法文之规定，不宜涉及漫无标准之道德律也。近见报载，立法院宪草，竟有"人民有孝敬父母之义务"云云，为之忍俊不禁。夫孝敬者，道德之事也，于法律无与。矧孝敬二字，太无范围，必谓若何之限度为孝、为敬，若何之限度为不孝、不敬，苦难于法文中以具体出之，必也，尽复"封建社会"之礼法，而后其说乃得直，否则举国且尽陷于违宪之罪矣。为此议者，抑何其酷似兆莘耶？

书至此，忆及清末荫昌为陆军总长，适丁外艰，其记室撰讣告，沿用俗例，开始云"不孝某，罪孽深重，祸延显考"等套语，荫昌怒语记室："吾父自病死耳，于我何与？"记室则从而譬解之，荫昌卒不肯从，以为欧美人无是，盖荫昌生长于德国，读书其陆军大学，故极不喜中国礼法俗尚之虚伪也。此可为倡议以孝敬父母列于宪法者进一解！

中国社会，多狃于"有治人无治法"之说，而农业社会之风气，又积重难返，往往奉习惯若金科玉律，于法律与秩序，则皆蔑视之，数千年以来，士大夫迄于齐民，莫不皆然。 此为欧美工业社会与中国农业社会所养成之民族性最大之分野。 以不能守法责政府，其实人民亦何尝能守法、知守法哉？！ 观于最近《民法亲属编》，既明白以定婚结婚之权，完全界诸当事人矣，乃报章所载结婚定婚启事，必赘以"得双方家长同意"一语，彼殆未寓目《民法亲属编》所规定，竟自侪已成年之男女与未成年者等，若自欧美人之眼光判断之，得毋已"逾法律以为善"，而非"德莫克拉西"政体下之人民所应取之态度乎？ 又民元约法，大总统未尝有解散国会之权，而熊希龄为国务总理，以"党同伐异"故，狥袁世凯意旨，副署解散国会令，为识者诟病。 民国六年（1917）"督军团"之变，黎元洪亦欲解散国会，伍廷芳坚不肯副署，卒且携国务总理之印，潜南下入粤护法，中外人士，莫不美其有欧美政治家守法之精神。 盖从民治之说，则"恶法胜于无法"固矣，抑欲以严格言法治，则有法而不能守，徒长人民玩法之心，直不如其无！ 余以今日士大夫，兢标榜制宪，深有慨于民国二十二年中，约法与宪法之过程，辄摅所见，副以事迹如上述。

民国二年（1913），袁世凯以天坛宪法草案，不便于己也，则乞灵于日本宪法学者有贺长雄，赂以重金，礼为顾问。 长雄为作《观弈闲谈》，于中国宪法，多所论列，尤力持大总统得参与制宪之说，一时左袒政府者，咸从而张目。 余遂草一文辟之，博徵欧美各国宪史，而引申其旨，极精警，传诵当日。 凤附于世凯之梁启超，亦见而叹服，驰书于余，有"捧读大著，五体投地"之语。 然世凯则深溺于长雄之说，就政府官吏中，选其娴于法学又擅辩才者，得六人，为施愚、顾鳌、汪有龄、黎渊、方枢、曾彝进，以大总统特派员之使命，将出席天坛，参与讨议。 时则宪法起草委员，虽亦有三数政府派，顾以右倾政党之委员，犹怀挟"书生结习"，其首领启超，又既已折于余说，乃授意党徒，与国民党委员务一致。 于是委员长汤漪，得以全场之决议，峻拒此六人列席，余实出而与周旋，六人者，相率逊谢去。 若仅仅自资本主义国家之政情而言，不可谓非"佳朕"。 其效率又何如！此余于今日之制宪，有"大圜在上，余欲无言"之感也。

中国宪法，既一毁于世凯，再被躏于元洪，终且以曹锟之贿选，而为邦人所玩忽。 其后段祺瑞执政，遂重申制宪之令，以林长民主其事。 长民数诣余南河沿，乞赞助，余避不肯见。 一日破晓至，排闼直入，不得已而与晤言。 长民坚相劝驾，余婉辞以谢，最后则语长民："人必有所不为，余于中国之制宪，实已无能为役矣。"长民谘嗟太息而去。 迨祺瑞既出走，此待草之宪法，又不育，因追述往迹，辄复及之。

贿选之变，举宪法与国会殉焉，朋侪以此身败名裂者，又不知凡几，至可惋叹。 有足纪者，时直系之武人、策士，群相拥曹，而党于元洪、祺瑞与国民党者，则又自成一壁垒。 然国民党不可得金，元洪以在位故，祺瑞以与奉天、浙江之渠帅默契故，颇能广其招徕。 议员往就者，虽未必骑鹤而去，要亦腰缠不甚薄，其杰出者，尤"左右逢源"，绝类"量珠待字"之闺秀，一时有"贿选""贿不选"与"选不贿"之称。"贿选"者，附曹而得金以投选举票也；"贿不选"者，附于元洪、祺瑞，而得金避席也；"选不贿"者，虽不得金，而为人所劫持入议场，投废票者也。 光怪陆离，颇足为中国宪政史生色不少！

今人于中国政治之病源，十九尝无所见，而徒致慨于官吏之贪墨、卑污，党人之标榜、张皇，而不知皆末也。 中华民族性，本自堕落，为此民族之中心者，又为日趋于没落之知识阶级，"举世滔滔，其何能淑！"浅者以为是宜革心也，宜守法也，宜养成良好之政府与领袖也；较具常识者，则以为是必增进中国之生产，树立中国之经济政策。 诚哉其说之近似矣。 抑知中国今日，譬诸树然，根本已朽腐，忘树之腐，而责其虫生，纵令尽去此蠕蠕者，而其腐如故，虫之潜滋，将循环不已，故非先明中国今日所处之时代，与国家及民族之环境，以暨民族性之分析，而最终于中国之社会性有绵密之观察，则由今之道，虽千百变今之政，终于覆亡耳！ 以余研精覃思所获，尝推定中国为"半殖民地之下，资本社会化的后期封建社会"。 三者盖互为其连环性，故此十八字，去一不可。 半殖民地者，犹是总理孙公所言之"次殖民地"也。 本此论据，余著有《中国往哪里走》一书，行且出而问世，不复赘。 然此自深一层说法，倘仅言其皮相，则士大夫阶级之习于骄、奢、逸、豫，实亦中国今日之隐忧。 共产党人，为士大夫诟病，几至相惊以伯有，然党人中，固亦间有佳士，恽代英其一也。 代英为党所重，位崇而权高，自国民党容共，乃至共产党之创设中国苏维埃，代英始终其事，而俸入所得，辄以十之九奉其党，才取其十一自活，日啖油条、大饼，居陋室，布衣徒步，不以为苦，死事时从容无怨恕、叫嚣、畏葸。 凤深恶"赤色恐怖"之吴敬恒，睹其状，亦叹为不可及，洵足以风末俗矣！

晚近士大夫，大抵囿于狭义的民族意识，而纵横捭阖，尤为书生所喜。 共产党人陈独秀，于"武汉政府"时代，既隐知国、共之将横决也，则密以书建议于所谓"第三国际"，有"办而不包，退而不出"之语，颇为当时党人所奉行。 然未几则"第三国际"之干部，以为是"机会主义者"，尽夺其职，罚五千金，使就莫斯科受训练，独秀不能从，后又数数与"第三国际"抗辩。 闻其除名党籍，则由于中东铁路之役，独秀被逮时，报章所载，似皆未及，爰取以实我随笔。

萨镇冰为中国海军中耆宿,甲午中日之役,颇以骁勇闻于世,数长海军。岁庚申,且以海军总长,兼摄阁揆,迨后又为福建省长,类未尝有所表现,然其操行颇廉介。早岁以马江船政学堂卒业生,赴英国习海军久,濡染于欧美之俗,权利、义务,一生分明,虽骨肉间,不少假借。晚岁乡居,其子福均,月致金若干以娱亲。镇冰偶意外有所需,则寓书福均云:"吾本月支出较多,请贷三百金,分三个月,按月扣还。"虽福均不肯受所偿,亦必强还之,其"硁硁不苟"若此。此可谓有西方民族之风,视今之骛伪言伪行以"自欺欺人"者,镇冰远矣!

中国技术之学,迄未能孟晋,此在消极一方面,亦瘠弱之因,然交亲中,颇有以此道著者。清末倡海军,于闽之马江设船坞,坞以石为之,精坚可用,西人见者,咸为叹服,盖与镇冰同学于英伦之郑清濂所造也。西南之护法也,子弹不敌北军,乃以马君武为石井兵工厂总工程师,督所属员工,自制无烟药子弹,如是者数稔,军用得以无虞,钮永建尝谓马君武有功于护法不少。余以二者皆于中国技术之学,有历史之价值,特为之表而出之。

"洪宪六君子"之刘师培,以国学精湛,为世所称。相传清末张之洞开府武昌时,悬赏购党人,得师培,盖是时师培亦同盟会健者也。之洞与语大悦,而于《左氏春秋》,尤有得,之洞日夕就而讨议,客至则匿之床下,既兼月,私以金纵之去。师培号光汉,于国学无所不窥,章炳麟亦敬畏之。闻师培有手抄秘本若干,皆其治国学之心得,生平未尝以示人,虽妻孥亦莫敢寓目,死后辗转入蕲州黄侃手。侃喜不自胜,扃诸箧,资为述作之助。"一·二八"变起,日兵以巨炮击狮子山炮台,政府迁洛,人心惶惶,侃亦挈其眷属走北平,而私念藏书甚富,猝不能徙。踌躇中,其及门少年某君,自请留守,侃乃决去。比乱定返京，一日检点所藏典籍，则此秘本悉已飞去，亟召少年诘之，坚谓不知，亦无如何。侃以此经旬不眠，备极懊丧，忽少年来，还秘本于侃，至是始告以已一一钞之矣。中国士大夫，于学术每不肯广所传，喜矜其独得之秘，实于文化之进步有碍。此少年尚是"解人"，特迹近于窃盗，不得不谥以"雅贼"二字矣。

辛亥改革，党人多以革命既成功，宜标榜宪政，孙公颇不直其说。于是宋教仁密结纳黄兴，自为一派别，于党人中以学术才智自矜许者，尽量延揽。又密与右倾政党人物，狼狈相依，盖教仁欲戴兴以党魁，而奉为傀儡，己则出组内阁。其所拟有六部九卿，颇沿用"封建社会"之官制，而杂袭英法内阁之制度，汤化龙、林长民皆与选。事为孙公所知，陈其美尤不以为然，遂不果行。然教仁卒以策略得改组同盟会为国民党，组阁之谋，则厄于袁世凯与其所昵之右倾政党，终且为世凯遣其曹狙击死。此与党史亦颇有关，故志之。

附会神异，为封建社会文人之通病，资本社会无是也，遑论于共产社会矣。清诗人易顺鼎，自言是张灵再世，其荒诞不经，识者哂之。而所谓飞熊入梦、梦兰、梦吞月之类，载籍所征，难以更仆，于此见封建社会与神异之关系。近读共产党人郭沫若所著《我的幼年》，其书名既失之雷同，又卷首有沫若母梦豹子，遂生沫若之记载。余以为即有此事，似亦不宜笔之于书，盖涉于神异说与英雄思想之病也。沫若夙以"左倾"闻于世，今其书亦不免此疵累，甚哉述作之难，而士大夫阶级之终于"书生结习"矣。

闺秀之以词传者，首推李易安与朱淑真。记于儿时闻闽人李宣龚有女弟，号李墙蕉，盖有句云"飒飒墙蕉，恐是秋来路"，传诵一时也。易安之"帘卷西风，人比黄花瘦"，淑真之"月上柳梢头，人约黄昏后"，尤为千古以来名句。然今之闺秀，亦颇有一二佳构可抗手易安、淑真者。皖江芷之"夜凉如水楼休倚，怕西风吹冷温柔"，闽叶可羲之"荼蘼开到可怜春，况洗尽胭脂颜色"，皆持较《漱玉》《断肠》二集，差无愧色。余有《昭君怨》一阕，有与芷句不谋而合者，并录之："'没有一些勉强'，吻罢语低神往。入抱镇相偎，晚风吹。生怕温馨吹冷，镜畔深深交颈。长记那时娇，几心跳。"

绩溪章衣萍，工于今体散文及小说，以《情书一束》及《枕上随笔》等书得名，然于旧体诗，则工力较浅。而衣萍尤嗜填词，有《看月楼词》行世，尝以质亚子，亚子为傲刘桢之规过，衣萍不能从也。近则艺林或以衣萍词有全首与《饮水词》雷同者，谥为"词贼"，余雅为衣萍呼冤，顾"词贼"二字，实乃"绝妙好辞"，未谂是谁某"恶作剧"？近见衣萍所著《随笔三种》及《衣萍半集》，并隽妙可诵。

中西画各有其优美处，未易为轩轾。近见王济远所作画，颇能以东方之色彩，参用西法，时见匠心，于画苑中，一新壁垒，倘更踵为之，必且与年俱进矣。

战国时代，信陵君、平原君、孟尝君、春申君，皆以贵公子，擅"纵横捭阖"，有功于国，一时有"四公子"之称，载籍播为美谈。以余所知，则民国亦有四公子，盖庚申、乙丑之交，孙公方运用其政治手腕，遥与段祺瑞、张作霖、卢永祥诸渠帅相犄角，以共击直系军阀。时祺瑞之子宏业，作霖之子学良，永祥之子耀，亦数数参与帷幄，通两家之驿；今立法院长孙科，又衔命诣杭州，迨后国民党改组，科亦颇不自菲薄，追随孙公，欲有所试，世亦号为"四公子"。此四君者，宏业以善弈闻，耀以善舞著，学良与科，则一以戎马起家，一以家世为党人拥戴，亦皆巍然物望所归。"九一八"变起，学良始为时人鄙弃，然前此数稔，目以"民族英雄"者，固比比也。 因忆及古人诗有"周公恐惧流言日，王莽谦恭下士时；若使当年身便死，一生真伪有谁知？"中国人士习于传统之思想，每妄冀有英雄者出，其昧于现代之潮流，中国之病态，可为太息，学良亦不幸之"公子"耳。

丁巳护法之役，孙公首以海军入粤，为西南倡，既见前载矣。 时两粤为旧桂系军阀所窃据，嫉孙公之威望，则凡以掣其肘者，事无巨细，唯恐不力。 孙公之始至也，驻战舰于黄埔，所谓大元帅府，亦暂置舰中。 寻以福军将领李福林之翼戴，假河南之士敏士厂设帅府，然几经使者之折冲，仅乃得当，可见当日艰难缔造之苦。 于此有不可不记者，则南洋烟草公司之简英甫昆季，并皆尽力于是役，特辟长堤实业团，以供干部人物之栖止，孙公左右，如汪、胡、朱、廖诸君，时出入于此，余与马君武、邹鲁、叶夏声等，亦数数往。 故河南士敏士厂与长堤实业团，在国民党党史中，各有其不朽之地位，而福林、英甫，能知大体，弥足多焉。

今中山县，旧称香山县，粤谚有"睡十万"之称。"睡十万"者，言为县长者，不必贪墨，已能致腰缠十万云。 余既以左袒孙公，不慊于附桂之非常国会议长吴景濂，拂袖去，景濂以鄂人但焘代余。 未兼月，香山易长。 焘与孙公及伍廷芳、唐绍仪，号"香山三老"者，咸相谂，遂辞国会秘书长，将出长香山。 朋侪有讽其勿往者，焘则以香山有水师若干，陆军若干，自炫为"海陆军小元帅"，卒往履新。 无何，北方之军阀政府，贿龙济光以巨金，使其部将香山统领袁带以十营叛，焘闻变皇遽出走，猝与叛军相值，或拟以手枪，向空作响，焘骇扑地，叛军尽劫其行箧。 焘以此惊悸致疾，入医院疗治，既瘥则语其亲知，谓胠箧所失，并药裹之赀，可三千金。时人嘲以诗，有"不成睡十万，翻遣蚀三千"之句，亦护法之役一轶闻也。

"研究系"与国民党同为中国革新之政党，甲午戊戌以来，所以致力于中国政治与社会之改进者，功过各不相掩，此余以"超党派"之论断，言其往迹也。两党之主义，其党徒之思想与信仰，虽有左右倾之差异，而阶级之基础，则一以士与末为其中心。末者即管子所称工、商，今人所称"工商业资产阶级"及"金融资产阶级"也。惟其阶级基础之相同，故所标榜之主义，虽有不同，要其中心之思想与信仰，十九不谋而合。其在"社会关系"上，研究系之党魁康有为、梁启超，夙以保皇立宪起家，故研究系在社会之地位，其党徒之历史，十之六七，与旧派之士绅阶级接近，十之三四与东西洋留学生，较为密切，此新旧士大夫阶级，又类与握有政治及经济之特权者，有其亲友之渊源。国民党则异是，孙公既出身于医，而以医学博士创办医院，盖亦"自由职业者"，所倡导之三民主义，又首斥帝制。其党徒舍最少数贵家公子外，仅有三部分：一为"无恒产"之士；一为"居市廛，谋什一之利"者，即今所称"小商人"；又其一则"来自田间"之"椎埋屠沽"者流耳。故国民党及其党徒，在社会之地位与历史，远不逮研究系，而研究系常居于"政府派"之列，亦以此。观于研究系之分崩离析也，如李大钊、瞿秋白等，皆投身于共产党，以极右者一变而为左。国民党则自始即有"安那其主义"之徒，如李煜瀛、吴敬恒、张继等，浸假而陈独秀、恽代英诸人，尤恣为共产主义，张其旗鼓矣。此又探讨中国问题者所不可不知！

洪宪既覆，"研究系"中分为二，其一部与国民党合，以孙洪伊为其领袖，世所称国民党之"小孙派"是也。"五四运动"以来，则更扩而为三，又其一即瞿秋白、李大钊所倡导之共产党也。颇忆及己未、庚申之间，国民党之于右任，率所部国民革命军，与陈树藩相持关中，卒以孤立无援败。其交亲在北方者，为之陈辞营救，有于右任固"佳士"之语，徐世昌报书谓"右任既为佳士，曷置身匪窟"云云。丁卯暮春，共产党人李大钊被逮，为之缓颊者，亦数称大钊之学识，云是士大夫之不可多得之才。综此二事观之，益征前说之不谬矣。

桐城光昇，曩亦"小孙派"之健者也，洪伊所为文电，什七出自昇手笔，颇为时流称颂。余与定交，亦以洪伊分。别十年，相见洛阳，盖同被嬲参与所谓"国难会议"者。昇出示《洛阳感怀》一律云："周家失计是东迁，禾黍离离亦可怜。鹑首赐秦伤往日，龟阴返鲁竟何年？似闻五马开江介，曾见双鹅出翟泉。王气中原今亦尽，风沙满眼一潸然。"雄浑高亢，绝似明七子。

冯玉祥之策士何其巩，挟奇有才智，亦桐城人，于诗颇不假雕琢，而结响深湛，工力悉佳。尝为余诵其警句云："午睡平分夏日长"，故是不恶。又《西山杂诗》之一云："给孤园渐阴，峰高日早沉。缓遵来处路，犹有入山心，宫柳翳残照，天风送梵音。行行复回首，千万鸟归林。"神似王孟，其邑人王世萧，尤喜"千万鸟归林"五字。世萧亦工诗，浸淫于温、李，可与清诗人龚定庵抗手无愧色，断句如"流水真成婉转心"及"百泪难温已坠秋"，皆饶有欧美人诗意，而微涵哲理，又非闭关自守之中国旧诗人所能道。

清代遗老樊增祥，善骈俪文，属辞隶事，并极精警，于诗亦然。然余见其《隆裕后挽辞》二首，则似有未安之处。诗云："才闻佳节庆长春，俄见嫦星陨紫宸。正月宫花齐缟素，前年禅草断丝纶。黄泉见帝询宣统，彤史称天谥孝仁。二十四年天下母，遗容犹是洛川神。"其二云："长楸始建姪从姑，椒寝无恩逮翟褕。积雪今年闻鹤语，占星一世坐鸾孤。 移宫漫涉琼华岛，投玺先亡赤伏符。 富贵终身忧患里，伤心从古后妃无。"诗固不恶，而"洛川神"三字，自封建社会之观点，加以论断，容有语病。 盖"洛川神"云者，曹操灭袁绍，其子丕纳袁家妇甄氏为后，甄氏有倾城之艳，丕弟植慕之，为作《洛神赋》，此稍读史乘者，类知其崖略，不解增祥何以其皇太后拟洛神。 或谓隆裕实与袁世凯有私，若然，则增祥之诗，殆皮里阳秋矣。

尝见国民政府秘书，撰蒋夫人结缡贺函云："柳营援红玉之鼓，应助北伐成功；竹简传大家之书，共迓东来喜气。"辞既不类，拟尤不伦，而俚俗抑又其次焉，彼盖不知梁红玉之出身也。 微闻是赣人某君手笔。

封建社会以妾制救婚姻制度之穷，与资本社会以离婚制救婚姻制度之穷，各有其苦衷，而后者较为合理。 盖在"男性中心社会"之下，妇女之经济，无论如何，皆将受相当之制限，而婚姻制度，又不外以生理之需要，与经济之需要，为其联系。 现代离婚制，妇女例得索赡养费若干，又例得再嫁，于生活与经济之需要，两者皆预为之谋，诚良法美意也。 改革以来，中国社会，迄未孟晋，离婚变起，往往为士大夫诟病，不知夫妇之间，情感既已灭裂，必强其相处，徒苦妇女耳。 分居而不遽化离，此根于士大夫阶级伪善之心理，亦未可为训。 又欧美人士，年事三十强，始有恋爱与婚姻之可言，盖其时男女俱已受相当之教育，而男子又大都已能自给，且兼内顾也。 苏联则劳农专政，无男女之别，皆必以劳力自徼于社会与国家，兼以自活，故恋爱婚姻之事，丁年便听其自由。 此皆从社会经济着想，非若中国今日之漫无范围。 欧美男子，以三十至四十，号为黄金时代，在中国则晚近人士，甫及中年，志趣先挫，不知封建社会之中国，"男三十而婺，女二十而嫁"，固旧制所称也。 今人亦或"位高而金多"，辄有"枯杨生梯"之举者，此为别一事，且少数，故不置论。 于此有数事，亦足以见中国之停滞于"后期封建社会"中者，则近岁王伯群之于保志宁，蒋梦麟之于陶曾穀，从而谤之者，指不胜屈。 实则此数君之行能，与其婚姻问题，不应并为一谈。 若仅就婚姻而论，原属平常，无可非议，盖由现代潮流言之，师生相爱，乃至与朋友之妻相婚，皆寻常事耳，不仅于法律无忤，以言道德，余亦雅以为甚当。 特梦麟旧有"糟糠妻"，既贵显而赋仳离，绳以封建社会之道德律，容有未安。 然今非其时代，矧既已离婚，给赡养费，亦可谓尽人情矣。

如皋冒广生，以清代遗老，入官民国，生平自负水绘后人，喜与达观、名流相结纳，其诗、词却出色当行。 一昨见其第六女公子遗稿，都百余首，颇多佳构，而间有数首，辞意尤茂，闻以"遇人不淑"，饮药死，殆戕于士绅阶级之教养也。 录其《蜜蜂》一首云："嫩蕊殷勤就，何曾傍落英？！ 知渠心在蜜，莫误是多情。"寥寥二十字，直将古今中外男子之劣根性道尽！ 又《眼波》云："已残绛蜡靳成灰，无限闲情付酒杯。 端恐柔丝难解脱，几回强避眼波来？！"《书近况》云："多分今生铁是肝，悲酸事作喜欢看。 七年前语成诗谶，忍泪窥人任自干。"此中隐痛，呼之欲出！

苏联法令所规定，夫妇间床第之爱，苟其妻无意好合，而夫强为之者，科与强奸罪同。 此于情理，至为谨严。 盖数千年以来之男性中心社会，妻之于夫，一若以交媾为天职者，虽心所不悦，意有未惬，亦惟其夫之所为，末如之何，此与封建社会之"臣罪当诛"，同一荒谬，而三从之说所自来也。 资本社会，貌为文明，其习俗号称尊敬妇女，此独与封建社会同其无理性。 抑知生理之需要，盖相互之事，今以一方之强制出之，其他一方，必有所损，实与"侵犯他人之自由"等耳！ 矧妇女之生理，既以月信及妊娠种种之影响，潜滋其痛苦，并此而一任彼男子者逞其兽欲，揆诸情理，宁可谓平？！ 余以冒女士"知渠心在蜜"之句，辄有所慨，故纵论之。 世有标榜名教之士，睹此得毋诧为异端邪说而有人心世道之忧耶？！

　　中国自有新军以来，其最称精锐，而战争之历史，又常与中国之革命，相为消长者，盖莫若北洋之第六镇、江南之第八师、广东之第四军。 第六镇，虽亦列于小站系统之下，然其初之统帅为吴禄贞。禄贞与赵声，皆新军中佼佼者，又皆富于革命之思想，辛亥之役，与孙公本有默契，将于北方举义旗，乃不幸遭良弼刺。 袁世凯出，遂以李纯代将其军，改称第六师。 纯死，齐燮元继之。 丁巳、庚申间所谓长江三督军，以纯为其中坚，隐然于北洋军人之直皖两系，与西南军人之滇桂两系，皆有"举足轻重"之势。 国民革命过程中军事之阻力，在当时实以此为最大之梗。 自甲子齐卢之战，此第六师遂一蹶不振，其残余亦无复存者。 第八师则自将校以迄士兵，什九湘人，故受革命之洗礼者深，其师长陈之骥又与黄兴厚，其部曲则如零陵首义，以响应孙公护法之刘建藩，甲子秋间，参与国民军击走曹吴之何遂诸人，亦皆早隶党籍者。 故癸丑革命，之骥虽为冯国璋婿，辄不能将其军，不得不先事离去。 而湘人何海鸣，遂得潜入南京，以第八师之一部，与北洋军队相肉搏，至于期月，国璋竭海陆军之力，仅乃平之。迨后海鸣颇以此自矜，实则第八师将校与士兵，夙与党人同化，无待海鸣之怂恿，而孤军奋斗，固势所必然也，然第八师亦因以俱烬矣。广东之第四军，则与近代之中国革命，尤有特殊之关系，其军长为李济琛。① 北伐时，济琛留守广东，第四军之一部，由陈铭枢、张发奎率之，转战万里，累奏奇功，世有"铁军"之称。 迨后以部曲中，多

---

① 即李济深，原名济琛。 ——编者注

共产党徒，宁汉之变，始则发奎夺铭枢军，将以附赤，既而叶挺又从而拔发奎之帜。 此第四军之第十一师，遂中分为三： 一则发奎所部；一则挺所部；又其一则铭枢所部之蔡廷锴一师，今渐扩为第十九路军，而拥有三师之兵力矣。 挺所部最少，亦溃散最早；发奎所部，则以频年疲于奔命故，残留者亦仅，今皆改隶陈济棠，与济棠原有之第四军一部相合。 比较北洋之第六镇、江南之第八师，犹幸而"硕果仅存"，此则由于第四军之训练，颇适合于"现代化"，其渠帅以迄部曲，又大都受有新教育之青年，于时代潮流，粗有闻见也。 然而此数者，皆"良家子弟"，顾皆消亡于内战，强敌在前，莫敢谁何?! 泚笔及此，感慨系之。

碧鸡金马，山水雄奇，而由海防至昆明，经滇越铁路，车行三日，迤逦于悬崖绝涧之巅，景物尤美。 法政府营筑此路，颇损巨赀，至今历年，犹亏耗若干，盖道路多阻，商旅不便，而税禁之苛，行者弥以为苦耳。 昆明气候，四季皆春，投老是乡，政复不恶。 闻滇中土著，尚沿蛮俗，终其生仅沐浴三度，盖诞辰、婚夕及待殓之日也。 滇黔以产鸦片著，尝与黔父老纵谈，则黔人论婚，有以其家烟枪之多寡，定婚事之从违著。 盖枪多者，必为巨室，此焉亦素封。 此虽陋俗，亦足见中国内地之闭塞，持较通商各口岸，几判若两世界矣。

余既纪四公子矣，顾国民党人，有所谓"四都督""四院长"者，亦不可不一及之。"四都督"之称，盖在民国二年(1913)，党人知袁世凯之将叛民国也，则扬子江流域之皖、赣、湘与珠江流域之粤，密相结纳，以共举义旗。 时皖督为柏文蔚，赣为李烈钧，湘为谭延闿，粤则陈炯明，此四人自炯明外，皆效忠于党，至今无或贰。"四院长"者，则咸以党中先进，而逐于国学，尤雅擅诗词。 延闿与汪兆铭，皆行政院长，胡汉民为立法院长，于右任为监察院长，故号以"四院长"。以余所知，四院长之诗，各如其人：延闿则辞藻、意境，绝似玉局；汉民以倔健胜，右任以沉着胜，殊酷肖二人之性格；兆铭诗风格清新，句调秀劲，而时多隽语，尤可摘入《主客图》。余有《四院长诗选》，不日将出以问世，为党史增一掌故，亦为艺林留一佳话也。

或疑以延闿诗比眉苏，毋乃过誉，余以为是溺于重视古人之习，而菲薄今人，非知言也。录延闿《南雄郊行》一律以启之，诗云："信步寻春信步归，东风习习欲吹衣。劫余废寺留残瓦，雨过高原见落晖。小病方知劳是乐，余生惟与影相依。旁人错比今山简，谁料情怀与世违。"以视东坡，殆无愧色，而小病一联，尤为名句。"余生惟与影相依"云者，延闿中年悼亡，迄未尝胶续，且不置姜媵，在达官中，实不多见，仅今主席林森，与相似。

柳亚子有《存殁口号》十首，哀感顽艳，足资史料。亟录如下："嘉会佗城感逝波，朋尊星散奈愁何？黄鑪詹客身先殉，白发彭郎泪更多。""风期难忘（叶仄）越州张，竟戴头颅返故乡。辛苦宛平于伯子，蓬飘无地讯行藏。""刎颈侯嬴几怨哀？早从稗史证丰裁。当时粤海司舟侣，更忆嵚奇小李才。""喋血羊城几战争？朱郎旅榇倘相惊。蚕丛蜀道干戈满，谁念江南一恽生。""甘陵党部记初盟，宛董翩翩各擅名，魂魄难招章贡水，音书久滞列宁城。""风雨天涯共起居，刘姜生死竟分殊。握拳已碎常山舌，橐笔犹傭沪渎书。""雄辞慷慨湘江向，情话缠绵浙水杨。长向汉皋埋碧血，难从海国问红妆。""张娘妩媚史娘憨，复壁摇灯永夜谈。白妹青溪厄阳九，朱栏红药护春三。""陈侯门下叶生才，尼父何缘竟丧回。歇浦丹铅堪遂隐，圣湖碧血早成灰。""潘岳同归期白首，虞翻孤愤讬青蝇。头行万里怜黄祖，瓜种东陵学邵平。"余甚喜诵此十绝句，盖亦不假雕琢，而一往情深，使人读之，如闻"山阳邻笛"。

骈俪文至今日，实已成为过去之古董，盖时代与社会一变，属辞隶事，不易惬当，必也，兼采欧美日本之典实以入之，其庶几乎？！然此又非易顺鼎之不解"伯理玺天德"为总统二字之译音，辄以"伯理"对仲尼，传为笑柄者比。 尝见遗老陈宝琛，于清末被召，其谢恩折，有句云"贾生之召宣室，非复少年；苏轼之对金陵，每怀先帝"，虽洪稚存、袁子才，无此精警。 盖宝琛在清代同光之间，与张佩纶、张之洞诸人，号"清流党"，颇为亲贵所嫉视，休官时，年才三十七，而戊戌变法以来，朝局亦绝似北宋元祐时代，宝琛以贾生、苏轼自况，可谓"恰如其分"也。 客腊有《雪夜怀人绝句》百首，兴之所至，辄成一短序，用骈俪，朋侪或讥其"落伍"，所不敢辞矣。 序云："粤以壬申之冬，嘉平之月，归从钟阜，息于松滨。 过洛邑而见鹅飞，非尧年而闻鹤语。 人厄兼并，惊红旗之突起；世成据乱，知白帝之将衰。 比子山之词赋，犹是江南；念卡尔之门庭，曾无燕婉。 飞花如屑，活火煎茶。 一代栖皇，百端交集。 眷我平生之友，葆兹年少之心。 气类相亲，宁惟九等？！ 襟期自壮，各有千秋。 谁与孟雪维克之同流？！ 远矣马而萨斯之定论。 嗟夫，梦落江湖，中年渐及，身悬新旧，左袒何能？！ 党牛怨李，缅怀洛蜀而难言。 暮楚朝秦，几见藉湜之不畔？！ 车书舍卫之盟，徒闻争长；文武捐燕之议，只在苟全。 惭愧围城玉貌，求沦于兴亡继绝之间；思量国士金闺，倘葬我眉语眼波之侧？！"盖万感撑胸，不自知其言之哀也。

西哲有言，"嫉妒为占有欲中恐怖之表现"，悬诸国门，殆莫易一字，然在数千年以来之男性中心社会，男子之占有欲，实较妇女为强。 曩北方渠帅某君，建牙三辅，广蓄姬妾，又恐其外遇，则为之营金屋十数，出入仅辟一门，此要路所必经之室，某自居焉，诸妾所居室，骈其内，"防闲"不可谓不严。 顾某以督军兼领省长，"官书旁午，ヨ不暇给"，卒有一妾私与马弁，某怒而立毙之。 其愚且狠盖如此。 或云李纯之死，亦以其妾与一弁通，偶为纯所见，弁惧危及生命，先发制人，乘纯之不虞，枪杀之。 此虽疑案，与某君事略相类，因并志之。

弈之为艺，虽似"小道"，而黑白一奁，千变万化，其神秘有未易窥见者。 清代弈最称盛，是时承平无事，又闭关自守，无所谓"国际问题"，故士大夫阶级，得肆力以治弈。 道咸中叶，"末"与"士"，莫不以弈相标榜，扬州盐商，尤多嗜此，达官贵人，好之者亦复不尠，贫寒子弟，苟精于弈，辄足以糊口。 降及光、宣，乃与国运同其式微；自陈子仙、周小松以后，即未闻有围棋国手。 晚近则闽少年吴清源，颇以弈负时誉，然亦就食于日人，盖在中国，弈所获，不足以供仰事俯蓄耳。 反之则日人中，什七精于弈者，其所称六七段高手，可与中国国手相颉颃。 此殆由于经济关系之反映，中国士大夫阶级以迄齐民，革新以来，治生且不暇，则此玩物丧志之弈，自亦无能为役，彼日本者，固已一蹴而几于资本社会之域也。

今号为党国元老之某将军，初未尝见重于世，盖自乙卯孙公改国民党为中华革命党，以将军领军事部长，始致力革命，先是辛亥福州之役，不尽出彼功也。 然中华革命党草创时，旧派党人，惑于流俗所见，三孙公类有所疑，而武人为尤，虽夙以革命儒将称者，若李烈钧、钮永建数君，亦颇"长顾却虑"，故陈其美致同志书，慷慨陈辞，不惜反复引申其利害，深足为朋侪之晨钟。 某将军独于是时自傚，孙公嘉其勇，迨后又与居正袭山东，从陈炯明攻福建，遂以成名。 泊炯明叛迹渐著，而某将军乃益巍然党国干城所寄矣。 明侪传述，谓其擅战略，善饮，军行必携白兰地酒以自随，战则辄尽一巨瓶，于发号施令之顷亦然。 或以为彼有"烟霞癖"，而军旅中，未便表暴，不得不代以白兰地云云。 辛未岁西南举兵，有建议迎某将军入粤者，既至，张盛宴以款。 将军"使酒骂座"，左右顾作大言，谓某公曰："子实不宜为党魁，盖退避三舍，以让某某？！"此公固挟廓冲夷者，乃对曰："岂惟三舍？ 直当九舍耳。"语未已，将军又直前执陈友仁之耳曰："容共联俄，非尔所力持之说耶？！ 趣自僇以谢邦人！"友仁愕然，不知所措，而将军声益厉。 同座者恐更失态，诡辞掖之出，"不欢而散"。 书至此，忆及庚申、辛酉间，余与之邂逅北里，亦几至彼此挥拳，可谓"狂奴故态"。

清甲午之役，战既挫，李鸿章出而主和，举国诟病。 时有所谓"内廷供奉"者，优伶之食俸于禁苑者也，扮丑角之"内廷供奉"赶三、杨三，于广坐中，辄有"李二先生是汉奸"之辞，鸿章不以为忤。 苏联始革命，列宁力持对德媾和，亦深为共产党人集矢，追事后咸服其卓见。 然此必其人与事，及其时代与环境，皆有不得不避重而就轻，欲取而故与者在，乃可以言和，而天下后世，庶几谅其用心。非谓尽人可以恣为秦桧、张邦昌，无所忌惮也。

相传李鸿章游欧洲至意大利，其国王宴之，食品有牡蛎，鸿章偶不慎，弃壳于地，皇宫壮丽，毡氍华贵，而鸿章自若也。 王见而亦自掷其牡蛎壳，于是众宾相效颦，遂尽欢。 倘在他人，必且皇遽，惧失仪矣。 又列宁刻苦自奉，虽尊为党魁，犹日啖粗恶之黑面包，其妻以白者进，峻拒不取。 则密置于治事之屉，冀其劳瘁而饥时，可获果腹也，顾不取如故，若是者，信足以表率其国人，而示无产阶级以大公。 余纪此二事，非仅在"发挥潜德"，盖一以启外交官之胆识，一以风政治领袖之节操尔。

今人动喜效法欧美，抑知社会之风尚，因时而异，易地而不同，固无取"画虎刻鹄"也。 例如西俗宴会，必御其礼服，礼服有早、晚、昼，数者之别。 然南美各国，有仅穿反领之内衣，便可出预盛会者，此虽其气候使然，亦以见习俗之贵适宜。 庄子谓"凫胫虽短，续之则悲；鹤胫虽长，截之则非"，正为此下一注脚。

闽耆宿林有庚，傭书台湾久，甲午岁台湾独立三日，以唐景崧为总统，陈季同长外交，俞明震长教育，时有庚掌明震记室，尝为余娓娓述往事甚谂，又出示台湾独立之邮票，弥足珍贵。 有庚言台湾妇女成熟甚早，而天癸枯竭则至迟，有六七十岁，犹行经者，此或足以供社会学者或生理学者之参考钦？

同学李世桂客墨西哥甚久，数称墨西哥之族性，与其社会风俗，仿佛中国。 盖墨西哥人富于惰性，其上中层阶级多晏起，好赌，嗜鸦片，其国境以内，赌坊烟馆林立，政府且从而取税，以裕富源，而工农阶级，亦尟曾受教育，不识字者，什居八九，往者以争总统故，内战循环未已，凡此皆绝类中国国情。 然世桂知墨西哥之似中国，不知中国之视彼，盖又不逮，彼非列强之市场，矧地大物博，相悬霄壤，是则以民族及国家之环境言之，中国欲为墨西哥而不可得，可哀也夫！

中国五行之说，盖兼形与质而言，与现代科学，容可相通？ 以五行之说，广为术数，固谬妄，若仅资以治医，似亦未可厚非，五行所称之金、木、水、火、土，纯是物质，特与科学上之名词歧异耳。 晚近以来，中西医竞自矜夸。 友人某君，精于中医，尝言西医重实验，其理甚当，然中医重气运，亦何尝非"持之有故"，所惜者，人体既解剖，皆成死物，安有气运之可言，此以五行之说阐医理，宜西人之终于不解也。 其辞甚辩，爰为之表而出之。

中国社会，有所谓测字者，江湖术士，业此自活，与推命、谈相、占卜，似同一迷信，缺乏科学上之根据，然颇足供谈助。曩有乡人，以父病入城，就术士测字。术士请其任举一字，乡人目不识丁，窘甚，猝无以答，辄率尔应曰："然则即'一'字耳。"术士曰："此大凶之朕。一字者，'生之终而死之始'也！"会有中学甫卒业之少年某，过其旁，某之母亦适病笃，因就而问焉。术士就案头历书，请任指第某行某字，则又为"一"字。某大骇。术士曰："无伤也！君为母病，在家中安矣！"既而皆如所言。前数夕曾克光枉谈，余具以告，克光为言："闻有病妇测字得'而'字，术士曰，'此必病经也'。"问："奚以知之？"则答曰："而者血逆行耳。"此两术士，皆可谓机警，且非"胸罗万卷"者不办，较诸明人笔记所载"酉"字，尤精到。因忆及亡友张绍曾言，尝与王典型戏。典型妇妊娠，则举"石"字问绍曾，绍曾曰："此必生女也，石出头则为'右'耳。"亦颇有致。绍曾在北方武人中，较有才气与思想，官国务总理时以曹锟将贿选被排，遂不复起。又尝与余言，欲悉数没收国中私立银行，并国家之银行为一，思想颇警辟，而辛亥改革，以第十三镇举义滦州，清廷大镇动，亦颇有功于革命。惜其思想、行动，至瞀乱，而又矛盾、滑稽，终无所成就。然求之北洋渠帅，已如凤毛麟角矣。

袁世凯练兵小站时，日本、暹罗、德国教官各一人，洎训练完竣，宴以谢之，席次纵谈，世凯颇矜夸北洋新军之战斗力，此数人者，亦各自炫其国军，莫肯相下。乃约以一日较赛，先事不以告其所部。及期，则中国、德国、日本、暹罗，教练官各领其本国军队若干人，同时出发，长驱而前，至滨海之沙滩旁，长官犹无所表示，盖将以验其军队之能力也。日本军队见海滨在前，则戛然中止而"立正"。暹罗军队则竟向右转，有整队而退之势。德国军队则勇往如故，迳赴水，无稍瞻顾。独中国军队，则群以双足上下自蹴踏，不进，不退，亦不中止。于是教练各发号施令，趋其所部折回，金许德国军队为最，日本次之，中国黮，而暹罗懦，议以定。余闻友人谈及此事，以为此殊足以见中德日暹之民族性，其军队能力之优劣，抑末焉者矣。

蜀中女子刘尊一，旧隶共产党党籍，丁卯清党之变作，尊一与所昵少年何洛同被逮，洛死而尊一入狱，自草一书，累万言，文采斐然，读者动容。东路前敌总指挥部秘书长潘宜之，奇其才，为请于主者，得放归，寄寓宜之家。未几以函札失检，为逻卒所获，时则负缉捕共产党人之责者，为杨虎、陈群二人，闻而率众将执之，宜之陈所部卫士，相持莫肯下，遂以其事白诸当局。当局某巨公，电令解京，宜之不得已而出尊一，己则尾至新都，谒巨公，力为尊一缓颊。巨公笑谓："倘有故，汝不畏死耶？"宜之长跪以请曰："尊一若再有赤色嫌疑，某愿与俱坐死罪。"于是又系诸图圄。迨军事委员会时代，宜之权势，赫然一时，复以尊一归。然宜之固"使君有妇"，尊一亦意别有属，则资之游学日本，与洛所生一子，托于其女友张某。张固国民党党人，党人有见之者，辄呼以"逆种"，尊一不能堪也。越一稔有奇，尊一返自扶桑，卒论婚于宜之。其邑人某经济学者所著《酱色的心》小说集，有《小大脚》三篇，间及尊一与宜之事，而于此中之概况，则未一道及，因述其颠末如此。

中国政治之习惯，大都重其所谓经验者，实则经验二字，仅可施之于"事务官"耳，若"政务官"之选，初不必囿于经验。壬戌冬间，余自滇诣北平，偶谒黎元洪于瀛台，时则张绍曾任内阁总理，将以黄郛长外交，而元洪难之。余问故，元洪嗫嚅其辞曰："膺白亦甚好，但未尝服务'外交界'，且非头等人才。"余笑谓："必谁某始可以当头等人才之称，而使之长外交乎？"元洪曰："顾维钧、颜惠庆，其选也；无已则王正廷。"盖颜、顾、王，皆尝一长外交，而顾以华府会议，折冲樽俎，颇具虚声也。 然绍曾力争，卒以郭为外交总长。经此一历程，自是厥后，言外交者，亦必及郭，无更以未尝服务外交轻之矣。

郭以"济南惨案"，正廷以"九一八案"，为世所诟病，实则处中国今日之外交至不易，必也复起孙公于九京，容或可以有为？！ 非然者，任择一"布尔乔亚"之闻人，使主外交，余敢断言其皆将束手。此盖国家、民族与阶级之环境所限，虽有善者，无能为役。 故《余雪夜怀人绝句》，有"弱国谁能似晏婴？ 王黄贬笔要持平"之语，平情论事，岂故为郭与正廷文过哉？！

"文人无行"，自古已然。 宋代张邦昌以女真卵翼，僭号中州，有为之"劝进表"者，其警句云"孔子应佛肸之召，所为尊周，纪信乘汉王之车，将以诳楚"，可谓善于文过饰非。 近见伪国务总理郑孝胥，有"孤筱向阳终不媚"之句，盖以忠君自矜，冀以掩其媚日之迹，所谓"欲盖弥彰"矣。 闽人陈向元夙不羁，里党薄其人，顾余独许其才气。 向元旧与鲍观澄，从田维勤军甚久，又与孝胥交厚，迩者孝胥、观澄数相招，向元逊谢。 余以所识非谬，而晚近国论，有成败而无是非，为表而出之，以愧今之仕于伪邦者！

中国士大夫读书，每溺于古，而于古人之言动，尤多所附会。 李义山《锦瑟》一诗，为之傚郑笺者，咸谓是悼亡之作，近人孟心史至撰一长文，从而考证之。 余未睹心史考证之文，仅于苏梅女士所著《李义山诗恋爱事迹考》，见其征引心史之文，梅虽以为非是，然语焉不详。 其实《锦瑟》一诗，非为悼亡而作，至浅显易见，略举二点，便可了然。 盖义山悼亡之作，于其诗题中，一望而知，如"谢传门庭旧末行，今朝歌管属檀郎。 更无人处帘垂地，欲拂尘时簟竟床。 稽氏幼男犹可悯，左家娇女岂能忘。 秋霖腹疾俱难遣，万里西风夜正长"一律，即于题中，明言丧妇，乃真悼亡之作也。 题为"王十二兄与畏之员外相访见招小饮时余以悼亡日近不去因寄"，其辞意固显然，则于《锦瑟》奚必隐约。 又《锦瑟》诗中，有"望帝春心托杜鹃"之句，明明是思妇而非鳏夫语意，就其典实言，亦复如是，浅者必以为悼亡，抑何其穿凿符合乃尔？！

今人未尽学问者，每误解共产主义为"共产""公妻"，至可一噱，然"公妻"之事，在封建社会中，固习焉不以为怪也。 其在乡曲，农人之贫者，苟其家有丁男三，婚赀不易办，则兄弟往往共娶一妇，自伯而季，周而复始，号曰"轮炊"，此风至今，犹有存者，东南为尤。 其在士大夫阶级，则《左传》载"卢浦嫳与庆封易内而饮酒，国迁朝焉"，实为"公妻"之始作俑；而卫灵公与孔宁、仪行父之共一夏姬，又无论矣。 清代梁鼎芬与文廷式交厚，鼎芬之妇爱廷式才，遂及于私，鼎芬知之，乃举以适廷式，一时艺苑，播为美谈。 鼎芬固富于封建社会传统之思想者，顾其跌宕风流如此。 余谓鼎芬之赠妻，可与今共产党人瞿秋白娶沈氏妇杨之华，后先辉映，是则"公妻"云者，奚必共产党人为然？！

闽孝廉魏子安，于清代道光中叶，与左宗棠同学，子安有"惊才绝艳"之目，而宗棠以"豪放不羁"称，交甚密。 迨后宗棠因曾国藩之辟，成儒将，号名臣，子安则侘傺以终。 坊间风行之《花月痕》小说，盖即子安所作，书中之韩荷生，隐指宗棠，而韦痴珠则自况也。 此可供今人从事于旧小说考证之一助。 又子安撰有《红楼梦后序》，用骈俪，哀感顽艳，虽风格不甚高，较诸吴园次、章岂绩，殆无愧

色?! 脍炙人口之《桃花扇后序》,则直是瞠乎其后。 原文无刻本,
余于八九岁时,读先子鉴波先生所手抄本,能强记,不漏一字。 今二
十有七稔矣,思取以实吾随笔,必可传诵一时,又恐其遗忘,试一忆
之,乃竟强记如儿时,差为体力自慰。 录其文于左:

红豆相思,春生南国;绿华小劫,吹落西州。何来暗麝之
香? 绝代惊鸿之影。齐齐整整,梅花夸第一丰姿。袅袅婷婷,
豆蔻数十三年纪。笑原是菊,应有色之堪餐;清到如兰,转无芬
之可嗅。爰有彤管静女,黄绢外孙。以林处士之清风,仅余子
鹤;若蔡文姬之孤露,能读父书。蕙质伶仃,萍踪漂泊。画美人
于纨扇,明月照来;拜阿母于瑶池,好风吹至。桃根迎楫,梧子
当门。则有傅粉郎君,扫眉公子。宫花宝髻,张留侯如美妇人;
玉带绛袍,谢太傅有佳子弟。羡神童于绮岁,郎是麒麟;聊小友
于璇闺,配之鹦鹉。属容华寡偶,偏奉倩多情。蒹葭修倚玉之
欢,芍药缕围金之赠。雄兔雌兔,耦俱无猜。官蛙私蛙,善谑为
虐。当为汝说,慵妆常拥被而听;来就侬欢,含突忽揭帘而入。
小喜唐突,私心徘徊。以彼世本侯家,门施行马;人传公府,婿
近乘龙。外甥早数魏舒,应成宅相;群从争夸杨济,并列台官。
簇锦围花,钟郝是大家妆束;遗钗坠马,灵香原上界神仙。外宅
晨欢,内宾夕宴。赌酒依牙签之罚,白浮纷飞;催诗借铜钵而
敲,翠谑杂作。推左芬为老辈,掌书尊社长之名。让道韫以清
才,问字执门生之礼。雪供艳想,云姿狂夸。分香来樊素佳人,
配杨柳侍儿之选;顾曲有海青狎客,添琵琶弟子之班。别有虢
国阿姨,天生尤物;延年小弟,家半情人。喜春光乞羯鼓挝回,
坠散花之魔女;笑色界为梵钟撞破,寻因果于缁尼。其中要珮
订交,假衫申约,诸加琐屑,难以缕陈。既金樽檀板以相敲,亦
缟服淡妆而自赏。遂乃齐抛跳脱,嫌芗泽之微闻;学换袈裟,指

蒲团而并坐。我为长老,汝试参禅。时则卢亲咸集,崔嫂善谐。奉太夫人蹇修为理,与姑姊妹中表合婚。将名士悦倾城,恰一对风流种子;以小郎配新妇,莫几时欢喜冤家。惊座高谈,哄堂绝倒。不觉心同所愿,几乎抚掌而绝冠缨。其如口未敢言,只合低头而拈裙带。嗣是因憨变感,持爱生嗔。促膝忘形,弥多放浪。抚怀触绪,动辄勃溪。吃虚自惊,吐实于告。但为君故,不畏人言。然而迹涉瓜疑,既调停之费事。爰或谋将李代,翻撮合而成缘。著借筹更,棋弹局变。双珠举案,聊璧同床。既可并头,何妨合体?出于情不自禁,小儿女焉知其他?律以礼弗为防,老祖宗亦有与过。预学鸳鸯之宿,试为蛱蝶之偷。纵势委而何妨,讵臂盟之可丑?始以贻羞赠芍,坐恨锄兰。则温峤求婚,自媒姑女;孟光择对,愿壻梁家。势已处于万难,事岂容以再误!敢直言而不讳,当曲意而姑从。乃鼠首相持,遂蚕丝自缚。顾或谓邢谭媲美,尹姞联娟。二不得兼,将舍鱼而取掌;一之为甚,必得兔而忘蹄。执理既争,准情又碍。不知懿华贵胄,左右嫔虞。姬隗丽姝,后先归赵。倘其虑一夫之不获,胡弗邀二女以同居?! 矧大体都娴,宁致起专房之妒?抑佳期并迫,自无拘继室之嫌。悦己者容,佳偶为配。何至河汉一水,女牛相望?竟如罗浮两山,风雨无定。致伊扣扣,惜此申申。茅辛之辞,间通乎庚语;莲子之意,如赠以苦心。方独茧之缠绵,亦九迴之缱绻。剪烛听雨,每写隐忧。烧香抚琴,莫消妄想。因而抚衾太息,摄带彷徨。替欢长罍,临乐忽叹。将衷谁诉,转苦生酸;顾影自怜,积怀成痗。海棠如梦,知能销几个黄昏?燕子依人,问此是谁家庭院?果使文鸳结社,灵鹊填桥,抱枕留仙,买丝绣佛。借王夫人彩笔而画,下温太真玉镜之盟。安丰被换作卿卿,高绰亲呼为妹妹。乌丝写韵,竟传十手之抄。红袖添香,齐下双鬟之拜。相与摩挲玉体,夜夜横陈;领略朱颜,朝朝平视。神光离合,许通洛浦之辞?云雨荒唐,约赴阳台之会。而乃看朱成碧,误素为缁。金销缘悭,锦鞋谶恶。蝶梦迷离之态,粉化烟飞;蛾凋憔悴之容,镜惊花瘦。笑原痼疾,脸欲断而通红;怒固常情,眼相看而忽白。咄咄而道,申申骂予。却不知与我何干,犹烦絮絮;究其实无辞以对,惟有荷荷。最怜难以为情,葛岭之笙歌似海;即道不如归去,扬州已烟月俱空!送儿还乡,竟成虚说;及尔同穴,亦属枉然。赵合德襟上啼痕,花作丝丝绀碧;薛灵芸壶中泪点,变成滴滴殷红。事难称意之时,病无可讄;语到伤心之处,魂不禁销。惨淡焚诗,凄凉玩帕。孤桐半死,忽弹变徵之音;芳草一丛,即是埋香之塚。潘郎感逝,忧来无端;秦椽定情,记在何夕?往往看星惆怅,睹物歔欷。我犹见汝生怜,谁能遣此?天不与人方便,从唤奈何。相传斑竹江边,恍见明珰翠羽;只恐梨花坟内,仅余罗袜香囊。是谁杀周伯仁,彼原由我而死;所恨如王子敬,人直与琴俱亡。对此茫茫,空呼负负。又况伯劳东去,旅燕西飞。想当初烛灭香销,相思何许?从此后水流花谢,陈迹都非。苟有心人,那堪回首?当为情死,夫复何言!嗟嗟!沧海变田,劫灰换世。迷津指误,话孤云归后之踪;华屋生存,增旧雨重来之感。转瞬若失,感怀自同。是痴是病,即色即空。肥环瘦燕,依样葫芦;紫凤天吴,由他颠倒。生成伶俐,知难福慧齐修;绝等聪明,却被温柔所误。欲借娲皇之石,为补情天;空衔精卫之冤,莫填苦海。重翻乐府,蝉抱叶而皆哀;遍历情场,鹿寻蕉而已幻。了五百年公案,还我珠来;牵三千丈情丝,凭谁绣错?!秋波临去,正老僧悟道之年;春梦醒还,亦才子回头之日。说到桃花艳骨,正须盟流水三生;除非金粟前身,何处拾寒山片石?

近人叶绍钧著有小说《倪焕之》一书,颇不胫而走,书中主人公王乐山，隐指共产党党人侯绍裘。绍裘固共产党之健者，而绍钧与交厚，于其"死于所事"，盖深有感也。然绍钧固书生本色，恐以文字贾祸，故其书辞意间多晦涩，似不逮沈雁冰所著《虹》，流丽深刻，耐人寻味。《虹》之主人公梅女士，闻诸朋侪，谓是蜀中女子胡兰畦，因并志之。或以兰畦亦隶共产党籍，实则非是。书至此，忆及刘清扬事。清扬有才智，尤擅雄辩，共产党妇女中不可多得之才也。顾其游欧时，与同党少年张松年俱，雅相狎昵，而所处为三等舱，众中苦不能尽欢，乃潜入浴室好合。司邮船浴室之"仆欧"，故恶作剧，扃其门，清扬、松年，闭置一昼夜，诘朝有入浴者，始得释，可谓妙事。

"男女构精，万物化生"，见诸《周易》，本非神秘，亦无所谓秽亵。自儒家者流，倡为虚伪之礼教，则其事始为缙绅大夫所不敢言，而欧美资本社会，袭宗教之余毒，亦遂悬为禁令。实则生理之需要，苟非妨及彼此之健康，甚且影响于种族者，固寻常事，孔子所谓"食色，性也"，可为吾说资印证。近见章衣萍夫人吴曙天，著《恋爱日记》三种，以今体文，状家常琐屑，历历如绘，床笫之爱，尤勇于自白，惜终未免女子之态。既已自白矣，顾涉及"性冲动"处，辄以"性子"二字代之，使读者疑此"性"字为"性格"意义，要其文笔隽妙，辞意并茂，则固"有目共赏"。余评以"七分勇敢，九分忠实，十分委婉，一言以蔽之曰，是弱者心灵之流露！"衣萍、曙天，咸为叹服。

凡诗、词，皆以意深而语浅，辞美而旨明者，为上上乘，于文亦然。试读李杜之诗，二主之词，便知此中之真谛。昔人讥昌黎，谓"八代未尝衰"，犹此意也。乃古之诗词匠，兢模拟、雕饰，今之诗词匠，更变本而加厉，岂惟食古，将坠恶道！近睹坊间选本之词，有所谓"不采猥亵"者，又有所谓"忌熟忌艳"者，此"熟"字当是指油腔滑调而言，"艳"字当是指纤巧而言。 然油腔滑调可谓之滥，不得谓之熟，至于纤巧，亦不得谓之艳。 若淮海之"丁香笑吐娇无限"，易安之"香冷金猊，被翻红浪，起来慵自梳头"，斯真词之以艳胜者。词而忌熟，何不穷经？！ 古今脍炙人口之词，盖无一不熟，略举数四，则"帘外雨潺潺""问君能有几多愁""我欲乘风归去""旧恨春江流不尽""多情自古伤离别"诸作，字字皆熟，而传诵千古。 即工于刻画之清真、梦窗，彼诗词匠所奉为鼻祖者，亦尝以"马滑霜浓，不如归去，直是少人行"及"何处合成愁？ 离人心上秋。 纵芭蕉不雨也飕飕"之作，播为绝妙好辞矣。 闽人王允皙词甚佳，曩余过朱祖谋，舆论近代词，及允皙、祖谋少之。 顾以余所见，允皙词，实不下祖谋，特官阶未跻卿贰，交游不出里巷，弗逮疆村之显达耳。 旧体诗、词，已成古董，本可存而不论。 余以中国人士治学，往往以耳为目，其于古人、闻人，辄居为目虾而自为其水母焉，良可慨叹，爰泚笔及之。

允皙词未刊行，偶忆其警句，有"浅醉未妨残梦影，薄妆原是断肠姿"，及"一点送君心，荡江波如酒"，皆古人所未道。

"一·二八"之役，世咸以当局不发援军为病，余初亦疑之，偶与友人李拯中谈，拯中时佐朱绍良军，为总参议，则言其非是。 拯中谓当局于十九军转战淞沪之日，即电属绍良速拨精锐六师来应援。 绍良以红军方势盛，谋诸拯中，恐骤调六师去赣，防线必且松懈，多缺口，乃飞谒当局力陈，无已始改派张治中所部之两师为援军云云。 因志其言如此。

壬戌、癸亥之间，孙公以陈炯明既畔与直系军阀合，而联络奉皖之策略益孟晋。 汪兆铭尝衔命度辽，张作霖父子，礼遇有加，学良尤恭顺，导兆铭诣军校讲演。既至则宣于众曰："诸君知余今日所俱来者何人，盖即中国之第一政治家汪精卫先生也。"其倾倒可以想见。乃"九一八"变后，兆铭赴北平，与学良商和战事，学良竟慢不以为意，前后判若两人。殆所谓"举趾高，心不顾矣"，宜其失地辱国。

流俗所谓富贵功名，初无足轻重，而在封建社会、资本社会，则士大夫且津津乐道，今号称摩登女子者，尤于此是鹜。因忆及兆铭以谋炸清摄政王入狱，既定谳，处死刑矣。时陈璧君与其事，挈金四出，为营救不获，辄与定婚，闻者壮之。盖兆铭已论死，璧君独不计其无所归也。然辛亥改革，兆铭卒不死，遂成伉俪。余雅不欲倡"性道德"，顾璧君之识力，其贤于晚近妇女盖远。孙公夫人宋庆龄，亦以孙公遁扶桑，党人什九皆叛，穷无所之时相爱，可后先媲美。此其智与勇，岂今之女子得望其项背？！

中国今日之病源，若仅持唯物论以为探讨，固未能悉得其窍要，反之，而仅以唯心论求其治疗，亦末也。必于"民族性格""社会经济"与"国际关系"，作缜密之观察，而后知国家、民族及阶级之环境，所当憬然自省者，盖别有在。然仅言治标，余以为封建社会之道德律，宜去其什九而存其一。一者何？中国数千年以来资以立国之气节是！满清之亡，尟殉国者，中国士大夫气节之堕，已可概见，此犹得为之辞曰，"狭义的民族意识"使之。自袁世凯使贪使诈，幸而成功，效者相踵，气节益扫地以尽，晚近遂不可问。革命军之席卷鄂赣也，孙传芳所部李宝章，方以一师守淞沪，僇党人无算，号称"屠户"，于党人之自首，或愿告密者，尤必立致之死，责其"卖党"，此则未可厚非。昔乐毅终身不敢言伐燕，徐庶入魏，终身不为曹操设一谋，其气节有足多者！余之为此说，亦"卑勿高论"之意耳。若自唯物观而言，则资本社会，既已取封建之势力而代之，举凡封建社会性之道德、习惯，皆将为黄金之怒潮，负之以趋，沦于泊没，非士大夫阶级所能转移也。　哀哉！

李烈钧开府南昌时，赣人魏某绾度支。　癸丑革命既挫，烈钧走海外，魏某囊括国帑以他适，其逾量则悉易黄金，南昌翠花街之金，为之一空。　洎烈钧从军讨袁，觅魏某所在，从而贷行李之赀，魏某逆亿党人必非世凯敌，靳不应。　索之急，则辗转浼陈炯明以金镯一奉烈钧旅费。　烈钧怒其贪而负义也，璧还之，笑语炯明曰："为我告魏某，翠花街之金已尽耶？！"洪宪颠覆，烈钧且再起。　魏某又趋跄其门，谄媚如故，烈钧优容之。　寻魏某纳老妓赛金花，以淫泆死，附会迷信者，谓是负义之报。

烈钧以所部龚永之妻为妇，蒋梦麟亦婚于同学高仁山之妻陶曾榖。　囿于封建社会之道德律者，群相窃议，余雅不谓然，故《雪夜怀人绝句》关于梦麟之一云："结缡能善故人妻，大勇如君孰与齐？！'目论'独怜矛盾世，儒酸犹自说修齐。"盖世风不变，而人道之义，方为中外有识之士所重，此虚伪之道德，正宜摧陷而廓清之，未足为烈钧、梦麟病。

初，直系军阀谋拥曹锟，而黎元洪坚不肯去，且倡为任期未满之说，和之者甚众。　时保定派策士，以"智囊"称之张志潭密从而献议曰："元洪虽以不怕死、不盖印、不违法自誓，实则'苟全身命'之徒耳，趣以'兵变'劫持之，事必济。"诸渠帅与其幕客，咸以为善，遂唆使京畿之卒，突于一日围总统府，索欠饷，悉绝内外之交通。　元洪始犹相持，已而王怀庆入告，谓"部曲将越轨，总统苟不谋所以策万全者，怀庆不知死所矣"。　元洪果色变起，仓皇登车遁天津。　甲子之役，锟被围一如元洪，且羁禁不得出，段祺瑞既执政，乃放归。　史乘所谓"君以此始，必以此终"，其然岂其然乎？！ 蜀人邓镕，以诗纪之，属辞隶事皆工。 余犹记其警句"幽州不备擒彭祖，夹寨回军望彦章"，一指鹿钟麟，而一指吴佩孚也。

孙公晚年，见共产党之势浸盛，则私以为忧。"临危授命"，有"敌人方包围，软化、陷害"之语，又谓"我若说了话反不好"，盖皆意在共产党！ 相传易箦时作英语，呼曰："友乎仇乎？"其弦外之旨，可深长思。 曩党人邓家彦疑遗嘱为伪造，然遗嘱经孙公之署名，执笔者，为今行政院长汪兆铭，虽仓促属草，未必尽契孙公之隐衷，要非假托，殆无可疑。 余尝与柳亚子书，往复数四及此事，亚子则疑孙公之言，苟其果为共产党而发，抑何囿于党的立场，而异乎革命的立场？ 余谓孙公固圣之时者，三民主义，精深博大，所以疏释之者，至有朕而亦至无朕，"我若说了话反不好"，其言甚哀，其心弥苦矣，曷尝忘革命的立场？ 亚子称善。

党人称孙公以先生而不名，大本营时代，则群呼之为"老头子"，未谂是谁某作始？！ 孙公性长厚，时或盛怒，顾事过辄不复忆。 其海涵山负之量，有非常人所及。 辛亥改革，迁都议起，江苏都督庄蕴宽尼之，孙公至愤慨，谓"必且枪杀此獠"。 和局既成，都北平以定，后蕴宽数请谒，孙公亦不以为忤。 又用人无方，一惟其才。 党人曹亚伯，张皇好作大言，然孙公策之以联德，颇奏效。 生平尤拚谦，持躬接物，见者疑为"齐民"，不知其为建国之总统也。 护法以迄革命中，虽军书旁午，客无不见，而人亦咸以得与孙公握手为乐，其豁达大度类此！

戊午、己未间，江西巡按使戚扬，以能吏称，然扬当作宰闽中，严刑峻法，民不能堪，至以"七步犬"呼之。"七步犬"者，恶犬之尤，人遭其噬，则七步辄死。 七、戚，同音，以喻扬之狠酷也。 清末叶，张之洞督鄂，其幕客赵凤昌，"博闻强记"，之洞居之于私室之后，俾便于咨询，明侪戏呼以"一品夫人"，言其与之洞出入寝处必共也。 前者因为兽，于以知怨毒之深，后者则于雄者而雌之，嫉之亦轻之也。 中华民族性之偏狭、卑污，略可概见。

闽耆宿郑寿彭，精于医，尝为陈宝琛之季弟诊，病系发癫，而汗不出，寿彭用张仲景之说，进石膏若干两，虑其猛。 则就商病者，病者自知不起，执手泫然曰："趋施之勿疑，凡病深入膏肓者，药饵仅济其目前之急耳。"已而竟死。 宝琛谓是寿彭所杀，挽句有"天穷人厄"之语。 既受讣，寿彭亦以挽句至，句云："癫发汗不出者胃经亡，古人岂我欺？ 虽欲易一说不可得；病深药仅济其目前急，君言犹在耳，谁能起九原而问之？！"意明而笔肆，辞甚辩，宝琛叹服，亟自撤其句。

宝琛擅挽句，一时无两，余得见其佳构甚多，惜皆不复记忆，仅记其挽林纾云："由侠而儒，晚节独能师顾绛；因文载道，史家原不废虞初。"盖纾少习技击，晚自负清举人，不欲仕民国，又尝间关谒崇陵，故宝琛以亭林比之，而虞初云云，言其译小说得名也。 尝与朋侪谈，群以宝琛于挽句特工，今且八十许叟矣，他日孰为之挽？！ 余因戏作一联曰："垂死见共和，结束前朝遗老局；平生富文采，流传挽句后人哀。"自谓颇足以尽宝琛之生平。

杨仲愈之轶事，见前载，其遗稿都已散失，无从觅刊本，实亦未尝付剞劂也，亟再录绝句二首。 诗云："灵岩山色似年时，别墅经过忆赌棋。 怆绝苹花秋水榭，老来重定故人诗。""河豚雪后春犹浅，石鲚风来水不波。 携手江干吹笛坐，那山今日出云多？！"神韵悠然，故是"才语"，余于某耆宿扇头见之。

父老相传，胡林翼用人，必先观其饮啖，能健饭三巨碗强，然后拔擢之，或谓是大有造于"饭桶"者流，而不知实有至理。盖百病生于胃，胃强则体魄强，精神自旺，昔诸葛亮"食少事烦"，司马懿断其不久，犹此意也。又清沈葆桢言，择婿宜于博局中求之，或谓"既博矣，恶能贤?！"葆桢谓此觇其性情与气度耳。

北洋军阀统治之下，政党、议会，皆成具文。综计民国纪元，讫于国民政府成立，所谓国务总理者，凡二十九人。其起家政党者，才四人，其三犹是代理内阁，伍廷芳与汪大燮、王正廷是已。完全组阁者，仅王宠惠一人。其余则唐绍仪号国民党，而实非党人。熊希龄号研究系，而实为官僚。又其次，则组阁之段祺瑞、王士珍、靳云鹏、张绍曾、贾德耀、黄郛，代阁之江朝宗、萨镇冰、杜锡珪、李根源，皆军人也。徐世昌、赵秉钧、周自齐、钱能训、李经羲、龚心湛、高凌蔚、孙宝琦、潘复、许世英，皆官僚也。颜惠庆、顾维钧，虽出身留学生，而浸淫于官僚之生活者盖久；梁士诒虽号称党魁，实则所谓"交通系""安福系"者，不外军人与官僚结合之集团耳，不得目为政党。国民党之宋教仁，研究系之梁启超与汤化龙，毕生精力，瘁于组阁，顾终不获，且以身殉焉，可哀也已。夫国号共和，政尚议会，而民国十五年以来，国务总理罕出于政党之领域中，以此而言宪政，虽千百年可知矣！

尝与友人论，北洋军人类出身行伍，而南方军人，则什九以学生起家，受普通教育者，此新旧武力之分野，不可不知也。北方军人，于现代常识，茫无闻知，第知有服从。自直皖之役，吴佩孚以"偏裨后进"畔，一抉服从之藩篱，北洋系遂亡。南方军人，粗解治理，而地丑德齐，莫肯相下，故国民党既改组，以党为其中心，卒以收革命之功。时置今日，风气又变，余以为武力不可无，而政令之行，必挟武力盾其后，强弩之末，终于一蹶耳。

士有败于晚节者，余谓终是热中之误。辽宁吴景濂，旧以统一共和党领袖，改隶国民党，跻于党魁之列，先后为参议院、众议院、非常国会之议长，性"强项"，官僚、军人，咸敬惮之。顾自壬戌冬，感于"及门"王承斌之言，助曹锟贿选甚力。盖承斌者，保定派之中坚，先是与锟等已有默契，许景濂以事成组阁，兼贿以五十万金，景濂信不疑，卒以败名。其终也，组阁不可得，并众议院议长，而亦见摈，所获仅仅五十万金，景濂始憬然为人所卖，然已无及，则营"菟裘"于天津，不复敢问世。丙寅秋仲，相见保定，时国民革命军已直下武汉，而北方奉直又相猜，景濂睹余叹曰："天下之大，无容身地。"可谓"一失足成千古恨"。

"三一八"惨案，世以为章士钊实主之。盖士钊虽游学英伦，而溺于封建社会之习，又刻苦为文，力求近古，于近代教育，实未尝研精覃思。故为教育总长时，措施类皆失之迂妄，人遂疑其为执政府门前喋血之"发纵指示"者，不知士钊夙巽懦，无此胆力也。"三一八"之事变，由于当时与西北军接近，号称左倾之徐谦，扬言于众，谓"与京畿驻军之长官某某，已有默契，诸君第勇往勿却，必可奏效！"青年学子，深信其说，然徐固未得某某长官之同意。请愿群众，既群集执政府，执政以迄阁员咸皇遽，以为是必某某长官之"取瑟而歌"，迨浼别一人与西北军密者，电询某某长官，长官答以"初无闻知，公等可毋疑"，于是而卫队之枪声隆隆矣。时贾德耀为国务总理，同学贾德润，方以"智囊"自居，数从其兄参枢要，为余具言其颠末如此，是不可以不纪。

士钊文采华赡，于蟹行之文亦精湛，顾所为文，过于求工，转多疵累。 如辞职呈文中"家有子弟，莫知所出"，苟望文生义，几使人疑"出"字为私生子之解，颇堪一噱。 又"儿女乃家家所有，良用痛心；为政而人人悦之，亦无是理"。 辞本不佳，而鲁迅以为剽窃何悔庵所作《齐姜醉遣公子重耳赋》中"公子固翩翩绝世，未免有情。 英雄而碌碌依人，安能成事"之句调，则语稍近刻。 然此篇中，亦有佳句，如"既馁之鬼不灵，已铩之羽难振"，自暴其狼狈之状，惟妙惟肖矣。 生平喜标榜，称章炳麟为"吾家太炎"，又尝课其子作《执政考》。 盖于名公巨卿之风度，心焉慕之，惜迟生百年，不及观逊清乾嘉之盛耳。

故镇江都督闽人林述庆，于辛亥革命之役，有殊勋，其人亦沉着果敢，寻以孙毓筠之诱，行且附于袁世凯，突以中酒卒，知者以为是适以全述庆之名，盖笃论也。 述庆与同里江屏藩同年月日时生，方其开府京口也，屏藩羡之，洎死，则又惴惴然恐己之将及，然屏藩竟不死。 此二十年中，自海关写手一跃而国会科长，而省府厅长，而关监督。 近竟以惑于风水迷信之说，与农人争墓地，为仇家狙击以死，死时身首几异处，碎裂为十数段，惨状乃百倍于述庆，颇足异。 有不慊屏藩之为人者，谓屏藩之累迁，其祸机已伏，苟身非贵显，何从与胥吏朋比，以侵占农人之地，微此之故，何遽致死。 是亦一说，然禄命之不足信，于此亦略见矣。

世有早死转以成名者，述庆以外，林万里、邵飘萍其著也。 万里旧名獬，生平无行，早岁颇不齿于里党，顾万里亦倡导狭义的民族革命之一人。 辛亥改革，官福建省府法制局长，后又附于世凯，北洋军阀统治时，以政府中官吏，兼主论坛久，所以助北洋军阀张目者甚至。 潘复本与交厚，嗣以就复乞三千金不获，遂成"凶终隙末"，其诋复以张宗昌之肾囊，盖挟私嫌，非必嫉恶，乃以此致死，非万里始料所及。 死之夕，余与数四朋辈方宴集，万里亦在座，忽语余曰："子以余事精子平、水镜之术，视我之气色何若者？"余夙薄其人，则应声曰："枪毙耳。"不意万里既辞归，余辈博未终局，而彼之死耗已至，一刹那中，戏言成谶，殊耐人寻味。 飘萍初不识余，以林寒碧之介请谒，遂与相谂。 余尝数语寒碧："君之字毋乃不祥？！ 碧矣而又寒焉；飘萍则更谬矣，萍本浮薄之物，而又飘焉，其能久乎？！"果无何而寒碧触汽车死，越十年飘萍亦为奉军所僇。 一字之细，亦若有朕，读者得毋讥其仍不脱封建社会迷信之观念否耶？！

河北谷钟秀，旧国会议员之健者也。 官农商总长时，有不慊于钟秀者，言钟秀微时自恨生平有三不幸。 三不幸者何？ 一不幸姓谷，二不幸身非妇女，三不幸生不为欧美人，闻者辄传述为谈助。 洎讣其封君，则哀启有句云"至死竟无所知"云云，盖捉刀者不择辞之病耳。 友人林景善诙谐，见而为作一联云"令子平生三不幸，而翁到死一无知"，可谓绝妙好辞。

逊清遗老，什九皆虚骄，非真忠于故君也。 共和以来，政尚宽大，不仅未兴文字之狱，若清代者然，且遗老之仕于民国，而又兼事溥仪之小朝廷者，亦不加谴责，故此辈遂首鼠两端，益无忌惮矣。 清尚书陈璧，列名于洪宪劝进表闽人之首，传其志在交通或农商总长，家居每蹀躞于廊庑间，喃喃自语，屈二指以数曰："农商部，交通部，交通部，农商部。"如是者日必十百计，奴媪咸窃笑其旁，其热中丑态有如此者！ 余旧作《南河沿》一篇云："夜半人语喧，汽车杂奔马。夺门尔何为？ 震惊遍朝野。 孺子故昏聩，神器宜可假。 董卓与朱温，拥立本苟且。 岂真忠故君，谬欲支大厦？ 所嗟南河沿，一夕覆千瓦。"盖为张勋复辟而作也。 勋家滨旧京东华门之南河沿，与余旧居毗连，因以《南河沿》名篇。陈衍选辑《近代诗钞》，于余作首录兹篇，叹为诗史，余亦颇自以为是诛心之论。又与友人谈逊清遗老一律云："运尽光宣四十年，群公魂梦尚朝天。俸钱故是官家旧，赏赉常从帝座偏。胜国遗黎宽法网，故宫宝藏隐腰缠。唸名况饱商薇蕨，身后虞山较孰贤。"言此辈以一身出入于清代与民国，又数窃取清室所藏古物书画，鬻得巨金，窃叹钱牧斋生早，弗获遭际此时会也。

英保守派人士，夙轻中国，且惧我之强，其心理与日本无殊。辛亥之岁，各省既先后举兵，清廷起袁世凯组阁，时汪兆铭亦出狱，方与李煜瀛、王法勤、王宠惠、孙炳文及余辈密设京津同盟会，将有事于北平。且发难矣，众推兆铭、宠惠私谒英使朱尔典，乞援助，尔典竟大言"中国人不配做共和国民"云云，经兆铭、宠惠再三謷晓，始稍稍意动。此虽足见英保守派之狂谬，然平心而论，中华之民族性，实不可救药，不亟自省，行为东印度之续矣。

怀宁少年潘式，有美才，擅古今体散文、诗、词、小说。始著《人海微澜》，犹沿用章回体，迨后思想稍稍孟晋，有《隐刑》之作，颇风行一时，顾南中坊间尚尠，盖印行不多也。近明星电影公司采其情节编《春水情波》影片，闻且流传吴楚矣。式尝以友于韩麟符，坐共产党人之嫌，被逮，且论死，章士钊为之营救甚力。余初未与一面，于曾克端案头，见所作七律，深赏其才，乃亦为驰电缓颊，卒获出狱。近方谋傭书松滨，谒余子楼，因属录曩所见之七律载之，亦文字因缘也。诗为《隆和舟中作》："危栏孤倚亦悠哉，云水光融互潏洄。能共月来吾未独，宁须烛尽意方灰？微风渐欲凉痴梦，弱水终难涤隐哀。翻羡'牧猪奴'辈乐，抵拳争掷快喧豗。"三四及五六两联，的是才语。近则又自溷于遗老遗少之群，至可惜！

　　清人论词，有讥易安之"香冷金猊，被翻红浪"，近于猥亵者，未尝见明女子张红桥所作也。　红桥有《念奴娇》一阕甚工，为寄怀其夫林鸿之作，词云："凤凰山下，恨声声玉漏，今宵易歇。　三叠阳关歌未竟，城上栖鸟催别。　一楼离情，两行清泪，渍透千重铁。　重来休问，尊前已是愁绝。　还忆浴罢描眉，梦回携手，踏碎花间月。　漫道胸前怀豆蔻，今日总成虚设。　桃叶渡头，莫愁湖畔，远事烟云叠。　剪灯帘幕，相思谁与同说？"词中警句如"漫道胸前怀豆蔻，今日总成虚设"，其于床笫之爱，何等勇于自白？！　封建社会妇女中，欲求此类佳作，殆绝无仅有，顾不堪使卫道之士读之耳。　书至此，忆及曩与朋辈纵论诗词，深以同光以来作者，食古而不化为病。　盖诗、词之属辞隶事，有必不可用于今日者，略以隅反，则剪灯吹灯之类皆是。　何者？　今之文物典章，以迄起居习尚，迥殊往昔，即以灯论，前数十年，燃灯有灯草，灯草可剪也，亦可吹也，今之电灯，何自剪之、吹之哉？！　徒喜其字面之美，因袭不改。　非仅远实，直是不通。　今人诗、词，犯此疵累者，指不胜屈，几使人不辨作者所处之时代与所经历之日常生活，宁非笑柄？！　余尝谓字面无所谓雅俗，仅有生熟之别耳，叶恭绰颇以为然。

　　北洋军阀统治时代，政府中官吏，及居要津者，大都俾昼作夜。所谓某总某长者，恒以日晡起，习为风气，盖其漫漫长夜中，非宴游则会议，往往达旦犹未休。　安福系之执政也，李盛铎、姚震、曾毓隽诸人，皆号称"黎明党"，而酬酢豪侈，则直系奉系政府为尤。　余曩以孙公与唐继尧之使命，数数与此辈款接，因获身经目击其状。　1926年之秋，国民革命军既席卷武汉矣，长江上下游震动，然北方之文恬武嬉如故。　时潘复方为交通总长，其天津小营门之私邸，每入暮则政客、官僚、武人、巨腹贾（兼所谓"商人阶级""买办阶级"）憧憧往来，夕必以百数十人授馔，馔则必盛设，鱼翅之席，视为家常餐，亦或二三名流学者与焉。 食以外，必有博，有鸦片，有女伶、歌妓，时舞女、影星，犹未豁露头角也。 晚近以来，不觉其辞费。 乙未、庚申间，党人叶夏声，亦尝衔孙公之命北行，既遄归，其友询以北都近状，夏声答语殊佳妙。 谓北都风气，凡客之诣权要者，则应门之仆，类能就客所乘而分别等差，如客所乘为人力车，则必谓是来"见"者，所乘为马车，则谓是来"拜"者，若为汽车，则以为是来"会"主人者矣。 夏声自言，以奉使故，出必汽车，遂亦得列于"会""拜""见"三者之首，闻者咸为灿然。 此亦足见"官僚政治"下之社会，其流毒之入人者深也。

无古今中外，苟其为杰出之人物者，必自有其书卷以外之学问，若仅钻研于故纸中者，充其量，不外一学者耳。 列宁之"新经济政策"，穷马克思主义之典籍，未尝见也。 孙公之三民主义，穷社会主义之典籍，亦未尝见也。 于此余更忆及一事，旧京沪铁路，以英款关系，合同所限，不得运载军队。 辛亥革命，苏浙沪各军将会师南京，而于运载军队一事，惧英人之干涉，谋于伍廷芳，廷芳难之。 时陈其美为上海都督，谓"是固易易，合同仅限不得运兵至南京，然则第运至镇江，再集中进攻。"众从其说，竟无阻，而南京以下。 自是京沪铁路不得运载军队之例破矣。 外交问题，往往视当局者之势与力而异其用，胶执条约与惯例以言外交，非善于外交者，观于其美之事而益信。

畴曩彗星与地球相触之说，甚嚣尘上，相传有英美德法及中国科学家，聚而讨究焉。 中国之某君，力言其必不成为事实，余则栗然危之，以为某月日，将罹此劫，遂约以巨金睹胜负，届期果如某君所测。 或私以询某君曰："诸科学家皆以为危，而子断然排众议，是何所恃？"某君莞尔以对曰："吾所恃者，彗星果触地球，则地球且齑粉,彼科学家奚从而得吾金哉?"询者心折。 然此适以见中国人之徒恃小慧,而民族之富于"躲避性",亦从可知,宜其日趋于堕落而不自觉也。

友人罗忠懋谓孔子实为中国官僚政治之滥觞者。 或叩其何所见而云然。 忠懋曰:"孔子不尝云乎?'与上大夫言,则訚訚如也,与下大夫言,则侃侃如也',此非孔子之重视地位与身份乎? 又'三月无君,则惶惶如也',此非孔子之热衷功名乎?"其说颇近似。 然孔子虽有官僚之臭味,其识解固远非后之官僚所得望其项背,如孔子谓:"富而可求,虽执鞭之士,吾亦为之。"又曰:"不见可欲,其心不乱。"盖灼知今之资本主义与物质文明,将尽变士大夫之气质,不可谓非至理名言。

今人溺于所谓"恋爱",其实"恋爱"云者,封建社会固已习见,特以虚伪之礼俗,从而桎梏之,男女间之意志,鲜获自由耳。 近世文明,此风浸盛,迩者中国《民法》之规定,"婚约由当事人自行订定",是则舍未成年者以外,类无待第三者之参与,尤适合于人情。然由"恋爱"而婚姻者,往往不能终其爱,笃旧者流,既窃笑而非议之。 其在欧美,则士大夫阶级,亦每谓"婚姻为恋爱之坟墓"。 余以为此皆于"恋爱"之所以然,未尝研精覃思也。"恋爱"之由来,不外三数: 曰信仰之爱;曰倾慕之爱;曰感召之爱。 此三者以信仰之爱,最易持久而不渝。 盖信仰云者,必于其所爱之学问与思想,有崇高之信仰,而学问与思想皆易进而不易退,既非可于具体求之,又必其彼此间之学问、思想,有若干之默契者在也。 倾慕之爱则异乎是,必其所爱者,或事功显赫,或拥巨货,或美好,质言之,则为功名、产业、容颜,此数者,皆必于具体举其实,又皆至易变而亦至易退者也,实亡则爱弛,势有必至,盖其始爱,固将求其实,以实为爱之媒也。 感召之爱有二： 一为人事之感召，如感恩之合，患难之合，此其事有终身勿忘，亦不易忘者，故其为爱，或亦较久。 又其一则为生理之感召，如晚近少年，知识早启，以生理上自然之影响，则甫及成年，辄思求偶，无间于男女皆然，此其爱之萌，仅由于生理之需要，迨年事既长，世故随之，生理之需要亦渐减，或且渐变，故此类之爱，亦似不可恃。 欧美中国男女间恋爱，皆以倾慕之爱为多，宜其破裂与契合，常若相衡者。 革命以来，中国社会中，由于生理感召之爱亦不尠，是皆其本先拨，安得因噎而废食哉？！ 世之有志于求爱者，曷三复吾言！

辛亥革命，北洋军人中，第六镇统制吴禄贞、第十三镇统制张绍曾，皆与党人有默契。 以余所知，绍曾盖密约禄贞同举兵，禄贞自石家庄以第六镇发，绍曾则自滦州率第十三镇应援，期相与会师北都。顾事机不甚凑，故绍曾未敢遽动，仅为要求"十九条宪法"之举，而禄贞亦为清吏良弼所刺，至堪扼腕。 非然者，北方早入党人之手，民国以来之政治，或别是一局面矣，更何待段祺瑞之秉承袁世凯旨，赞同共和哉？ 此关于党史者至巨，不可不纪。

张勋之复辟也，使人怂恿段祺瑞，祺瑞颇踌躇不能断，谋于左右，有劝其附于帝制者，有劝其出而讨伐者，徐树铮持后说尤力，祺瑞志始决。 又虑马厂驻军之师长李长泰，不为己助也，则因其妻与长泰妻有葭莩之雅，密遣策士某，偕之入长泰军，陈说数四，长泰意动，于是马厂誓师，而旌旗一变矣。 或谓段芝贵以求为直隶总督不获，冯玉祥以旅长入觐被拒，故皆以所部先发，祺瑞乃益勇往，并志之。

亡友陈子范，深恶官僚，尝援"亡国之大夫，不可与图存"之语，以为满清及北洋官僚，果能有为者，清室必不至倾覆，其说甚当。 然晚近士大夫阶级，于此辈官僚之生平，犹若不胜其景仰，此大误也。 徐世昌、岑春煊、梁士诒，皆满清及北洋官僚中杰出之选，顾其巽懦无能，颇有出人意表者。 复辟之变，世昌阴实主其谋，迨见段祺瑞既发难，则又首鼠两端，勋颇不齿之。 春煊在清疆吏中，负能名，顾余与共事西南军政府时，习闻其言论与行能，盖一顽钝之伧叟耳。 此三人中，惟士诒差有事务官之才，又博闻强记，然不足以遗大投艰。 观于洪宪之乱，士诒初不肯赞同，寻以"五路参案"，惧其所植"交通系"之势力，浸假入他人手，则一变而劝进，卒致身败名裂，其乏远识类此。 近客死沪滨，其门下士郑洪年，挽以一联云："辛亥苦心，而不自表，洪宪负谤，而不自明，公可谓大；每于论政，病以疏狂，独于定交，许以道义，我哭其私。"亦可谓善于"为亲者讳"矣！

甲子之役，国民军崛起，世所称之孙段张三角联盟，盖有以促成之，此稍习中国政治之掌故，类能道其概。 于此有不可不纪者，则国民军之中坚，以冯玉祥、胡景翼、孙岳为其领袖，而景翼所部仅一师，岳仅一混成旅，皆兵力单薄，惟玉祥之马首是瞻，顾玉祥之意志，颇犹豫，不敢遽发。 皖系政客，或窥其隐，乃密建议于作霖，略以军费百五十万金。 作霖幕中策士群以为危，即杨宇霆、王永江，亦主审慎，谓玉祥善变，恐掷金虚牝。 作霖独慨然出之，语左右曰："此百五十万金者，譬诸孤注耳，成卢成雉，固不可必。"议始决，而古北口之国民军，旌旗一变矣。 说者以作霖此语，不脱博徒本色，余则以为此殊有豪气，策大事者，正宜如是。

景翼初未尝读书，戊午、己未间，以关中子弟，依于右任部下，与陈树藩所部，相持甚久。 洎右任解甲，始附于直系军阀，然以革命之历史关系，犹与党人时相结纳。 景翼性阴鸷，其隶于吴佩孚也，佩孚或喝叱之，或颐指气使之，无不奉命唯谨，以是佩孚喜其恭顺，颇倾信，凡饷械及其他，有所请，必勿靳，遂得浸假厚其军实。 景翼部曲，或以佩孚傲慢不能堪，尼景翼毋尔。 景翼曰："吾将以有所求也，岂硁硁于小节哉？"国民军既兴，果巍然成中心势力，佩孚深悔为其所绐，昔贤所谓忍辱负重者，景翼有之！ 开府中州时，始折节读书下士，党人多乐与之游。 传其善睡，虽两军酣战，亦往往倚仗寐以立于马前，而炮火莫之犯，是亦可异已。

岳所部之混成旅，盖吴佩孚军最精锐者，尝用为卫队，其亲信可知。 然岳以少浸淫于革命，与李煜瀛、王法勤，号"高阳三杰"。 甲子变作，法勤数潜入其军，陈说利害，又得玉祥、景翼之声援，于是亦一蹶而起，盖佩孚意料所不及。 犹忆洪宪之役，世凯闻陈宦、汤乡铭，先后以川湘畔，为气蹶几毙，事异而迹则近似。

岁庚申，于右任既微服出关中，革命军颇涣散，时以郭坚、胡景翼所部，最彪悍善战。 坚出身绿林，大豪迈，能得士卒心，初不甚解文字，然当陈树藩围攻甚急，坚以书驰景翼曰"陈贼打我，你贼不管；我贼要亡，你贼不免"，寥寥十六字，可抵一篇绝妙"乞援书"。 景翼得书，大感动，亟自将救之，围始解。 闻坚在军次，偶见其妻与部曲私，方裸露作秘戏，见坚而皇遁欲逐。 坚止之曰："勿尔，尔我固弟兄，生死且共，矧妇人岂为一人所私有耶？"其豁达类此。 后以玉祥诱赴宴杀之，知者咸叹惜不置。 余谓古今历史所称英雄，什九不过如是，坚不幸而中道死耳。

晚近以来，中国社会，有成败而无是非，舆论于功利方赫或势盛者，又每为所夺。 而士大夫阶级，亦往往以衣食所迫，不得不依违其间，故贤者耻独为君子，豪俊不羁者遂易堕志节，而尽丧其所守，不肖者益肆无忌惮矣。 燕人白坚武、张璧，皆以汉奸为世唾骂者也，粤中女子郑毓秀，迩亦以贪墨之嫌，不得直而走海外矣。此三人者，余皆稔知。璧固党人，特其思想本陈腐，又嗜鸦片，近女色，其日暮途远固无足怪。坚武与共产党人李大钊友善，为北洋军阀之策士中最富于新知者。毓秀则辛亥革命时，尝为党人匿炸弹及其他危险物于北都之意国使馆，又其为人谋，最负责，其胆识在男子中亦颇罕见，顾中岁卒被此恶名。可知黄金之世，中外方相挟而趋跄于一途，环境所囿，舆论所养，虽欲士大夫阶级不稍变其气质，而范之以封建社会之道德律，又安可得哉！于此有一趣事，余之爱侣，不幸与璧同姓名，客岁报载丁沽之变，余以书戏之，是盖不仅司马相如、蔺相如之名似，孔子、阳货之貌同也。

中国政治之变迁，自改革迄今金常有国际之背景在，尤息息与外资有关。袁世凯之胜国民党也，以四万万大借款之成立。洪宪之役，护国军兴，则岑春煊以张耀曾与杨永泰之助，得日人借款百万元以创立军务院矣。段祺瑞以参战借款，得久执北方政柄，徐世昌以高徐、顺济铁路之借款充选举费，此则所谓"西原借款"也。直系军阀号称亲英美，而卒以国际之形势所格，不获英美帝国主义者之资助，甚至"金佛郎案"，亦未尽得志于法，洎段祺瑞复起，始告成。国民革命军之发轫，始于孙公之护法，而成于国民党之改组，前者则德款之助，后者则苏联实有以助我，然皆无条件之资助，不仅非借款性质，若北方政府者然。而欧战以前之德与欧战以后之苏联，皆举世所弃，孙公独能利用之，以成革命之业，殆无愧于东方外交家之第一人欤？

又研求中国之政治者，不可不知鸦片、白丸与政治之关系。甲子之役，齐燮元与卢永祥，初皆相忍，莫敢先发。既而以燮元与佩孚争副总统，欲攫上海归己，俾得恣取鸦片所获，资为政治上之财源，而上海驻永祥所部，此大宗之鸦片收入，苏军不得与，故必欲得之，不能不出于一战。曹锟之贿选，则由于王承斌以河北一省白丸所得，悉以供选举费，其数为三百万金，知者号为"白丸总统"，盖有自矣。

永祥性静穆，不类武人，于封建社会之道德律，尤能硁硁自守。幼时其父尝为人牧牛，牛尽亡去，父惧主者之责，则遁不知所之。比永祥既从军致显达，遍求之不获，或告以死耗，则恸哭欲绝，每于夏历之朔望或晦日，必为位以祭，甚哀，其溺于世俗所谓"孝"若此。生平亦未有声、色、狗、马之好，持躬颇俭朴，求之北洋军阀中，盖不易得。惜其临事，优柔寡断。陈炯明既叛，孙公讨之，时谭延闿方至沪，永祥遣使迎至杭州，劝以电孙公调解，以为讨陈殊无把握，其巽懦可见一斑。

北洋军阀之分崩离析，始于冯段之背袁，盛于直奉之叛段，而终于直皖奉之内溃。此其变迁与消长起灭之故，关于史料者至巨，有可得而述者。盖此中消息，类涉隐秘，而策士、党人，操纵其间，其纵横捭阖之工，亦因时、因地、因人、因事，而各异其迹也。先是，袁世凯练新军于小站，而北洋六镇以成，然此六镇者，初不尽隶世凯所部，如第六镇之吴禄贞其著也。隶世凯者，以段祺瑞、王士珍、冯国璋三人为诸将中之魁杰，国璋兼顾"禁卫军"，士珍则提督江北，惟祺瑞从世凯最密。时新军分南北两派，北派盖即小站系，而南派则由于张之洞、刘坤一之倡导而成，如南京第九镇之徐绍桢，武昌起义之黎元洪，云南之蔡锷、唐继尧，浙江之蒋尊簋，皆佼佼之选也。大抵北派虽好新军，其中下级将校，犹沿用行伍出身者，偶拔擢数四学生，亦多国内速成卒业者，故革命性较弱，而服从性则特强。而南派则什七以日本士官卒业及保定军官卒业者任将领，故于狭义之革命意识，能发挥而光大之也。北派自世凯嫡系以外，如吴禄贞、张绍曾辈，皆与南派相默契，盖其出身既不由小站，又皆卒业于日本或保定，与南派将领，以同学之雅，又同党籍，此实所以趣北洋派之灭裂于无形者也。 世凯既谋僭号洪宪，虑其部曲之不附，又廉知祺瑞、国璋与南派将领厚，则禁锢祺瑞于西山，而国璋以癸丑有功，坐镇江南，故得免。 或献策世凯解国璋兵柄，顾世凯之左右梁士诒、阮忠枢皆力持不可。 忠枢尤勇于自试，请命世凯，衔密旨走秣陵，为国璋陈利害，阴又为世凯授计于张勋、倪嗣冲，陈重兵于江淮，以劫持国璋。 洎蔡锷、唐继尧既以西南举义，国璋始终不敢发，虽中经湘川浙之独立，其模棱如故，于党人之使者，数数与通款，则咸礼遇有加。 世凯将死，神志瞀乱，未尝洞烛其隐，而有以处之耳。

世凯死，黎元洪代之，用祺瑞为国务总理，兼领陆军总长。 时党人已窥见祺瑞之必去黎，而右倾政党，又附于祺瑞，乃密为牵制之计。 冯国璋既被选副总统，时吴景濂犹隶党籍且为国民党之领袖，遂以授与副总统证书之便，诣国璋节府，下榻谈三日夜，国璋意益动。而直系将领，如李纯、陈光远辈，又与党人张继、王法勤，有乡曲之私。 益以张绍曾解兵柄，不得志于皖系，孙洪伊与汤化龙争长于右倾之"研究系"，亦求与国民党亲，而自树一帜。 绍曾故北洋军阀之先进，洪伊则河北新人物之领袖也，与国璋、纯、光远，皆有雅故，兼同井里，二人既助直，而左袒于党人，于是联直制皖之说浸有力。 丁巳、戊午间，梁启超、汤化龙、林长民等，用蹇念益策，阴诱张勋以复辟，又助祺瑞讨勋。 传长民尝走淮上，为倪嗣冲草檄，数元洪罪恶，故祺瑞复起，皆参国务，然党人亦日游说于国璋之侧。 孙公护法后，西南响应。 张敬尧者，以皖系将领，而为湘军所逐也。 国璋命吴佩孚援之，战屡捷，顾以党人之策略故，与粤桂密通款。 会西南军人，亦中分而为二。 滇之唐继尧及驻粤之滇军与粤军之一部，皆结合孙公，而桂之陆荣廷，粤之莫荣新辈，则与直系通好。 于是而佩孚乃返师以叛祺瑞，亦所以解两广之围，盖是时粤军方攻莫荣新且下之矣。 然佩孚虽与祺瑞战而胜，两广之围，卒莫解。 此中有不可不纪者。 先是，祺瑞以北洋兵力，集于直系掌握中，皖系势薄，乃因其门下士徐树铮，通于奉军，盖奉军之运筹帷幄者为杨宇霆，与树铮同卒业于日本士官学校也。 策既售，宇霆挟奉军以入关，士马精研，国璋大震恐，而安福国会以成，徐世昌位总统矣。 世昌性阴鸷，擅机数，又适祺瑞之左右靳云鹏与树铮争宠，乃密结作霖所亲之张景惠、邹芬，排宇霆而去之，盖景惠辈，所谓奉系之元老派，与学生出身之宇霆一派，积不相能也。 以是故，佩孚之返旆，奉军亦大举以应援，皖系不得不溃矣。

皖系既溃，直系之李纯、王占元、陈光远分领鄂、苏、赣，号长江三督军。 时则附于皖系之倪嗣冲病且死，皖军易帅，浙之卢永祥持重，闽之李厚基多诈，皆仅足自保，祺瑞乃不得不与党人合，而居间为之斡旋者，卢永祥也。 未几，奉系之元老派复衰，作霖用吉林督军孙烈臣策，复起宇霆主幕府，于是以有壬戌直奉之役，战屡捷。 顾奉军西路统帅邹芬，为元老派人物，阴与直系通，不战而却，阵以乱，遂奔溃而不可收拾矣。 然作霖忌败，亦以此怒元老派，景惠诸人，弃置不录者且数稔，迨甲子一战，佩孚尽丧其师徒，奉系又一蹴而代直系为中原盟主，拥祺瑞为傀儡。

佩孚既蹶，冯玉祥收其余烬，欲并皖直之众而有之，盖玉祥以皖人而隶于直系也。 洎玉祥势盛，又与作霖不相容，而相斫以起。 佩孚遂乘机而入，然已无可用之卒。 湖北督军萧耀南，虽旧隶佩孚所部，既贵为巡阅使，雅不欲佩孚夺其众，于是佩孚益彷徨，末由发难。 会靳云鹏之弟云鹗，新受玉祥之命，成一师，方驰骋于豫鄂之境，佩孚使人说之动。 又阴令耀南部曲某，毒杀耀南，以陈嘉谟代将其军。 时适胡景翼病卒，岳维峻继之。 维峻巽懦，喜冶游，更惑于乡人马骥之说，以为直系必莫予毒，漫不戒备。故佩孚之窃发于鄂也，仅遣云鄂之一师，益以鄂军一师一混成旅，而维峻所部国民第二军，以四万人挟枪八万而奔溃，诚所谓"竖子败乃公事"矣。

方南北军阀之相厄也，策士党人，以连横合纵之术取富贵者，盖数见，其遭际最侥幸，而亦最不幸者，莫若王九龄。九龄滇人，初谨愿无所短长，以丙辰之岁，滇帅密运鸦片过沪，为印捕所逻获，九龄以是受刑且系狱，实未尝与闻也。役满既归滇，则唐继尧方走香港，交亲或怂恿其复返，或则劝其入粤附孙公，余与汪彭年、郭同、王乃昌诸人，皆主后说者。九龄则力持返施之议，且数数为之潜入滇中旧部陈说，果以继尧返主滇事如故，继尧喜之，擢为财政司长。会孙段张相联合，继尧与段张有旧，且号称附孙，遂亦遣九龄北行。值祺瑞出而执政，遂以教育总长畀之。九龄未尝谙教育，而震于总长之尊，贸然就。时浙之马某方谋此座甚力，其徒众以九龄易与，群伺于衙署之厅事中，见九龄至则纷起骂之，或唾其面，相率效尤。九龄不能堪，未几自引退，任事未旬日也。谚谓"求荣反辱"，九龄有诸。

北洋军阀之末叶，旧都官吏，什九不得俸，而参谋一部，至积欠官俸两年有奇，世有"灾官"之称。尝见浙人某公为内务总长时，所属群集以索俸，尽断其署中之交通，某公始俯首无辞。时交通部总长某公，亦以此事，困于僚属，或诟骂之，亦不愠。时人为之语曰"耳提总长""面命部员"。时参谋部衙署之后院，忽有白光宵见，其总长张怀芝疑必有巨金窖藏，乃鸠工掘之，拆屋宇以十数，卒不可得金，都下咸传为笑柄。

清末倡新政，时日本留学少年，多显达者，友人某君亦以制宪干权要，擢至四品京堂，数为法制院长李家驹属草法令章奏，又尝以重金购英国种哈巴狗，进于贝勒载涛。时人为之语曰"涛贝勒府中哈巴狗""李家驹床头捉刀人"。闻者绝倒。

辛亥改革，以孙公让总统于世凯故，又定都北平，于是政习什九沿逊清之旧。"禁卫军"旧为清室之"御林军"，士卒多八旗子弟，然民国既奠，终莫之废。旧都又有步军统领者，亦逊清官制所设也，其职权略与前代之"执金吾"近，而衙署内外，暗无天日，淫刑、诲盗，下迄苞苴，万有不齐。迨民国，政府仍之，未尝裁汰。世凯全盛时，防党人严，更增设"军政执法处"，以陆建章主其事，密布鹰犬，僇人不以法，党人或非党人，死于是中者无算。然建章寻亦以煽动皖系军队，为徐树铮所杀。世凯死而"军政执法处"始撤。"禁卫军"则与冯国璋一生相终始。步军统领一职，直至甲子国民军入旧都后，黄郛膺阁揆，乃毅然废去之。此亦民国以来掌故所不可不纪者也！

封建社会中，溺于因果之说者，实繁有徒，此盖迷信神佛之观念，使之然也。宋教仁之被狙击，盖世凯遣洪述祖为之，而赵秉钧之死，或谓亦世凯所毒杀，与其谋者，为王治馨，治馨时官"京兆尹"，后述祖、治馨咸不善终。陆建章僇人无算，亦终死于徐树铮之手；树铮则又以冯玉祥欲报其舅建章仇，于乙丑树铮入旧都时，阴使其部曲迎于廊坊而杀之。传丁巳督军团之变，主其谋者，为梁启超、汤化龙、林长民，而为之策划者，则为籑念益。中国内乱之频仍，以督军团为始作俑者，故说者以为化龙被击毙，长民死于乱军中，启超以割去肾囊死，念益又无端抑药以终，是皆冥冥中有因果在。其说殊谬妄不足信，顾亦略以见作恶者终必自僇，观于张宗昌承世凯命，率其党羽击陈其美死，迄则身受其报，可一慨也。

徐树铮之杀陆建章，与史料有关，因附志之。先是南北方对垒，张绍曾树孙洪伊诸人，既与党人谋以直制皖，乃密与长江三督军相结纳。 时直系之冯玉祥方陈师武穴，党人遂数数潜入其军，又游说马联甲为之援，其从而通两家之驿者，陆建章也。 建章为玉祥之舅，以不得志于皖系，故既附直，更联络党人，欲谋安徽独立，盖一变其"军政执法处"之面目矣。 中国之军阀、官僚、政客、学者，类皆善迎合风气，以自就其利害若此，宜内乱之无宁岁，而建章以事机泄，卒为树铮所杀。

皖人孙毓筠，早岁以贵公子参与狭义之民族革命，论者韪之。 然自安徽都督去职后，为世凯所买，且从而助世凯招致党人，或以金，或以爵，旧日朋侪自好者，始薄其为人。 寻以"洪宪六君子"之名，无更与援引者。 毓筠故豪纵，善挥霍，又嗜鸦片，晚岁渐穷蹙，洎甲子、乙丑益困，依柏文蔚于豫以自活，死时几无以为殓，文蔚厚葬之。 毓筠学佛，自言颇有得，老而致力益勤，然佛法无能拯其厄也。于此知晚近军阀、官僚、政客、学者之末路，什九遁于学佛，殆皆将乞怜于佛，以忏悔其过去罪恶乎？！

或以子楼之义为问。 应之曰："是无他，块然独处，以形答影，此子楼之所以为子也。"余饱经忧患，戎马余生，今且垂垂中年矣。虽私负所抱，终或有用世之一日，而思想所赴，常深叹其与欲求相矛盾。 虽未敢以孙公、史达林自居，要惟笃信吾之爱侣能为季芊狄隗，终不我负，则子楼且不子矣。

(《子楼随笔》全卷终)

庚甲散记

（1934 年 4 月 7 日—8 月 5 日）

逊清末叶，立宪党人，以请愿召集国会相标榜，而同盟会诸子，则坚持革命之说。然和易者流，亦或厕身其间，直隶咨议局议员温世霖其一也。岁庚戌，各省代表群麇天津，推直隶为首，盖以地域之关系故，世霖遂领袖此数十代表，佐以各学校、各团体代表，浩浩然趋北洋大臣署。时北洋大臣兼直隶总督陈夔龙，承亲贵意旨，不欲宪政之速成，乃命逮世霖入狱，被以"身家不清"之名，以谬辱诸代表。所谓"身家不清"者，世霖家故寒微，尝佣于江苏巡抚陈启泰家为"长随"也。于此可知中国社会，在二十余年以前，迄犹未脱封建社会之风气！或谓世霖虽隶党籍，其后卒叛党，充曹锟贿选时"猪仔议员"，夔龙不无鉴人之明。余则以为，"厮养臧获"辈，惟主人之势利是趋，颐指气使，亦惟"屏息听"，曩久"猪仔议员"，鬻身于贿选，何莫不如是，此则素"长随"者，行乎长随而已。

辛亥春间，御使江春霖，以劾奕劻去职，都人士为"祖饯"，壮其行。一时名流，咸有赠什，余已撷其佳者，入《子楼诗词话续集》。犹忆春霖退隐莆田时，亲故或诣之，则见其园居悬一联云："园小庚子山栽花，犹幸多余地；时无曹孟德种菜，何须深闭门。"盖逆知袁世凯之必篡清室，而薄其才，谓不足以方阿瞒也。洪宪局终，论者始叹为知言！

今之北大，人才辈出，国民党豪俊，亦多北大卒业者，颇为中国革命史上，放一异彩，盖皆蔡元培"教学相长"之功也。北大旧称师范馆，始创于逊清光绪中，寻改名"京师大学"，近三十年知名之士，类与有因缘。其曾负笈就学者，旧国会时之吴景濂、张耀曾、谷钟秀，安福国会之田应璜、梁鸿志，近人之顾孟余，皆身经师范馆时代之北大者。民国以来，号全盛，即以文学或艺术著者，亦必称北大人才，不仅政治已也。世所相惊之共产党徒，又多出身北大，可谓无所不包矣。 独余于庚戌读书北大时，介于逊清与民国间，侪辈虽不乏才智之士，终以好学深思者较伙，其豁然于政治露头角者少，有之仅四川孙炳文。 炳文最倾倒余，为介识汪兆铭，遂加盟，丁卯之变，走沪上，坐共产党嫌疑论死，深可惋惜。 抚今念往，不胜人琴之感！

　　癸丑革命之近因，虽为世凯之大借款而起，而远因则潜伏于党人之谋以王芝祥督直隶而未遂，此其秘幕，足资史料，亦研精掌故者不可不知也。 先是党人虑世凯之蓄异志，终必叛国，乃于华南树一势力，以陈炯明领广东都督；于长江中部树一势力，以柏文蔚、李烈钧、谭延闿，分任皖、赣、湘都督之职；而北方独虚，无以策犄角之势。 时北洋军人中隶党籍者，吴禄贞被刺，张绍曾解兵柄，华北之兵力，盖全归世凯掌握矣。 王芝祥与北洋有渊源，而又尝治新军于两粤，以是与党人默契，党人乃密议拥芝祥为直隶都督，冀于北方亦树一势力。 世凯察其隐，靳不畀，唐绍仪至以国务总理之去就争，然党人之秘计，既为世凯所觉，则芝祥之都督亦终于无成，绍仪因而弃职走天津。 迨后四都督发难，卒以北方无援败，党人惜之。 余壬子北上，芝祥宴余于孙毓筠宅，时余才十六岁耳。 芝祥以皤然一叟，竟抚余背相誉甚至，呼为众翁，余旧字"众难"。 余为之毛骨悚然，颇私以为此辈旧军阀若官僚，老于世情，其附吾党，皆非本意，利用我而已，故其胁肩谄媚与慷慨抵掌类极人间之能事，党人往往为所蒙。 熊希龄见黄兴，语必称善化先生或克老而不名，沈秉堃谒总理时，议论风生，痛斥北洋系，而卒俱助世凯以摧残吾党，可深长思矣。 晚近此风，迄不少杀，窃为吾党危，爰于"谈往"之余一及之！

　　党人林述庆革命之役，领镇江都督，嗣以与徐绍桢不相下，遂解兵柄。 盖是时绍桢以新军第九镇附义，与各军会师南京，攻克之，声势及功绩，皆铄述庆，述庆与争而不胜也。 壬癸之交，述庆诣北平谒袁，为孙毓筠所饵，颇怦焉心动，时则毓筠以党人叛附世凯，且为世凯任购买罗致党人之责也。 世凯已内定授述庆以"上将军"职，先一夕宴之，竟暴卒。 好事者，遂谓述庆之死，实世凯暗杀，殊远于事实，彼固已倾向世凯矣。 余独幸其早死，获全其名节，否则亦毓筠之流亚耳！

壬子改元，始议南都。 世凯阳诺党人请，而私授意于江苏都督庄蕴宽，尼其事。 总理至愤激，大言谓"必扑杀此獠"，余与汪兆铭皆亲闻之，其情况可想，蕴宽惧而气沮。 则世凯又于南方代表莅止之日，嗾使冯国璋所部之禁卫军哗变，掠城东一空，焚东安市场，华北咸震惊。 于是世凯阴购所谓"市民"者，蜂起请愿，而迁都之说以阻，革命中断，且十有五年，滋可慨已。

癸丑革命既挫，党人相率走海外，其和易者流，狃于近功，不知总理之远且大也，则以为难于有成，甚或病其论政之"陈义高"，治兵之无军事学识，竟讥之为"孙大炮"云。 于是拥黄兴之议起，稍稍自负才智者咸趋之，武人尤伙。 其出身军旅，而始终奉总理不贰者，仅陈其美、蒋中正、许崇智三数人，故乙卯改组"中华革命党"，以崇智领军事部长，其为事择人之难可知。 然此数人皆能不自矜其军略，惟总理之命是听，而士官学校与保定军校之党人，终以为疑。 总理知其肤浅也，则命崇智、中正及黄大伟，别练劲旅，一新其壁垒。 泊甲子改组国民党，则更畀中正以黄埔军事政治学校之权，卒以收北伐之全功。 总理与中正书，有"以其日本士官、保定军官之一知半解，不从吾言"数语，盖深有慨于往事也。 然中正亦士官学生，总理独能信赖之，而不以拟诸他人，其睿智有如是者。 吴敬恒挽总理句："闻道大笑之下士应多异议，贻谋后死者成功不必及身"，可与此段，相为印证！

晚近青年，益趋浮薄，而置身政治者流，其或贪墨辄倍于畴曩，浅者举以诟国民党，此自世风之日下，而社会中无"公是公非"，有以致之，物质文明，日新一日，尤其主因，吾党不任过也。 夫以号称最左倾之党，雇其曹之中变者，甚至仅一卑官，或个数百金，亦自鬻其身。 因思北洋军阀时代，世凯谋大借款，虑党人牵掣，则于党人之秀者，如汤漪、杨永泰、张耀曾辈，皆密使结纳，许以各七万金，仅求其于议场，作金人之缄，漪、永泰、耀曾，咸不为动。 曹锟贿选，亦尝以重金饵林长民，长民婉谢。 闽议员丁超五，则于"贿选与贿不选，选不贿"三者不与外，迄未尝苟取，此殊足以风末俗，爰更为表而出之！（见《子楼随笔》）

乙丑三月，总理之丧，奠既有日矣。 先是执政段祺瑞告党人，谓当躬与主祭事，而及期不至。 时总理枢露陈于中央公园，面目如生，任人参观。 祺瑞则以病足，不能御革履，虽党人迟之甚久，卒仅以龚心湛代表。 心湛短小精悍，而党人之代表答礼者，为汪兆铭，兆铭貌英伟，长身玉立，与心湛相形之下，莫不轩渠。 而心湛未来之顷，党人及与祭者，咸企待祺瑞，于是李烈钧立援笔作一挽句，张诸灵右。句云："先生之仪容易见；执政之丰采难窥"，状当日情事，跃然纸上，其皮里阳秋，又雅有速藻之工。

烈钧善治军，而于军次，起居务精洁。 故每值烈钧之总司令部所在，室皆为地板，其旧系砖土者，亦必易之而后快。 或病其奢靡，然烈钧军中井然。 癸丑败后，北洋渠帅，经其营幕，咸相惊叹，举以报世凯，世凯叹为奇才，其见重于敌如此。 顾生平不拘小节，余尝闻唐继尧言： 烈钧旅居昆明时，尝微服作"狭邪游"，警吏逮之去，比知为烈钧，亟省释，亦趣闻矣。

杨毓珣为余言，欧、美人怕死，盖有甚于中国人士。 余诘以故，则谓癸亥岁临城劫车之变，毓珣与十数欧、美士女，皆及于难。 盗挟之至抱犊冈，以毓殉能操蛮语，则命任"舌人"，而数裸露此十数人者，使骈坐于前，使侑酒，使操管弦歌且舞，莫不当意。 毓珣私询彼辈"胡屈辱若此?"答云："不如是则贼将不乐，而有生命之危矣。"然则欧美人明哲保身之哲学，亦复不恶。 至相传事后，西妇返者，辄就花柳病医院治疗，此或过辞，毓珣未尝及之也。

丙寅吴佩孚再起，夺萧耀南之众，由武汉以收河南、直隶，浸假而重主华北之政局，时张英华亦出入幕府。 壬戌黎元洪继任总统时，英华尝一长度支，故见之者咸称以张总长而不名。 汉口有西人所设舞场，名爱多厄丽亚者，盖欧、美外侨娱乐之所，舞女皆碧眼黄发，莅止之客，亦什九绅富，礼节綦严，非御燕尾衣不得入，中国人士出入者殊少。 方六月溽暑中，汉口炎蒸甚，英华偕三数朋好，偶事游息，仅葛衣，辄欲与舞女偕舞，待者尼之不听，则争之于执事某西人，亦屏不令舞。 英华愤而去。 以舞场在第一特别区，中国市政管辖所及，遂告于当局者，停止舞场营业三昼夜，西人惧而浼人斡旋，始规复。 其夕英华复莅止，文武从者数十人，仍各葛衣，而西人与舞女，趋跄莫敢后，灯红酒绿，尽欢而散，英华亦一掷千金。 或美其豪举，亦或病其淫昏，余则以为英华之志行，与兹事之是非，皆可不论，要其气概，差胜于今之"买办阶级"一筹。

奔走中、日间之李择一，夙与余相谂。 择一性豪放不羁，数十万金到手辄尽。 尝游北戴河，与梁士诒、王克敏辈博，以四十万金作孤注掷，一夕中倾所蓄，无少悔，识者壮之。 汤漪为言其三事，皆殊有致，爰取以实吾散记。 漪谓择一既丧巨赀，囊无一金，然出入天津之

"泰安俱乐部"如故，"泰安俱乐部"者，平、津诸绅富宴博之所也。择一曩者，亦俱乐部上宾之一人，是夕则以金尽仅作壁上观，偶兴至，睨其侧有故众议院副议长陈国祥博胜，负手立案旁，掌中握红白子累累。 国祥素啬，择一遂潜攫其百元者一枚，压孤注果中，复仍之，如是者七次迄不动，博入以十余万计，四座愕然，名震俱乐部，其胆气类此。 又其一则择一于窘中，与其兄宣威妾若戚属，为麻将文戏，诸姬妾习知其癖，以择一无赀难之。 择一曰："吾虽已尽丧吾赀，然日来则粗有所获。"因探囊出"蟹行"纸一。 语诸姬妾，此花旗银行汇票也，数为五千金。 众观其多金，咸欣然相将入局。 局终，择一又负，则语诸姬妾曰："今夕所负二千金，容吾取诸花旗银行后以偿，可乎？"群恐其不复畀，遂凑集三千金以易此"蟹行"纸。 越旬日，宣威妾私以询宣威曰："花旗银行汇票，何自取？"宣威异之，曰"尔奚由得此？"初犹嗫嚅不肯吐实，既而则谓得之择一者。 宣威视其纸，则寄往美洲之挂号信回执也，时客邮未废，乃告其妾，始悟为择一所绐矣。 漪又谓旅居北平时，尝于中夜，得择一电话，谓顷与张弧偕至某妓院，趣漪与彭解往，且以汽车来迓，漪、解遂就之。 至则入竹林，择一曰："今夕孰负者，囊金尽则起立。"方以为此戏言耳，讵甫一易庄，择一已不名一文，则起立以谢。 解盛怒，弧、漪默然，择一曰："此寻常事，吾固有言，金尽则起立，今起立。 此大丈夫所应尔，若谓不应招君等来，吾仍以车送返可矣。"解几与挥拳，赖弧为之调解，草草了此局。 其机警与伉爽，又类此。

洪宪变起，蔡锷即密与唐继尧、李烈钧诸人谋举义，函电数往返。 时锷犹供职北平，世凯知其才，而又谂其与西南群帅交厚也，颇忌之，防范甚至。 锷则伪为纵情酒色者，日出入"平康"，征歌侑酒无虚夕，与名妓小凤仙昵，数偕游西山、明陵、天津，习以为常，世凯果不疑。 护国之议既粗定，锷乃于一日，携小凤仙，轻车简从，迳赴津，即夕南下，比世凯侦悉，则已鸿飞冥冥矣，一时传为美谈。 故刘成禺之《洪宪纪事诗》，有"缇骑九门搜索遍，美人挟走蔡将军"纪实也。（成禺所著《洪宪纪事诗》，都百首，沉博瑰丽，允称史诗。近且以授梓问世，嗜诗歌及掌故者，不可不先睹为快！）

旧社会以虚伪之礼教相标榜，其受祸最惨酷者，莫若妇女，此自程、朱倡理学始，秦、汉以前，无是也。 民国初元，以革命军兴，风气丕变，友人某君与其侄媳爱好笃，侄媳故寡居，遂成嘉礼，迂旧者病焉。 某君自撰婚辞，用骈俪，惊才绝艳，余读而美之，至今犹能强记。 婚辞云："将使周婆制礼，妇岂无再适之文；曾闻卫女相夫，古已有自媒之例。 矧复宋儒欺世，每误红颜；欧俗移人，易谐白首。 属梅雪争春之候，正朱、陈涓吉之辰。 则有南国新人，东家旧姓。 少而明慧，长更丽都。 倾城艳质，争夸阴后之家；同里少年，愿作乔公之婿。 顾乃邯郸才人，终归厮养；昭阳弱息，下嫁乌孙。 不有钗分，奚从璧合？！蔡琰之配董昭，始成佳耦；怀嬴之婚重耳，犹是尊亲于戏。 良宵无负，慰新缲旧素之情；嘉礼告成，效比翼双栖之咏。"其属辞隶事，咸极精警，虽使袁子才为之，不是过也。 新缲旧素一联，以某君亦雅有黄门之感者，故云。

旧诗人陈衍，与冒广生友善，逊清末叶，同官北平。 衍所寓上斜街屋，相传为元顾侠君"小秀野草堂"故址，以是凡文酒雅集，名流咸乐就之。 一夕衍宴其及门弟子，广生适至，遂作"不速客"。 时北平币制仍旧贯，以串计。 衍每宴客，于客之熟稔者，则犒其从者一串，必敬礼有加者乃倍之。 广生仆索两串，至与衍之臧获相殴，声达内庭。 衍盛怒，辄诟广生，且挥之使去。 大言曰："冒广生，吾今日实未折柬招若，适逢其会，顾不自检而纵奴辈至此。"广生亦攘臂不少让，众婉劝，始不欢而散。 又一事则张百熙为学部尚书时，翁廉居幕中，百熙重之，廉因援引关赓麟以进。 无何赓麟仕日进，百熙既卒，民国改元，赓麟官至京汉铁路局局长，廉仅备位科员。 偶诣其私宅，赓麟待以僚属礼，送至"厅事"。 廉拉赓麟臂，挟与同至门外，语之曰："子岂遂忘昔之汲引乎?! 胡竟以僚属视我?!"赓麟亟逊谢。 此与衍之于广生，一则挥之使去，一则挟之使出，颇相映成趣，盖皆不脱书生结习也。

世所称安福部党魁王一堂，夙研精国际学问，先后迻译《威廉自传》及《新俄罗斯》等书，皆有条理，北洋达官中罕其俦。 以直、皖之役，当局尽没其私产，一堂苦之。 癸亥春间，余游金陵，为言于督军齐燮元，电请发还，果如所请。 一堂自日本寓余以长函，有"知己者不言谢"之语，且迄余公于陈衍学诗，媵以一绝句为赘。 别十年，而一堂诗乃日益孟晋，故余于《客秋寄怀》云："达夫五十始为诗，生世怜君酷似之。 负谤曾缘牛李误，皤书独发德俄遗。 开天离乱谁能问，赤白兴亡最耐思。 返璧曾烦吾舌颇，诉江倘复一函驰?!"自谓颇能尽一堂之为人。 犹忆甲子夏，相见天津，一堂语余："国民党豪后，吾最心折者，君与黄膺白而已。"膺白为黄郛字，然是秋郛以国民军之役大显，今亦当华北政局之冲，郛贵矣。 而余则知名虽早，渐及中年，流芳遗臭两无所闻见，弥愧故人之期许矣。

丁巳总理以海军入粤，首树护法帜，旧桂系军人群戒惧，虑其谋两广为根据地，则厄之无所不至。 相持九阅月，总理愤甚，语左右："必先礼而后兵，与一决胜负。"金以为危，盖总理所部仅海军，舍是则陈炯明领警备队十营，与左袒吾党之滇军张开儒、福军李福林而已，众寡悬殊。 然总理意不少沮，果于一夕返黄浦，登永丰舰，自指挥水手，炮击观音山之督署，广州市震警，豪猾者走相告曰，"孙大炮果轰大炮矣"。 或主还击，而莫荣新慑于滇军与海军，不敢决裂，挽吴景濂、伍廷芳等出而斡旋，迎总理至士敏土厂大元帅府，凡所求，什七皆诺。 帅府之局，复以延长，迄于七总裁改制而止。

　　国民党庚申之中兴，系于陈炯明之收粤，而丙寅之北伐，则靳云鹏、丑维勤、魏益三之归附，殊得力焉。 此两役者，余皆躬与，爰举其略，以饷"史官"。 先是旧桂系军人，与北洋渠帅吴佩孚、曹锟相结纳，总理则用孙、段、张"三角联盟"之策以胜之。 然党人于两广无实力，所恃以壮声援者，惟攻闽之军，盖陈炯明、蒋中正、许崇智所统帅也。"三角联盟"之议既定，则段以粤军尽返侵地于福建督军李厚基，而厚基资我饷械以袭粤为条件。 讵机事偶露于厚基所部臧致平，致平私于锟、佩孚等，遂扣留大宗饷械。 厚基使卢永祥密以电余，永祥方领浙江督军，俨然段系诸镇之盟主也。 余闻变，亟觅胡汉民与段系之策士方枢及永祥所部第四师师长陈乐山、策士石小川，深夜集于黄浦滩之德国领事署二楼，课所以挽救之术，咸推余入闽。 余以说动致平，乃还饷械于粤军，因而潜师攻莫荣新，所向破竹，遂奉总理归，复主军府。 其后革命军既下武汉，与北军相持于武胜关，时佩孚已丧其师徒，北方诸镇，惟云鹗之马首是瞻。 党人王法勤、吕公望、何遂，皆往游说云鹗，云鹗以为疑。 余与云鹗、益三有雅故，乃密电云鹗助之，且以密告益三，趣为云鹗张目，云鹗、益三，联电迎余往。 于是余偕唐生智之参赞张月亭，法勤之子辣青走云鹗军，时信阳、柳林之间道阻，步行五十里许，始达于军次。 云鹗招余与益三、维勤同出浴，抵掌谈一昼夜，大倾折，遂决易帜，而益三犹怵怵不敢遽发。 益三故重利，又畏维勤之夺其众，一夕私语余曰："张宗昌厚我，北发时尝馈五万金，时宗昌亦陈师鲁、豫境，故益三依违不决。"余因盛称中正之恢廓，谓："子以饷为虑者，则吾可决蒋先生所畀，必什笞宗昌。 倘虑维勤，则子与云鹗密，维勤性亦巽懦，何敢尔！"益三意尽释。 而此三人者，皆举兵以应国民革命军矣，其颠末如此。

国民革命与滇军，有最深切之历史关系，此亦求掌故者所宜知也。 初护法之役，唐继尧以滇军两师，畀李烈钧率之北伐，其师长为张开儒、方声涛。 迨世凯死，护法中断，此两师留粤。 总理之入粤也，开儒助我，声涛则亲桂，酝酿数稔，开儒、声涛皆去职，而朱培德、杨益谦代将其众。 己未、庚申间，西南之局益急，旧桂系虑滇军为腹心之患，其帅李烈钧又与继尧厚，继尧方与吾党合，因以术夺烈钧军，阴监视烈钧，使李根源将之。 余时与郭同、王乃昌俱旅滇。继尧用余与同、乃昌策，更夺根源兵符，而仍畀烈钧。 使乃昌走香港，与培德、益谦谋，使余与同先后诣粤，援烈钧出险，且说海军以联络滇军、粤军为一也。 然根源资望、才智，皆埒于烈钧，必欲夺之，其事至不易。 余往见根源，根源戏相呼曰："子以唐继尧命来，取我首级耶？可将去。"余笑而谢之，排日游宴尽欢，乃稍稍得当，浸假而滇军复为我用。 未几又益以杨希闵、范石生所部势益张，卒以助崇智、中正戡平陈炯明之乱，然滇军亦益骄，竟与北洋军人，密以谋我，遂为中正所扑灭。 然自丁巳以迄乙丑，吾党"多故"，所赖以御侮者，无役不系于滇军之举足轻重，凡以当陈炳焜、莫荣新、文冲，与夫魏邦平、陈炯明之叛变，商团之袭广州市，皆滇军力也，于此知总理之善"将将"。

辛酉民国十年，有所谓"联省自治"之役者。 始于章士钊、汤漪之陈说，而褚辅成、钟才宏、欧阳振声张之，遂议以湖南先发难。 时赵恒惕兼主湘军民两政，而李书城、蒋作宾皆鄂人，密与鄂督王占元所部孙传芳，以日本士官学校之同学谊，有所默契，谋进取武汉，以窥中原，奉恒惕为盟主。 讵军兴传芳失约，佩孚自将以御湘军，恒惕战屡捷，卒以海军助佩孚攻长、岳，遂挫恒惕师。 于是作宾、书城皆引去，佩孚与恒惕，复为舟中之盟，相见时默不一言，其情况可想。

所谓"省宪法",所谓"联省自治",经是役之创,乃消沉而一蹶不复振矣。

甲子之役,冯玉祥既返师攻吴佩孚下之,擒曹锟,乃与张作霖谋,拥段祺瑞执政。祺瑞虽为北洋诸镇之元老,而是时手无兵,依违于张、冯之间。其幕府中,曾毓隽、梁鸿志、吴光新皆亲奉,独姚震亲冯,盖玉祥之倒戈,震奔走与有力焉。震好用机数,以纵横捭阖自喜,言必称冯检阅使,与奉系昵者厌之。然丙寅之春,张、冯交恶,时鹿钟麟陈师京畿,乃逮毓隽去,寻亦捕震,同系于司令部中。或谓震痛哭失声,谓:"冯检阅使负我,云沛故亲奉者,而我则夙重检阅使,检阅使之有今日,谁实为之,顾不义至此。"闻者为忍俊不禁,云沛者,毓隽字也。此与己巳之福建"六一"政变,省委林知渊亲张贞,而郑宝菁与卢兴邦交厚,乃皆为兴邦所执,可以知武人之不易与,窃为书生弄兵者危。

民国以来,政制屡易。清室既覆,袁世凯以全权组织共和国,设办事处,下置各部,部设首领一。泊壬子改元,世凯为临时大总统,始置国务院,以国务总理及各部总长主其事。民国三年(1914),改国务院为政事堂,国务总理为国务卿,别置左右丞各一人,各部称总长如故。泊洪宪局终,仍复旧制,迄于丙寅。张作霖潜号大元帅,无少变,丁卯国民政府奠南京,始废此制。国民政府最高权,属主席,主席之地位,盖埒于大总统,而各部改称部长,直隶于主席,不复设国务总理矣。民国十七年(1928)改组,始采五院制度,以行政、立法、司法、考试、监察为五院,院置正、副院长各一人,亦共戴主席。虽所称行政院院长者,有类于国务总理,然既已割司法、考试、监察之权,使各自独立,则其职权较国务院为狭矣。其关于省者,革命中用都督制,民元(1912)改省长,而置都督如故。寻改为将军、巡按使，号军民分治，顾不能举其实。 世凯既死，则又改称省长、督军，亦迄于国民政府而终。 党治后，易以委员制，省置委员若干人，就委员中设主席一人，奉行至今，又有改置省长、副省长之议。 其为前此所未尝有者，则中枢多设委员会，而省之商业繁盛者，皆有市政府，设市长。 首都之南京市，苏之上海市，平之北平市，粤之广州市，鲁之青岛市，浙之杭州市皆是也。 不满于当局者，讥其徒骛名而昧于实，故二十三年中，朝令夕更，有类置弈。 其然岂其然乎？！

昔人谓"禄以养廉"，盖中国人士，为贫而仕，其视官守，衣食所资，仰事俯蓄，一惟俸钱赖。 晚近物质文明益穷极，知识者之欲求，本已逾于常人，矧在触目皆可欲之今日乎？！故余夙以为官吏俸宜厚给，则生活安定，而贪墨减。 浅者标榜"紧缩政策"，甚非所宜。 盖势之所趋，为上者，既不能尽人而刻苦，徒责责于下，岂惟不恕，亦终难济。 犹忆戊辰岁冯玉祥入都时，与谭延闿争官俸，延闿笑喻之曰："但多裁两师足矣。"又曰："治军清廉者，宜莫若诸葛亮，然蜀志载，亮随身尺具，俱仰于官，此其所以能廉也。 今之官吏，动必自探其囊橐，而贤不及亮，安望其廉。 观今之海关、邮政、监务中人员，差能洁己，可以思过半矣。"玉祥无以难。 后延闿语于余，爰及之。抑曩者曾国藩既克南京，下令任所部劫掠三日，盖廉知士卒之劣根性，而故纵之，以收军心，此固治军者之权宜。 设官分俸，似亦可变其意而用之！

兵家胜负，每出意外。 己巳两粤自相攻，白崇禧与张发奎军合，直薄广州，时陈济棠与铭枢，行皆出走矣。 济棠故精于"子平术"，既登舰，则思铭枢与己，咸在佳运中，遂复返，贾其余勇督战甚力。而铭枢于先一夕，已聚中央银行之钞票于室，环以火油若干箱，决俟败耗则尽焚之。 顾发奎、崇禧，辄语所部："吾辈苦战，发如是种

种，且待入广州城徐理之"，其操必捷之券若此。 既而兵至面井，距
广州仅数十里，以士卒夺田间之食，农人大哗，趣乡团围之。 相持
间，朱绍良以援粤之师至，与济棠、铭枢部众来攻桂军，拊其背，而
桂军遂溃。 事后绍良以语人，叹为"天幸"。 又甲子之役，吴佩孚退
天津，尚拥有数万众，张宗昌以百余人，设伏要之。 时佩孚所部，跋
涉长途甚敝，未下车而桥之四侧，枪炮声杂作，则群相弃械而散，宗
昌遂奄有其众。 然宗昌自言："果是时佩孚稍镇静以待，真伪立判，
我且成擒矣。"此两事虽殊，其成功于万一则同，故并志之。

闽人刘尧臣，骁勇善战，隶蒋中正部。 先是中正奇其才，密属掌
军需者以尧臣倘有所欲，必悉如其意，于是尧臣私甚感戴。 比惠州之
役，屡攻不克，中正趣尧臣率"敢死队"以肉搏城隅。 炮子如雨下，
尧臣身被十余弹犹攀垣以登，大呼曰："此所以报蒋公也"，众从之
登，惠州以陷。 尧臣于是夕，呕血数斗而死，中正厚葬之，且恤其家
属万金。 尧臣之团副李赉护为余言如此。 然赉护则大相反，是役
也，畏炮火烈，逃伏古庙，遇何应钦出巡视，战栗不敢起。 应钦叱问
何为者，答以来侦敌耳。 应钦令速往攻城，赉护不得已而往，蛇行城
洞，卒不战，事定褫职。 其相悬盖有若中。 赉护为余中表，尝以此
戏之，亦不愠，武人之柔也。

世所称为古文家林纾，得名于清末侈译小说，洎民国改元，其所
作画，益风行，艺林争相购。 有"大腹贾"某者，以五百金，乞纾为
作《桃花源图记》，兼月乃就。 贾视之，仅桃花几树，溪流一湾而
已，颇不惬意，询纾以故。 纾援笔于图题一绝句，末云："桃源不画
非无意，正面文章着笔难。"贾亦解事，遂欣然持去。 又纾于一日作
画，画中茅屋人，著清衣冠，执卷掀髯坐，貌殊岸然。 适康有为至，
纾指谓："画中人得毋似君?!"有为颔之，纾曰："然则相赠。"即脱之

于壁，题句云："画中人似康南海，万木萧萧一草堂"，亦佳话也。

老于名场，而才气纵横，兼博通新旧者，余所谂有叶恭绰。恭绰号"交通系"领袖，民元尝衔世凯命南来，谒总理商铁道事，时总理被推为全国铁道督办。既至，总理宴之于私宅，为介绍与党人握手曰："此北方第一人才叶誉虎也。"其爱才之笃，鉴人之公，盖有如此。故恭绰于总理，雅有国士之感。壬戌直、奉战后，恭绰不见容于直系军人，乃偕梁士诒、郑洪年走粤。值沈鸿英潜师袭广州，总理笑谓恭绰曰："孤城落日，君得毋怖乎?！"则应曰："苟畏缩者不来矣，来则冀有以自效。"总理大悦，立畀以财政部长兼长财政厅事，恭绰辞兼篆，仅就财政部长职，于度支出入，悉心策划。尤以造币厂事，竭精殚思。一夕沈军攻陷广州之城东，恭绰寓惠福路，独居深念，竟不之知，比敌退，友有过从者，谈及始悉，其用志不纷，无愧总理之付托矣。旧诗人中论诗，与余所见略同者，恭绰而已，此可知其识解能不为古人所囿！

吴醒亚于壬申春暮，沂江归沪，与余同舟，为言石友三叛变事甚谂。先是友三陈师江淮，声势甚盛，己巳之役，新都守备空。友三与北方有默契，谋以安徽叛，用浦口所部，直薄南京，当局者亦微有闻。会中正莅皖，与友三约相见，以轻装简从往，醒亚以为危，而卒无事，因廉知友三之色厉内荏，密为戒备。洎事急，友三以重兵围省府，醒亚方兼代省主席，虽于事前，已谕所部警卫队，集中某地，顾深知众寡不敌，不得不求逸去，而计无所出。适有书记入，关白某事，醒亚亟命脱敝裘自衣之，且互易冠巾，持公文徐步出署，风雪中，友三部卒叱问为谁，漫应之亦不复询，遂登兵轮，得以部署一切。寻蚌埠变作，延闿、中正、汉民，咸持以镇定，友三竟不敢动，论者皆称之。

甲子之役，段祺瑞以张作霖、冯玉祥之拥戴，出主政局，号"执政"。 而祺瑞夙所信任之徐树铮，则以戊午岁玉祥与党人有默契，玉祥舅陆建章，实与其谋，且将助之以北洋旧部附义，事机不密，见杀于树铮（详见《子楼随笔》）；虑其不相容，乃使之游历欧洲。 所至各国，酬酢尽欢，法、德人士，尤极投契。 树铮将返，过巴黎则盛宴法当局若士绅，属巴黎某大餐馆为之供张，庖师以树铮为贵宾，所款又一时名流，故悉心治酒肴，冀取悦宾主，且以啖名。 诅是夕入席，树铮循中国俗例，起作谦词曰："今宴嘉宾，愧无美味，所备肴馔多粗恶，乞原谅"云云。 餐馆主人，闻而面赤，怒不可遏，以为辱己，于酒阑有顷，声言必与树铮讼法庭上，"舌人"宾客中，咸知其误，曲为之解释，然终以树铮之登载启事道歉，乃得免于讼，至可捧腹。 又去法之日，飞机坠地不死，故树铮之归北平也，交亲劝其暂避地，树铮不纳，卒及于难。

壬戌岁陈炯明既叛，许崇智、蒋中正、黄大伟所部，乃潜师入闽，谋与王永泉合。 盖是时皖系军人，虽与我默契，然李厚基已首鼠两端，不欲为孤注之掷，树铮遂密诣福州，动以私情公义，而厚基终唯唯而已。 永泉故为树铮之副官长，所领西北军又皆树铮旧部，且陈师闽北，袭福州易。 于是树铮以夜入永泉军，趣其发难，与我军三路并进，厚基战屡挫，宵遁。 我军与永泉部，先后入福州，树铮竟自称"建国制置使"，欲自指执闽局，以厄于卢永祥之议，不得不引去，始改推今主席林森为省长。 寻我军以返师击炯明下之，闽复为北洋军人所据，永泉用萨镇冰代森，利其易与也。 然永泉贪而无亲，骄而不能得众，卒为孙传芳所逐。

余既纪滇军与革命之历史，不可不更及浙军。 浙军旧为两师，童保暄、吕公望分将之。 辛亥之役，保暄尝为浙江都督一日，寻归于蒋尊簋，其后改朱瑞。 洪宪局起，吕公望以第二师发难，兼领浙督，瑞走死。 然浙军之力，鼎足而三，保暄、公望外，复有夏超之警备军，保暄、超皆奉段祺瑞，故所部将领，虽或左袒党人，终有所牵掣，丁巳岁公望复失其众，于是浙军遂尽入北洋系之掌握。 洎戊午护法之役，陈炯明攻漳州既捷，北方当局调浙军援闽，已垂下潮、汕矣，时公望在粤，乃潜入浙军，以陈肇英之一旅返，卒转危为安。 会浙军以童保暄死于军次，恐更哗变，趣调归，以潘国纲代将，中经直皖、直奉以迄齐卢诸役，屡有变乱，迭易其将，渐破碎不完，而皆与革命无与。 迨及丙寅，革命军与孙传芳相持于江、汉间，传芳令周凤岐师来援，凤岐师经秣陵关，觇其地势之便利，密使人通款于我，导我军袭下南京，盖秣陵关去南京仅一日程，而凤岐之变，又传芳所不及料也。 此为浙军最有助于革命之一役，与公望之救潮、汕，皆不可不表而出之。

庚申、甲子间，卢永祥执东南诸镇之牛耳，与直系之长江三督军相抗衡，而密附于吾党。 然屡经变故，不肯轻动，卒乃不得出于一决，不知者薄其怯懦，盖未谙此中之史实也。 永祥虽号称浙督，所领仅北洋之第十师与第四师，分驻浙、沪一带。 第十师者，永祥所手创，而第四师则否，且师长陈乐山有才智，或密议其狼顾，永祥虑其不己附，重以乐山与徐树铮厚，永祥、树铮，同隶段系，顾深不满于树铮，恐一旦有事，乐山将助树铮以袭己。 时浙军潘国纲、张载扬两师(后一师归周凤岐)，与夏超之警备军，又派别不一，附南北皆不易知，是又永祥所引以自危。 故永祥在位五年，未敢一举众，余雅为永祥所倾折，因廉知其详。 甲子之役，永祥初犹冀无事，乃以齐燮元亟于为副总统，务立武功，以震吴佩乎。 又上海之鸦片收入，岁可数千万，时上海护军使何丰林，亦永祥所部，则此大宗鸦片之款，皆归于浙军(此浙军兼指永祥所部而言),故燮元必欲得之,虽永祥数驰书遣使,求有以缓,而终不免。 凡此皆当时之秘史,非置身局中者,不易道其只字也。

辛亥之役,孙发绪居元洪幕府,多所擘划,元洪重其才,比丙辰继任大总统,遂以正定县县长,一擢而为山西省省长。"督军团"之变,发绪劫于阎锡山,不得不附名"独立"之电,非由衷也,然元洪左右逸之。 未几吴佩孚逐徐世昌,复拥元洪出,发绪数求有以自效,皆靳而不畀,或且谓元洪尝披发绪之颊,故发绪亦大恚,走依齐燮元。 先是发绪好作十七帖草书,与亲知函札亦然,多不识其作何语,燮元初得发绪书,至举以属秘书处迻译之乃解,亦可谓佳话。 发绪既得燮元之倾信,凡所以尽纵横捭阖之术者,莫不为燮元竭智能。 浸假而曹锟谋贿选急,而虑元洪不肯去,微闻直系之以王怀庆与冯玉祥部众哗变,围总统府索饷(见《子楼随笔》),盖出于发绪献策燮元,不尽由张志潭谋。 志潭仅说怀庆,而玉祥则出于发绪之指使,然则怨毒之于人,亦甚矣哉。

陈炯明蓄异志久,总理亦微知之,乃密使廖仲恺、邓仲元监其军,以仲恺、仲元与炯明,皆惠州党人也。 仲恺虽多能,终是文士,仲元则习军旅,且英鸷得士卒心,炯明畏惮,故于将畔之初,购死士刺杀仲元,未几囚仲恺,总理命其北伐,又抗命,叛迹益彰。 于是总理分布各军,作首尾夹击之势,谋既定,突罢炯明职。 炯明性固狡恶,既谍事先有备,则伪为奉命,且因吴敬恒、汪兆铭以缓颊,总理令手写"悔过书",亦报可。 讵复出治军无几时,又阴与北方之直系军人相结纳,潜赂大元帅府之卫队李云复所部,以深夜围帅府焚焉。云复部虽亦隶炯明,然皆湘军,间有与谭延闿部交厚者,觅延闿告密,猝不相值,或为之求得谢持于酒肆,具语以变。 持亟入帅府,陈于总理，总理始易服微行出，既而孙夫人与左右，亦先后逸去，而火作，叛军不知也。 泊总理等登"肇和"兵舰，躬督海军水手，炮击广州市，炯明乃知总理未遇难，大悔恨。 余时奉使沈阳，诣杨宇霆，宇霆以粤电相示，颇讶其卤莽灭裂，比归闻朋侪传述其略如此。 昔侯景元叛，高欢已死，魏延之叛，诸葛亮亦甫逝，然皆无幸。 今炯明谋逆于总理健在之日，宜其事败，为虏，尽丧其致力革命之绩，而饮恨以殁矣。

中国武人，夙有日本士官学生与保定军官学生两大系之分，迨国民革命军兴，始益以黄埔军官系。 前此者，日本、保定两系，阴相犄龉，随地而见，郭松龄之讨奉，其一端也。 先是庚申之役，奉军挫，张学良乃建议于其父作霖，谓旧有奉军，实不堪战，宇霆助之，作霖果倾听。 于是日夕练劲旅，且罗致日本、保定两系学生甚伙。 其属于日本系者，以宇霆为领袖，姜登选、韩麟春辈附之。 其属于保定系者，戴学良，而松龄与李景林辈附之。 然学良非出身于保定军官学校者，不啻松龄为之领袖，彼此积不相容，识者危之。 日本士官系多儒将，以保定军官系皆一勇之夫，颇易之，且轻而无备。 松龄之变，其远因为两系之争，其近因乃为野心谋篡作霖父子也。 既举兵，先诱杀登选，弃尸于河，可谓惨酷，麟春、宇霆，相继逃去，松龄以为莫予毒矣，长驱直入。 顾厄于日人，兵阻苏家屯不得进，而所部邹作华，以炮兵叛，松龄夫妇微服走田间，甫入地窖，为敌所瞥，逮之去。 或且嘉许松龄是役，谓是"革命"，不知其内容，乃仅尔尔。 己巳关外易帜，学良足僇宇霆，虽种因不一，而与前此两系之争，亦略有关云。

旧桂系有陈炳煜、莫荣新两派别，而共戴陆荣廷。 然两者之间，相诈虞非一日，龚政者，炳煜所识拔也。 护法之役，长广东造币厂兼摄财政厅甚久，传其得赀数百万，实则言之太过。 泊庚申冬，桂系挠败，一蹶不复振，其渠帅纷走港、沪。时陆荣廷、莫荣新、林虎皆亡命于沪。一夕荣新招饮政于私宅，酒阑客散，忽引入密室，扃其户，与某某数人出手枪，逼政悉出所蓄，政力辩其无，则禁锢之。或谓政所获，例须纳荣新若干，而政以荣廷夙倚重，竟不与，故荣新愤而出此。政既被囚三日夜，私贿守者，以电话求援于荣廷。于是炳煜、虎等群衷甲匿枪，驰诣荣新，始出政于险。事后荣廷亦责荣新不应尔，谓以堂堂督军，乃犹有绿林习气。闻至今与其事者，虽皆政友好，而见政尚有惭色，避不一言，亦趣闻也。

童曼娴女士：

病中读晨报转来手翰，辱过誉兼承见教，甚感甚感。所示两则，求在晨报答复，兹奉复如左：

来书云：《庚甲散记》第十二则语气有艳羡膺白显贵之意，岂以卖国求荣为可取耶？！又云：同时有"流芳遗臭，两无闻见"二语，未知何指，殆以不能流芳，即甘遗臭欤？！读之颇使愚忍俊不禁。女士之热肠慧心，良可钦佩，顾于愚文，似近"周纳"。盖流芳遗臭云者，初无一定之标准，此与社会之道德律同。某一社会以为道德者，在别社会产生时，或竟以为不道德，但多研讨社会科学，便知此中之真谛矣。至卖国求荣一语，本属肤浅，此惟囿于狭隘之国家主义者喜言之。曩苏联革命，列宁排众议而对德媾和，当时布尔什维克党人，群斥以卖国，亦不免蹈国家主义者知二五而不知一十之弊也，"盖棺论定"至今尊之。膺白先生在华北所为，固非列宁对德之比，而仅就资产阶级与小资产阶级之政治立场，盱衡其得失，似亦未可遽蒙以卖国之名。愚文第连类以及，无所容心也。率复并祝努力学问！

1934 年 5 月 1 日

言直、皖之役掌故者，莫不知有陈文悌。 文悌盖杨度下堂妾，旧称花云仙，名妓也。 洪宪局终，弃度去，得十万金，益肆志读书，能为诗、古文辞。 所作小札，亦居然可诵。 以是达官闻人皆嬖焉，而曾毓隽、梁鸿志，尤与相昵。 然文悌囿于名分之说，必欲论嫁娶，毓隽、鸿志难之。 其号为"摩登青年"者，文悌又病其徒知传粉美姿，精跳舞、游泳而已，非不学则无位，雅不愿下嫁，遂蹉跎至三十许。 丙寅岁，度复为张宗昌秘书长，余偶诣北平，则邂逅文悌与度于六国饭店之"厅事"方共啜咖啡。 余笑语度曰："夫子有三军之惧，又有桑中之喜耶?!"相与辗然。 然宗昌败窜，度亦遁，毓隽、鸿志，则流寓南北，未知文悌所依矣。 汤漪近为余言： 客岁文悌复来沪，尝以一日访叶恭绰不值，则私询恭绰眷属，以恭绰亡妾陈兰香墓所，言下颇有"愿为夫子妾"，得傍一怀，亦所欣慕之意。 众不知为谁，漫应之，比恭绰归以告，始悉其为文悌，他日复至，饷以闭门羹矣。 余与度、毓隽、鸿志、恭绰皆谂，因志其概略如此，此韵事，宜不以无忤?!

党人徐谦，为北方官僚，早通籍，逊清末叶已位至四品京堂，辛亥革命，汪兆铭出狱，谦四出觅之不得，则走访余于天津奥国租界某水果肆之楼上，时余与孙炳文、赵铁桥诸君，方佐兆铭经营"京津同盟会"也。 谦既得兆铭所在，多方诒谀，兆铭故恢廓，亦不忍峻拒之，浸假而得谒总理，恣为激昂，总理悦而使从左右，偶司笔札亦当意，且以谦既仕清室久，于北方之情伪必周知，遂亦乐引为己用。 然廖仲恺、胡汉民，则早知其谬，屡言之于总理，因不获大用。 乙丑总理北上，谦以与冯玉祥同为基督徒，颇相交厚，乃为吾党通两者之驿，又尝偕玉祥游莫斯科，与共产党人习，故号称"左倾"，实则犹是官僚之色厉内荏而已。 宁、汉既合，谦以不理于众口，卒除名党籍，不甘寂寞，以至躬与福州之变，其热中至可叹。 犹记丁巳护法之役，谦竟妄言余与北洋军阀通，谮于总理不听，又数诣仲恺陈之，亦不信，为吴敬恒所闻，敬恒方主《中华新报》，乃草一短评，为余辟谦之诬。 未几大元帅府成立，总理以谦为秘书长，而所辟秘书类党中知名之士，如马君武、古应芬、邵元冲、邹鲁、叶夏声、吕志伊及余等，莫不薄谦之为人，相率不就，谦自以车遍访余等，尽一昼夜，余等终不应也。 谦不得已引去，改为胡汉民任秘书长。 此数事皆可见谦之卑劣，或谓康有为为保皇党之妖孽，而谦则为国民党之妖孽。 其然岂其然乎?!

袁世凯忌国民党甚，然于党人，皆以为易与，所最惮者，总理与汪兆铭、宋教仁三人而已。 于总理则世凯惊其言论丰采皆闻所未闻，又恢廓能得众。 于教仁则以遗巨金不受，而谋组阁甚急，凡所密谋，皆足以制世凯死命，或私以告世凯故。 于兆铭则以壬子和议既定，世凯欲以第一任国务总理畀兆铭，数强之不获，始辟及唐绍仪，世凯雅重其志节。 时章炳麟方屡绳党人之疵于世凯，世凯语之曰："君谓党人皆争权夺利，独何以解于汪兆铭耶?"炳麟无以应，迟之久，乃徐徐曰："兆铭是小孩子尔。"闻者为忍俊不禁。

复辟之变，黎元洪初以督军团相要挟，欲解散国会以止乱。 元洪左右，所谓"四凶"者，金永炎、哈汉祥、黎澍、丁世峄，皆争之而不获。 时国务总理李经羲辞，伍廷芳代之，拒不肯副署解散令，且与其子朝枢，盗总理印走粤，一时传为美谈。 余犹记天坛起草宪法，朝枢亦属草者之一，于"人身保获状"一条，持之甚力，盖愤世凯数以非法逮党人也。 伍氏父子，不苟于出处与言论如此。 朝枢与余交厚，其生平起居，夙重卫生，然享年不及五十，私颇以为异。 既而思朝枢喜博，尤嗜为麻将及牌九之戏，往往通宵达旦不倦，且聚精会神以赴之，其不寿殆以是。 余尝病中国士大夫，好从事麻将，盖麻将之为博，自四圈以迄二三十圈，必久坐不起，其悖于消化与运动之义，尽人而知。 然余知之而亦喜为此，岂士大夫之积习使然耶?!

洪宪六君子之一杨度，狎名妓花云仙，详前载。 闻云仙与度论嫁娶时，要度之子尊己为母。 度子方负笈海外，度乃驰书谆嘱之，谓："云仙虽风尘中人，实为我生平第一知己，无妨视以母云云。"顾相处未几，旋下堂去。 度子亦诙谐者流，竟以电致度云："闻大人之知己已他适，深可惋叹。"知之者莫不为之轩渠。 又度子归国，恋某氏女，而度雅不以为然，结缡之日，度子请度主婚礼，度至则拱手向其子曰："恭喜恭喜!"四座宾客，咸为愕然。 可谓"是父是子"矣! 度晚岁穷促，计无所之，为沪渎某巨室掌书记，月五百金，然殁时尚无以为殓，才人末路亦可哀已。

闽人所作"叶子戏"，其纸牌上，亦有"万""索""筒"等名称，略与今之麻将似。 顾闽俗相传，呼此"叶子戏"中之二万为"宋江"，或则以为此"叶子戏"中之二万，绘宋江像，故得兹名。 或则谓《水浒传》，载宋江杀阎婆惜事，阎婆惜为江之小妾，私于人，故闽谚以二万为讥人之辞。 余于儿时，每疑其附会，寻读《居易录》，始知张叔夜征梁山时檄文，擒卢俊义者赏十万，擒关胜、武松、呼延灼、张青、董平者各五万，擒李逵者三万，擒宋江者二万。 于是而恍然于江之号称二万，盖有所本。 是则凡一习俗之由来，固非尽出杜撰，而必有其根据之事实矣。 录以供好事者之参考。

《水浒传》一书，为中国稗官小说中之杰作，盖尽人而无异辞。然原本久佚，今所传者，有疑第七十回刻本系金圣叹所窜改者，有疑第七十一回至第一百二十回刻本，系罗贯中所伪托者。 两说纷纭，莫衷一是，余细加寻绎，窃以为两皆不谬。 何则?《水浒传》之特点，在正面描写书中各人之个性，与侧面烘托当时政治之病态，皆极深刻而生动。 独惜施耐庵生于封建社会，而自身亦止于士大夫阶级，故其意识情绪不免为社会与阶级所囿，此由于时代之影响，虽不足为耐庵病，要惟如是，则耐庵思想可以推知，彼既痛恶政府，又不满于反抗者所为，故书中两俱不无微词，士大夫之矛盾心理昭然若揭。 圣叹谬撰卢俊义一梦，固为画蛇添足，贯中必以招安为归宿，亦失之狗尾续貂。 顾圣叹所窜，仅半回，其笔致犹能近似，贯中续至五十回之多，宜其疵累百出，全然不类耐庵之文笔矣。 例如贯中所作，有"武松叫起来"等语，绝不肖原本武行者口吻，此外更指不胜屈。 适之号称一代学者，乃并小说家之笔意，且不之知，抑何其陋耶?! 余拟于暇日，作《水浒今读》，以贡同好，辄复及之。

北洋军阀张宗昌，以马贼至封疆大吏，其志行初无足称，而有时亦近于豪爽者流。 如丙寅之役，孙传芳坐领东南，以与吴佩孚不相容，谬意党军易与，不如坐视吴败，而己坐收渔人之利，彼盖以为党军必莫予毒，战虽不捷，犹可分庭抗礼，不虞其一蹶不振，为吴之续也。 闻武汉既下，传芳不发一援兵，宗昌闻而笑骂曰："这小子又要捡便宜了。"可谓绝妙好辞。 丁卯、戊辰党军北伐，平、津震动，时为张作霖称大元帅之秋，旧京戒严，夜半则顺承王府"作霖行辕"一带，隔绝往来。 宗昌适自鲁败归，寓于京中，偶以宵分返其私宅，过顺承王府，卫兵叱止勿前，宗昌之弁，告曰"是张督办"，犹狐疑。宗昌乃自下车，面卫士而立曰："你们瞧! 凭这个子还有错吗?"始得放行，盖宗昌魁伟异常也。 闻者为绝倒。

民国诸役，丙寅以前，以甲子所关为最巨。 盖甲子以前，北方要镇，强半在北洋军阀之嫡系者掌握，尤以山东一省，当南北之冲，不惟党军屡不能取，虽中经壬子之胡瑛烟台一役，丙辰之居正周家口一役，皆功亏一篑。　即与北洋军阀接近之奉系，亦未尝领北方要镇。故甲子以前，北方要镇，仅以资直、皖两系武人势力之消长。　迨甲子始易而奉系，于是李景林督直隶、张宗昌督山东矣。　然大江以南，鞭长莫及，自奉系之新派军阀杨宇霆出领江苏，而局势一变，遂造成直系再起之因，孙传芳以浙江与陈嘉谟之湖北相声援，乙丑之潜师袭南京，其机早在宇霆易镇时。　时皖系军阀，已无一卒可用，故惟依违于直、奉与张、冯之间，说者谓皖系始以兵力挟元首，而末路亦"作法自毙"，殆昔人所称"君以此始，必以此终"者欤?!

直、皖军阀，迭为北洋诸镇之盟主，亦交相劫持政柄，其轶闻琐事，有可资为谐谈者。　皖系当权时，或戏以当时之枢要中人姓名，成一诗绝妙，传诵旧京。　而直系代兴之日，则皖系之好事者，亦戏用当时之直系枢要中人姓名，续为一诗以报之，可先后媲美，惜都不能记其全首。　仅忆讽皖系之诗，有云"纸造泥糊萨镇冰，杀人屠户是朱深。　蓬肩缩背曾云沛，仰面朝天靳翼青。　买办生涯财政李，洋奴气概外交陈"等句，皆绝肖其人。　讥直系之诗，有云"凌蔚天官赐，英华地痞流"及"标本小人刘"等句，亦殊有致。　盖高凌蔚方以国务总理摄政，凌蔚貌丰腴，举止安详，绝类谚所称"天官赐福"，张英华则性放浪，不拘细行，而刘彭寿自号为小人之标本也。

中华民族性，习于专制，于所谓犯上作乱，咸有戒惧，此风至今未杀，盖由民族之反抗力至弱也。　丙寅岁党军既下汉口，佩孚已败溃，其部将刘玉春竟以一师之余烬，死守武昌，屡攻之不克。　军中粮尽，则夺民间之食，又尽则龁及草根，而兵民皆莫敢叛。　或美其忠勇驯良，余以为皆非也。　兵剽悍而民巽懦耳。　故满清之入关也，嘉定三屠，扬州十日，而士大夫以迄齐民，犹什九讴歌爱新觉罗氏之泽，亘三百年。　玉春之事，殆亦如是。　长此不变，余窃为此富于奴性之民族危。

　　相传民国初元时，尹昌衡领四川都督，颇淫荒，蜀人病之。　昌衡当众演讲，以古今英雄无不好色自解，一时播为笑谈。　然昌衡实并不足以语好色，特好淫而已。　其督蜀也，淫妇女无虑数十，洎解兵柄，游于旧京，邂逅名妓梁凤楼者，惊其绝艳，以十万金购归，初亦宠幸，未几以细故相勃豀，昌衡竟探囊出手枪击之毙，其粗暴不知温柔为何物，可以想见。　后自削发为僧，或云：即所以忏悔也。　余曾见昌衡所自刊集，虽杂见不可读，要是能操觚之武夫，何其表里不一至此。　民国军阀，多皈依佛法，以求自赎，昌衡以外，尚有孟恩远，今则孙传芳亦以"佞佛"闻。　岂真以为"放下屠刀，立地成佛"乎?!

　　北洋军阀倪嗣冲，行辈颇早，又握重兵，扼江淮。　故世凯时，尝用之与张勋合，以阴制冯国璋(见《子楼随笔》)。　世凯卒，益跋扈自雄，然其晚年忽遘奇疾，卧床不能起，起则必皮肤尽脱，遍延中西名医，皆束手，而迄不死。　饮食便溺，一一须人就榻上掖之，脱皮则如故。　比殁时，仅以骨裹尸，咸不解是何病?! 附会迷信者，谬以为杀人过多，受冥谴之报，余则疑其为花柳病之一种耳。　又号称长江三督军之王占元，夙以刻啬闻。　直、皖之争，使者云集，占元于客退，则必呼幕中司出纳者，与其核算每一代表所耗之招待费若干，往往宵分，犹闻督军室算子之声"答答"然，盖占元不解新算术，而惟精于珠算也。　奇癖与奇疾，可谓无独有偶。

　　庚申岁，皖系挫败，吴佩孚权倾一时，因辟高恩洪为交通总长。　时恩洪方奉职上海之"交通部电料管理处处长"，其位仅与一科员相埒，忽膺不次之擢，闻者以为异。　不知此佩孚所特具封建意识中报恩之义也。 先是佩孚隶王士珍所部第十三协为连长，偶以事忤长官，当杖责，且褫其职，恩洪为营救得免。 佩孚既贵显，求所以报恩洪，而恩洪适为交通部职员，一蹴而掌其曹，宜非无因矣。 时旧京人士，多不知恩洪为何人者。 此与甲子之役，易培基以李煜瀛之荐为教育总长，比"阁议"提出之顷，司法总长张耀曾起问易培基何人，众皆瞠目不能对。 时黄郛为国务总理，乃徐答曰："是石曾先生所推毂也。"议以定。 两君之异数颇相类，爰并志之。

"分桃断袖"之风，以中国为盛，而中国以春秋、战国时为最。当时称嬖人者，或以为是世俗所谓"清客箧片"者流，实则"龙阳君"而已。 然此类人物，亦竟有能定策决疑以利人家国者，如《左传》之伍参是。 若更深刻以求之，则伍参于邲之役主战，虽不可谓其无远识，抑亦半为侥幸以邀功固宠耳。 后此则汉之董贤，民国之李彦青，皆为世所诟病。 顾董贤之事，或近诬妄，清人王昙所著《烟霞万古楼集》中，载有《董府君祠记》，引经征史，为贤辩诬，千载以后知己也。 彦青则异是。 传其初系理发店之扦脚者，曹锟为旅长时每就之扦脚，无不当意，彦青故面目狡好，又善于为人装鸦片，以是得锟宠。 洎直系全盛，苞苴所入甚丰，顾犹不自足，浸假而侵蚀军饷，与冯玉祥交恶，即以其私扣玉祥所部饷十三万元，卒以杀其身。 小人之无忌惮，往往如是。

唐绍仪为余言，粤俗最重视氏族中之公共祠堂，此盖宗法社会之风气入人者深。 积重难返也。 因谈及蠹者黠吏在粤，每利用此弱点，以得苞苴。 某某者，为粤邑宰，值两大姓械斗，禁之不悛，则星夜缇骑至乡，封闭其祠堂，果惧而械斗立止，且各贿宰以十万金，始启封。 昔贤所谓"盗亦有道"者，某宰有焉，如此纳贿，殊不虞伤廉也。 中山先生，生长粤中。 殆见粤人之习于氏族制度，故倡为由家族团结民族之说，实则氏族之习惯，什七袭封建社会与宗法制度之遗，殊于民族文化之进步有妨，且此等习惯，中国农村中，多有存者，不仅粤省，此宜如何废止或改善，有待于精究中国政治者，一商榷矣。 绍仪夙豪奢，满清时，官邮传部侍郎，尝以七百金，购一巴拿马草帽，闻者咋舌。 然晚年性情一变，饮食服御，远不逮前此之侈靡，乃近竟以聚敛，为香山人民所控，岂其老而弗戒欤?! 又绍仪言，偶于乡居，邂逅二叟，皆九十许，就而询其生平，则一叟健于饮啖，每食能兼人，而其一者，日裁两餐，且饭不过一小碗而已，顾俱享大年。 于以知卫生之道，因人而异，不必强同，人之体质所禀赋者，至不齐也。

友人某君，宦游河南办全省醝务，颇著成绩，醝业中人，或与交厚，馈以一物。 启视之，则状似蘑菇，而大逾碗，且作长方形，乃绝肖牛粪之形，私以为异，嗅而无臭，姑束而存之。 翌日以询亲知，知者谓是"山珍"之一，产于嵩岳中，河南之特产也。 剖之宜用竹刀，而不得以铁，和鸡汁服之，味绝美，俗名曰"猴头"，亦菰之一种，其值甚昂，《本草》未载，而久客河南者，莫不谂知。 某君又尝游甘肃，谓兰州产"铁心甘草"，其地虽盛雪，而此"铁心甘草"之四周，了无雪迹，性温暖如此，服之可疗肝气疾，有神效，爰并志之。 此虽细事，亦足见中国内地物产之丰富，盖无尽藏，不善自处，宜为帝国主义者所垂涎，而沦于半殖民地矣。

丙寅之役，北洋军阀孙传芳，首鼠两端，终以自覆，言当时政情者，谓仅由于与吴佩孚争长，而故为此着，冀可渔利，实则此中之秘幕，非尽如是"简略"，有可得而资为史料者。 传芳在北洋军阀中，行辈较后，然以其为日本士官学校出身，故较其他北洋之军阀，起自行伍者，差具常识，又机警，好辩，震其曹。 初隶第五镇，民国"肇兴"，各镇改称为师，则传芳以旅长，属于第五师师长张树元所部，迄树元领山东督军，始擢代师长。 癸亥、甲子间，乘齐、鲁两败之余，得入主两浙，又袭取王永泉，而兼有福建，遂俨然继卢永祥以起，执东南武人之牛耳。 其左右初止两派，一为亲奉派，主与张作霖合，以王金钰为领袖；一为求直派，主联络吴佩孚，以杨文恺为领袖。 纵横捭阖，各竭其智能，而传芳皆信赖之。 甲子冬段祺瑞执政，时传芳幕府，王金钰方用事，故亦翼戴祺瑞，且与奉系密。 奉系欲张其旗鼓于东南，初犹颇犹豫，虑传芳不己附也。 洎获金钰为通两者之驿，于是杨宇霆始决然南下，领江苏督军矣。 讵知传芳故善变，又以金钰浸失宠，杨文恺代之运筹帷幄，遂有乙丑乌衣之师，宇霆与奉系诸人，猝不及备，故宇霆与邢士廉、杨毓珣、米春霖等，皆仅以身免。 文恺且以献策有功，得传芳荐于北方政府，除农商总长。 是时世所谓"小孙系"者，孙洪伊之徒侣万鸿图，新由洪伊汲引，居传芳幕中，为秘书长，颇以阴结党军之说进，于亲奉亲直以外，别成一派，贿选议员及以党军为叛者皆附之。 传芳既奄有东南，妄冀并吞直、奉之势力而一之，大采纳鸿图所陈。 丙寅之秋，武汉既下，传芳委蛇于奉、直之间，而对于党军，不遗一矢，盖欲以吴、张为螳螂与蝉，而视党军为黄雀，已则以挟弹者自居也。 乃事与计违，下游数战而九江、南昌先后不保，卒以失其众，又非传芳所及料。 闻宇霆在奉，得传芳败耗，以语作霖，作霖跃起曰："这小子也有今天!"此可为好用机数者戒。

传芳与张绍曾，皆颇能用人，不尽囿于亲信者。 宇霆既走，传芳入江宁为东南诸镇盟主，虞吴人之不己附，则厚结江苏巨室，而尤与张謇一派合。 间陈陶遗与传芳，初未尝有一日之雅，乃以陶遗方治实业于黑龙江之昂昂溪，而謇之及门刘馥共与其事，遂因之以得江苏省长，盖陶遗旧隶国民党籍，且与三吴之士绅相善也。 又以"研究系"之蒋方震言，辟丁文江为淞沪督办，使张嘉森、张东孙等办"政治大学"，文江、嘉森、东孙皆笃事十八九世纪民治之学说，而近于所谓"国家主义派"者流。传芳之用人，不拘一格，于此可知，抑亦出于野心使然，谬欲广蓄号称"名流"者，以助成其武力统一之迷梦耳。然贪而刻啬，丙寅依张作霖，月猎高等顾问夫马费三千金，而未尝为奉系划一策。作霖殁，学良厌之，而又雅未便去聘。己巳之役，晋军密结纳传芳，馈以二万金，冀为言于学良出兵，或以告学良，适传芳相过，学良询之，传芳嗫嚅不能答，但谓"阎老西略有魏遗，俾以招集流亡"而已。然自此而车马费不复来矣。或曰传芳旧隶王占元部，占元亦吝而贪者，得毋受其长官所陶冶耶?!

近顷市肆间，盛行所谓"科学灵乩图"者，其谬妄至为可笑，然士大夫阶级以迄齐民，趋之若鹜。似此悖于现代科学文明之具，乃竟广播于党治之域，甚望当局诸公，尤以内政部主管机关，有以杜绝之，俾不为青天白日旗之玷也。书此因忆及张绍曾曩学为"催眠术"，自谓甚精，尝游上海，为仆媪及妓女辈催，无不奇验，有哭而诉其生平者。绍曾大喜，偶为余言，余曰："催眠术"与中国之扶乩，异而同者也，皆近于谬妄不可信，信之者特其一己之神经中感觉所驱策耳。绍曾不以为然，一夕宴余于"北里"，试为催歌者、催雏妓皆中。比及催余，则数催而余屹然不动如故，绍曾窘而谢曰："此君之定力，有以胜吾术也。"相与一笑而罢。今绍曾墓，且已宿草矣，九京有知，不谂于此"科学灵乩图"，将作何语?!

晚近武人不学无术者，未有能终其功名，甚或身败名裂随之，余所见甚伙。盖丙寅革命以来，党治虽不尽满人意，要其于社会与政治，所影响者，固深而且远也。河北人张璧，旧隶党籍，甲子、丙寅间，始以出入兵间，与国民军诸将交厚，而尤亲冯玉祥、胡景翼、孙岳三人，故段祺瑞辟为北京警察总监。寻革命军兴，璧以国民军之历史关系，亦奔走东南，有所致力。 丁卯岁陈调元之附义，盖即璧与郭泰祺、卢耀所说。 功成，酬"北方宣抚使"，而招集流亡，迄无所效，遂撤销此职。 璧于文字，几不识丁，偶作小简，亦难下笔，顾渔色，又溺于鸦片，自奉甚奢，其失节之机早伏矣。"九一八"变起，果为日本人作伥，至"新集"市井无赖者以袭天津，腾笑中外，至可慨叹。 比闻北洋军阀寇英杰及玉祥所部石友三辈，皆纷纷投伪国以自鬻，此不学无术有以误之也。 璧亦何莫不然！

封建社会之俗习，有所谓"榜下招亲"者，其始作俑，为唐代之"芙蓉镜下及第"事，艳闻韵事，流传千载，自是厥后，指不胜屈。欧风东渐以来，此风犹未杀。 清末考试留学生，闽人王孝绳翩翩年少，以翰林通籍，其座主吴郁生，至欲求为婿，闻孝绳已"使君有妇"始罢。 民国三年（1914）甲寅秋，北方政府，又有留学生之试，今浙江兴业银行总经理徐新六留学英伦归，试而获隽，时杨士琦为"政事堂左丞"，遂以其女俟妻之。 又郭泰祺毕业于美之哥伦比亚大学，冠其曹，得博士学位，比归鄂，亦为巨商徐氏之娇客。 此数事，皆近三十年史也。 大抵中国人士，囿于"亲子之爱"，为父母者，于子女婚姻辄欲"借箸"，而中国社会，畴曩犹重视功名而薄货利，故风气所趋，以少年早达为贵，不惟父母之心理如此，即子女之私所怀，亦什九与父母契。 前此所传稗官小说，多有妇女欲得"状元"而嫁之记载，盖同习俗与心理。 近则"摩登"者流，耽于现代资本社会之享乐主义，什九皆"见金夫不有躬"矣。 经济关系之反映于吾人意识与情绪者，又岂独妇女为然，抑亦岂仅婚姻为然哉?！

北大同学孙炳文，与余友善，庚戌岁介余与其乡人赵铁桥相见，因以纳交于汪兆铭，遂加盟。 比辛亥组织"京津同盟会"，炳文领"文事部长"，余副之。 每共晨夕，多所探讨，尝书余所属草文稿上曰："典册高文，飞书草檄，兼而有之，使文五体投地矣。"其倾倒可知。　读余作而誉以"五体投地"者，前有炳文，而后有梁启超。　民国纪元后，炳文留学柏林，岁癸亥始归，未几入粤，佐邓演达甚久。丙寅秋，革命军兴，为"总政治部留守主任"，洎清党之变，走依演达，过沪为"逻者"所获，坐共产党论死，然炳文实未尝一日为"CP"也。　或云褚民谊与同舟，私以告密，民谊则力矢其诬，谓必不如此卖友，殆亦可信。　铁桥才气，尤非炳文所能及，亡命时，蜀中官吏求之急，以深宵投止"逆旅"，而"缇骑"踵至，叩其门问谁，铁桥危坐榻上，诡姓名而大声以答之，竟不复问，得以"潜逸"，其胆识之壮类此。　庚午五月，为仇家狙击以死。　余犹记铁桥入都，必招共饮于夫子庙之六华春酒家，六华春治浙绍肴绝美，然余初不知之，盖铁桥之发现也。　今过六华春，不胜黄垆之感。　炳文与铁桥皆蜀籍。

辛酉之春，总理孙公以军政府制度，实沿七总裁时代之旧，不便于革命，盖有一二不肖者羼处其中，即足以掣肘也，因议复"大总统"制，由"非常国会"选举。　时"非常国会"议员，分左、右两派，右倾者犹私相附和"联省自治"之说，尼不听孙公改制。　于是议员之左袒孙公者，则密谋所以制胜。　党人张继、田桐等，各怀一铤，伏于议场之门外，选举之日，有逸出者，辄群起击之。　一时"政客""学者"之流，诧以法兰西之"山岳党"，以为"暴民政治"，将复作。然孙公既膺元首，而北伐之大计定，左派议员，亦谨守绳墨。　盖革命之为事，固非可以十八世纪议会政治之休休有容者处之，继、桐等所为是也。　继党于清末留学日本之东京，与梁启超邂逅于"锦辉馆"，启超方为众演述君宪之利，继愤而击之，启超骇走。　先后两击，皆革命史中佳话。

旧史有《贰臣传》之作，盖以讥朝秦暮楚者流也。　若乃以清室官吏，入仕民国，浸假而复事今之伪国，又不止贰臣，直无异于降虏矣。 世称郑孝胥为"郑逆"，然孝胥虽夸大而谬妄，未尝一受民国之命，甲子岁段祺瑞执政，辟为交通总长，亦坚辞不应，盖其强项，犹差胜于同辈也。 孝胥持论，虽多怪诞，然尝语人："凡异种相媾者，所产必多奇才异能之士"。 又尝谓："倦极而睡，睡最有补益；饥极而食，食最有补益；满极而泄，泄最有补益。"皆不可以人而废言。 清末游宣南，其乡人郑书祥乞书，孝胥为作一联举以赠，书祥喜不自胜，张于壁，客至则以夸示。 余与有同学之雅，偶诣之，见联句云："卖文仅为驴书券，学射才因鼠发机。"余笑不可抑。 书祥异面相诘，余曰："孝胥殆以君为驴与鼠之亚耳。"书祥始悟，怒而毁其联。 凡胸无点墨，而嗜"附庸风雅"者，往往为书祥之续。 或云孝胥与罗振玉、陈宝琛，皆非忠君，其热衷功名之念使然，且利清室之多金，相与窃其古玩书画等，鬻诸日人，获巨金，此则不可知矣。 要之，余以为桓温有言："大丈夫不能流芳百世，亦当遗臭万年。"孝胥自负才气"不世出"，毋亦逆知流芳之不易，遂甘于遗臭耶?!

民国以来，号"屠户"者，数数见。 辛亥之役，由于蜀变，而酿成革命，时赵尔丰在蜀，杀人如草，称"赵屠户"。 迨癸丑、甲寅以来，世凯设"军政执法处"，捕国民党人甚力，偶有嫌疑者辄处死，且刑极惨酷，以陆建章为执法处长，杀人亦千万计，世呼以"陆屠户"。同时汤芗铭领湖南督军，龙济光领广东督军，皆嗜杀人，日非亲见杀人不乐，人又以"汤屠户"与"龙屠户"名之。 盖并尔丰而四矣。然皖系当路之秋，朱深长司法，或亦谥以"屠户"，则远于事实。 深实未尝妄杀人，且司法总长之举措必以法，又断不能为尔丰、建章，抑亦不能为汤与龙之擅作威福也。 余不识尔丰、建章，而汤与龙，则皆有杯酒之雅，睹其状亦皆犹人，顾双睛横贯血丝无算，张脉偾兴，一望而知其残暴。 济光故出身绿林，无足深异，芗铭则虽海军学生，旧为清代癸卯科举人，亦"儒者"之家世也。 不解何以凶狠如此？！

孙公最知人善任，然亦有所偏。 其于海军中人，最赏识杜锡圭，而锡圭囿于封建意识，且中年以前，不甚读书，故不知服膺孙公。 庚申、壬戌间，孙公两召余往，密使说锡圭以海军降，余逊谢弗获，则姑衔命以往。 先后与锡圭谈三昼夜，终不能动以一辞，盖其先入者深。 又时流号称贤达者，多诮孙公以"大炮"之称，锡圭为所误。行箧中旧藏有孙公关于此事与余书，今孙公之墓已宿草，锡圭亦逝世，念往伤今，感叹系之。 平心而论，锡圭文才气，固为海军中人所罕见，要其于现代之常识太缺乏，故不能事孙公，而反服膺曹锟岗替，殊可惜。 犹记癸亥秋间，与相见旧京，纵谈竟夕，锡圭语余："体气日孱弱，极思'退休'，而苦无替人，幼京忠恳而才短。"余唯唯而已。 然革命军兴，幼京举海军易帜，卒以定长江上下游，才殊不绌。 孙公不知锡圭，而锡圭又不知幼京，是则知人良不易。 幼京者，杨树庄字也。

今主席林森，老于革命，清末奉职海关时，喜读报，虽当理发、如厕，亦必执当日之报纸不少懈，以是多精研时事，遂加盟，与潘训初、陈子范俱。 辛亥改元，召临时议会，森被选为参议院议长，时海内知名之士，什九皆议员，独以森领袖其曹，盖森于议事富经验，发言不苟，言必有中，宜其为众所重矣。 戊午护法，复被选为参议院议长，返里时自建埋骨塔于鼓山，题曰"故参议院议长林森之墓"，盖森夙恬退，不竞功利，方以为己将终于参议院议长也。子范既殁，森为营葬，且抚其遗孤，以迄于今，雅有古人之风义。又自庚子三十岁悼亡，至今不复娶，亦未尝一日近女色，有劝其"续胶"者，咸笑而弗答。 余尝以叩之，则云："娶妇如饲鸟者然，幸而得百灵鸟之善鸣，则婉转悦耳，足以加强吾人之生命力，不幸而遘鸱鸮之流，则日眈于旁，将一无生人之趣矣。"语妙天倪，足资谈助。

"风水"之说，本属无稽，盖与命、相同为迷信，而命、相之说，犹较有学理可据，然中国社会之"堪舆家"亦时有奇验，此则殊不可解。党人萧萱佐"大本营"时，尝为某太夫人勘一墓地，自谓极佳，私语某公曰："此地不易得，得则必贵。"某公笑颔之而已。葬未几而革命军兴，某公果克立奇功，极至显达，咸惊萱之神于术。迨后太夫人葬处，适为公路局造路所必经，或以绕道为请，萱亦言勿使马路经此墓侧，某公以为虚诞，寻即有非常之验。萱又语朋侪，以紫金山陵墓亦有疵累，幸孙公之枢，未尝入土，差可无恙，否则亡党，其近于郭璞、管辂如此。余终不之信，窃以为风水之说而果可凭，则欧、美人之公墓，不将尽人而凶，或尽人而吉乎？断无是理。故旧有一诗记其事云："祖坟风水说无稽，莫遣斜阳更向西。亡党忽思沉痛语，松楸高垅入悽迷。"萱亦国会议员，余与相谂久，初不知其精于堪舆也。

何振岱为言，尝与邑人柯鸿年论书、画、古玩事，鸿年谓于枭日邂逅一叟，以《孔门七十二贤图卷》求售，观之则题字奇劣，亦不明图像之佳处，问值为五千金，因却之。既思其题字何陋至此，而犹索重金，必有奥窔在焉。鸿年故豪放多金，乃即如其值购归。越一休沐，偶诣遗老陈宝琛，与谈及此事，甫语其半，宝琛手战栗不已，舌桥不能下。鸿年知有异，诡称叟索值三万金，而未敢遽购，宝琛亟云："趣购之来，吾与君各出其值之半可矣。"鸿年又徐徐答以翌展已以二万金购之，宝琛惊羡不去口，始告鸿年："是当值十万金以上，盖海内孤本也。"鸿年返而什袭以藏，非挚交不使观览。寻鸿年殁，此卷竟不知以何因缘，流转入日本人手，或曰其仆媪盗售，得价十三万金，深可叹惜。

丁巳复辟，成于仓猝，附逆者，自张勋及其左右与清室遗老以外，纷纷求冠履，俾获入朝。于是京城内外之旧衣铺，为之一空，至有出三数百金以易翎顶补褂者。中国人士之热中功名，可以想见。传闻以陆军第十七独立旅首先发难之冯玉祥，亦尝一匍匐宫门，顾以未御清制服，被摈逐不纳，愤而走廊房，与段祺瑞军合，遂以戡乱。果尔则区区冠履之微，辄能转移人之富贵怨毒于俄顷，亦可哀已。时余赁庑于南河沿之太平巷，密迩勋所居，一夕中车马奔腾不绝，殊扰佳眠。晨起则见巷附近之旗籍翁媪举相语曰："咱们皇上又出来了。"余异而叩以故，则谓夜分勋已拥溥仪即位，易满清帜矣。比勋众败绩，祺瑞入京，向所趋跄恐后者，什九弃冠履不置，至翁媪亦避匿弗敢出，是又可以知中华民族之巽懦性。然市肆以冠履为业者，旬日间，易新而旧，又自旧而新，得利且千百倍，可云幸运。

大本营时代，陈铭枢隶邓铿部为团长，偶与数四朋侪游于市，见有操麻衣术者，咸就询功名、出处。术者曰："是中当有封疆大吏二人焉。"问为谁，则指吕超与铭枢以对，超固尝为川军总司令也。铭枢闻而喜不自胜，又以己与超孰愈问术者。术者答以："异日必且在超上，盖经文纬武之选。于此，有一言，不可不告，君蟹行狼顾，功名虽震主，恐不终耳。"铭枢尝以语所亲。洎国民革命军奠定中原后，铭枢以战功，累擢至广东省主席，果为封疆大吏矣。辛未、壬申间，以行政院副院长，兼领交通部长，果经文纬武矣。客冬以"人民政府"号召，称兵不期月而败，蟹行狼顾之言又验矣。命相卜筮之术，初不合于科学，而有时亦奇中如此，然则管辂、郭璞之事，其可信耶?!

昔贤谓"观人必于其微"，余夙题此言，而雅擅之。盖余不解相人术。 然于朋好乃至臧获辈，所测皆不爽毫厘，因思曩者曾国藩一见罗泽南，即知其必殉节，殆亦犹是耳。 甲子之冬，戚属招饮，有严氏仆小赫者，余偶睹其趋走，讶为失常，断其必凶死。 又尝于公园邂逅邵飘萍君，亦私忖其将不令终。 寻此仆忽从林长民之辽，死于乱军中，而飘萍卒为奉军所杀。 更忆及友人潘训初事，训初素行以拘谨称，侪辈或目为"圣人"，美其"不二色"也。 戊午夏间，同粤护法粤中，一夕酷热不可耐，训初忍招余泛舟荔枝湾，余见其与珠娘语，娓娓不倦，知此君盖亦深于情者，非遂能入圣也。 果以曹锟贿选金，纳北平一妓，而侘傺名场以殁。 山东议员张瑞萱，亦隶党籍者，壬戌八九月，相见昆明，纵谈时局亘三数小时，而眸子屡开阖不已。 余告唐继尧以瑞萱终必无幸，继尧疑余精于风鉴，余曰："非也，人之言动，系其祸福，故孟子云：'胸中不正，则眸子眊焉。'今瑞萱之眸子，眊乱如此，其神亡矣，安能正命。"继尧以为然，不数年，瑞萱果死于烟台乱军中。 召人处世，必欲有所为，不可不明乎此，盖观人之理甚显，见微而知著。 又岂必以水镜自矜者为能哉！？春秋中，此等"故实"，盖数数见，如邓曼之于楚子，亦其一也。

　　旧社会中士大夫，囿于封建性之意识与情绪，虽值脱辐，终不敢遽解缡，而惟以置妾或狎妓为乐，号曰"道德"，实则不道德无逾于此，大悖于近代之人道主义。 故浸淫于所谓礼教者，群相束缚于绳尺，鲜闻解缡事，晚近此风，始渐转移。 余所知有孙公，有蒋中正，有黄郛，有蒋梦麟。 文人之著者，则又有周树人，有郁达夫。 其勇于解缡，二十稔中，四易耦者，有赵正平。 曩于《子楼随笔》尝论列妾制与离婚制之得失颇精警，而于时代性与社会经济之背景，犹语焉不详，异日当更为文以阐之。 然此非所论于今之摩登青年，动辄厌弃其爱玩之妻者比也。 此所述解缡诸君，皆国民党人与号称左翼之著作家，在研究系及往时政党，似甚少所闻。 盖国民党人较具有革命性，而离婚事为旧社会人士所病，宜必其略能反抗旧社会者，乃敢于作始也。

丙寅革命之成功，始于唐生智之逐赵恒惕，与党军合，而居间奔走者，实为刘文岛，此盖尽人所知，而鲜知当时为生智通两家之驿者，尚有一李拯中在。 拯中亦保定军官生，与生智及李济深、陈铭枢诸人皆同学。 少负才气，洎卒业，颇致力革命，虽以受蒋方震熏陶之故，雅与"研究系"投契，顾于大计，辄袒吾党，丙辰护法，佐戴戡于川有功。 迨后生智辟为参赞，极相倚重，比生智思去赵而代之，乃使拯中密谒谭延闿、蒋中正于粤，盖与文岛感挟有革命之使命也。 时以共产党人有尼北伐之举者，粤中当局，初犹持重，拯中为力陈必胜之道，又于湘鄂赣局势，侃侃而谈，了如指掌，中正激赏之，策以定，论功或不当在文岛下。 余在汉口时，于拯中座次晤龚浩，浩为言丙寅旧正，至长沙贺岁，恒惕戚然有忧色，浩异而叩以故，则曰：吾见坊间人《人鉴》一书，多论列时人禄命，直谓吾今年必下野，是以忧耳。 时生智去赵之志尚未决也。 已而果变作。 知者谓恒惕能胜延闿，而不能制生智，盖犹有封建社会中迷信之思想，为禄命之说所夺，其气先馁矣。 余以为禄命之说，本不足信，而时或奇验，殆以与人事相成者，什八九耳。 恒惕事可资一印证。

民国政制，置副总统，故新旧军阀之强者，每思攫得此位，然亦有幸有不幸。 其幸者，为北方之黎元洪、冯国璋，不幸者，为吴佩孚、齐燮元，其尤不幸者，为李纯。 盖佩孚、燮元仅争之而败者也，纯则竟以身殉。 南方有唐继尧，亦始终为此位所误，其关于革命之史料者盖巨，辄复及之。 先是继尧以丙辰护法之役崛起，为西南诸镇盟主，而继尧故富于新知，兼有文采，武人中自属健者，又以时会所与宜其日觊觎此位矣。 然继尧之所以无成者，有数因： 入川以后，耽于晏安，此其一；性猜忌，不能驭滇中将领，此其二；欲以川军制川军，反以促成川、滇之哄，此其三；再起以后，惑于谬说，与孙公背驰，此其四。知当时革命之掌故，与继尧生平者，必叹余言为不谬。以余所见，则继尧厄于顾品珍之叛，走香港中，倘能集所部入粤，为孙公张其旗鼓，北伐或早成，继尧之意志亦可申。乃不此之计，其利蓄数百万金，既为"中法实业银行"所没，不能作大丈夫破釜沉舟之图，仅悉出姬妾所余珍饰易饷械，以饵所部，遂复为滇帅，一战而僇品珍，其志下矣。继尧夙重余，闻余与周钟岳至，必撤去鸦片，其敬惮可知，独于此事，余数争之而不能从，终以堕志而戕其身，公谊私交，为之慨然。

庚戌、辛亥间，李经羲为云贵总督，颇标榜新学，故所办云南讲武堂，多罗致日本留学生，时负笈欧、美者尚鲜也。于是而党人李根源为讲武堂监督，李烈钧、方声涛、唐继尧、顾品珍诸人，皆为教官。时云南风气初开，此十数人者咸剪发，作短后装，市人诧以为怪。又以在讲武堂多发议论，指摘时事，"笃旧"一派遂益嫉视之，告密于经羲，谓此辈大都革命党人，阴有叛逆之组织，不可以不除。经羲不甚以为然，乃谋之于蔡锷，锷方为新军协统，驻昆明，雅为经羲所重，又与此十数同学交厚，闻经羲言，力辩其诬。一夕经羲召根源、烈钧、继尧等入署，语以"谤君等者日众，易不仍留发辫，示无他"。继尧对曰："公固'维新'者，剪发为移风易俗之微者也，抑亦新社会习俗之萌芽，于革命何与。"根源等又诡为忠愤，群斥旧派之误国，期有以自效，经羲为所动，竟不复加防范。洎八月十九之变作，东南半壁，先后"附义"，未几而昆明新军，亦有异。经羲数使人趣锷至，与商大计，而锷已为党人所劫，夺其军，以响应革命。经羲始知不可为，亟易服携妾"宵遁"。笃旧者诟经羲不置，以为苟早去此十数人，则滇、黔犹是清室之天下，彼不知革命之局，既已举国风靡，欲以一隅自封，是虽郑成功而无成，矧民族革命之心理，深入于社会中，有以异于畴曩之改姓易朔者乎？！品珍在讲武堂时，为骑兵大队长，马匹悉归其所掌，僚佐相假者，非因公不轻诺，金以为能持军纪。 后果屡立战功，比及逐继尧自为督军，则浸变而骄姿，壬戌岁复为继尧所败，死于军，亦可谓不屈不挠者矣。

自袁世凯以功名金帛奔走士大夫，幸而收功一时，晚近以来，使贪使诈，遂成风气，此不仅社会与政治上之隐忧，抑亦民族之危机也。 不宁惟是，民国纪元后，岁收屡绌，国家所入，以之施政且不给，何有于贿买。 故由此道者，往往以外资供其挹注，益受"帝国主义者"资本之劫持与朘削。 以余所知，世凯大借款四万万，用于贿买政党者一万万有奇，用于癸丑之役，贿买湘、粤、赣、皖四省之革命军者又倍是。 传闻汤化龙既长"众议院"，入谒世凯，世凯语之曰："君亦知余所以为君等'研究系'张目者乎？仅君一议长，已耗'不赀'。"化龙称谢，则询以所耗究为几何。 世凯徐徐伸其三指，化龙曰："三万乎？"世凯曰："趣更有进。"化龙曰："然则三十万乎？"世凯微摇其首。 化龙谓："是必为三百万矣。"世凯笑曰："君真'穷措大'，不脱书生本色者矣，今兹之事，何止百数十万，余所耗盖三千万金耳。"化龙为之骇然。 同时王一堂为世凯办"统一党"，亦得金二百万，孙毓筠、景耀月等办"政友会"，得百五十万。 而海军之攻下吴淞也，世凯以犒刘冠雄与贿买吴淞炮台者，又三四百万。 其豪奢大抵类此。 民国七年（1918），安福系为徐世昌攫总统，闻亦耗国帑至五千万，盖出于"高、顺、济、徐铁路借款"者，亦即世所称"西原借款"之一部也。 十二年（1923）曹锟贿选，则未尝取诸外资，而所耗亦几五千万金，强半为直隶一省白丸之收入，故谑者以"白丸总统"呼之。 民国成立，士习日谕，群耽于可欲，狂于晏安，文恬武嬉，视为故常，宜在上者之不察，第以黄金与声色居室之好，悬之为饵，冀天下士尽入毂中，而不悟其戕贼我民族性也，哀哉！

旧国会议员，隶山西籍者为余言，是中盖旧有其邑之才子三人在。余叩其为谁?! 则咸谓王用宾、景耀月、李庆芳也。耀月尝为南京临时政府教育次长，盖亦老于革命者，然中岁变节，受孙毓筠之诱，叛吾党以附于世凯，浸假而附段附曹，每况愈下，可为太息。庆芳则身经"统一党""进步党""安福系"，犹是素"右倾"行乎"右倾"者矣。独用宾致力于革命，始终不懈，其行文亦高古，虽稍病骏而不纯，终属"作者"。余与用宾相谂久，顾讶其囿于封建社会士大夫之习尚。岁戊辰，余就中央党部登记，登记后，例须至市党部受询问，适与用宾之子昉值，然余初不识其为用宾之子也。期月后，用宾过从，偶与谈及始知之。用宾谓余："小孩子真是胡闹，竟考起老伯来了。"余大笑，应曰："此自是职责所应尔，且余与昉年事相若，虽在党行辈较长，岂可自矜其勋劳以乱党纪乎?! 老伯之称，尤所不敢承，今岁余仅三十二岁，必也，曷呼我为少伯而不必尊以老伯何如?!"用宾亦为之轩渠。余尝默察党中朋侪，其富于封建社会之意识与情绪者，盖居什七，如某巨公有劣弟而不能去，兄死则必抚棺大恸，别一巨公则于业师之子，深致其报称，类此者指不胜屈。此以品性言，或无愧贤者，而非所宜于物竞之世，革命之社会也。

骈体文用于民国以来，非博通新旧，而又善于属辞隶事者，必有拟于不伦之讥，盖今日之事，物与人，多为往古所未尝有。晚近文人，擅此者少，樊增祥、饶汉祥，皆为世所称，而犹不免时贻笑柄，汉祥尤数见不鲜。丁巳遭"督军团"之变，元洪引咎自劾，其辞职电出汉祥手笔，有"坠溷之花，重登衽席"句，识者哂之，盖直以元首之尊，自比娼妓矣。汉祥又误解"法人"二字，不知其为法律名辞上团体之称谓，谬以为"法人"云者，指读律之人而言，殊堪发噱。曩易顺鼎除"印铸局局长"，撰"谢呈"，竟以"伯理玺天德"，为人名，以伯理对仲尼，艺林哗然。 盖彼未尝习蟹行文字，于"伯理玺天德"即"大总统"三字之译音，懵无所知也。 余颇私负此事为当代第一，岁戊午撰《零陵起义纪念日通电》，岁壬戌撰《唐继尧四十初度序》，并传诵一时。 因忆及民国九年(1920)直、皖之役，徐树铮所部之西北军，与段芝贵所部之边防军，先后败溃，时梁鸿志为芝贵掌书记事，代拟辞呈，亦用骈体，有句云："部曲守回防之令，强藩增犯阙之兵。 中朝之涣汗空颁，都下之驿骚更甚。"其用"犯阙"、用"中朝"字面，皆不无疵累，使读者几疑为置身帝制时代也。

豁达大度，有时而失。 方吴佩孚之返旆也，皖系知事急，则谋于祺瑞将讨之，而祺瑞之左右手，靳云鹏与徐树铮积不相容。 军兴，或献策祺瑞，使先禁锢云鹏，不令与直系、奉系诸将通款曲，顾祺瑞不纳，仍以云鹏为总参议，致军中机密，什九皆漏于敌人，卒以挠败。 或曰边防军将领，曲同丰、魏宗瀚等，皆党于云鹏，故不战而屈于敌，云鹏实未尝卖主。 此与壬戌之直、奉一役，奉军中新旧两系自相哄，而合以应战，卒也。 旧系之张景惠、邹芬所部西路军，未及交绥而遽退，直军遂得长驱入长辛店，其取败之道路同，作霖盖为祺瑞之续矣。 边防军、西北军，皆成于参战借款，亦"西原借款"之一部也，其终于崩溃，故是国家与民族之福。 而奉军中之旧系，又什九出身马贼者，今景惠且仕于伪国，甘为日本之臣虏，此等骄兵悍将，犹恨其不早"聚而歼"耳。 祺瑞善弈，作霖嗜博，故祺瑞犹有儒将之风，作霖则始终"粗豪"，阶级与环境之影响于人非细哉！然作霖貌恂恂然，大似白面书生，苟其为夙不相谙者，不能知为作霖也。

北洋人物，深于事故，而沉着有智，能从容出入于各党派之间者，得二人焉。 文人为许世英，而武夫中，端推马福祥。 世英早达，仕逊清时，已官至厅丞，盖三品以上秩也。 洎革命，世凯辟为司法总长，寻以事忤世凯而去职，皖系全盛，数入内阁，岁乙丑，且以冯玉祥推重之故，迁国务总理。 吾党既奠定中华，亦数参与赈务，有成绩，其开府八闽之日，首筑马路，为福州路政，启其蓝缕，邑人称之。 或訾为官僚，余则以为官僚之病，在不办一事，而惟依阿以取容，今世英勇于任事如此，殆官僚中之健者矣。 然世英终是读书人，辄有所不为。 福祥则虽出身行伍，而与世所称"政客"者，同其机数，故历直、皖、奉军阀之消长，其官绥远都统如旧。 党军北伐，又纵横捭阖，为吾党竭尽其智能。 自冯玉祥、阎锡山以及韩复榘、石友三诸将，乃至吴佩孚、孙传芳、张宗昌之流，福祥莫不与交厚，能居间通两家之驿。 庚午之役，相见新都，福祥方卧病，折柬招余，于时局有所请益，而私以阎、冯与蒋孰胜为疑。 余抵掌以谈，极言蒋之必克冯、阎，侃侃竟夕，福祥病霍然，语余曰："君之伟论，可抵陈琳檄。"余笑谓："岂先生以阿瞒自况耶?!"相与一笑。 是后福祥果益为党军张目，其"见几"类此，殁年仅五十有七，以如是深沉之人，不能致中寿，殊不可解。

命相卜筮，悖于科学，初不足置信，顾偶以为戏，若博弈然，则无不可。 今人溺于此道者至多，而疆帅、腹贾，尤喜求之。 己巳春暮，宁、汉将有事，熊式辉数访余不值，则一旦夕中，四以电话至，且因萧叔宣为介，谋一良觌。 余虽亦与有杯酒之雅，未尝过从，误以为他故。 比相见，则亦以此殷殷致辞。 先之以李宗仁、白崇禧二君之命运，继之则以某公之能济否叩余。 余曰："是恶足信哉，而足下乃更研讨之，则就事论事，武汉之师，期月必溃，某公功业方鼎盛。"式辉喜而去，事某公益忠恳。 无何果悉如所言。 因忆其明年之春，阎锡山以山西称兵，谭延闿谋于余，乞一电折之，余以为涉及此说，于吾党及余个人之政论，皆将蒙白圭之玷，遂逊谢。 延闿则谓，此胜于宣传主义者倍，必欲以一二语出之，不得已于电末，略撼其辞，已而晋军亦败挫。 延闿笑语余曰："何如?!"然余意终不敷。 余生平丛谤，雅不欲人之诟我为"策士"者，更以"术士"相毁也。

研究系领袖汤化龙，才气局度，皆有足多，顾其归国后，以日本之大隈重信自许，则殊昧于中国之政情，误以为中国宪政，可步武日本，而不知革命之机早伏也。 民国初元，余与林长民同官内务部参事，共一室，偶相纵谈。 于并世豪俊，余首推中山孙公，而长民则盛称宋教仁与化龙，且云生平未尝见第三人，其倾倒可想。 邑人刘道铿，为逊清己酉科拔贡，工书能诗，旧学外，又雅擅新知。 化龙激赏之，辟为众议院秘书长，道铿事化龙惟谨。 中表林知渊为余言，尝诣化龙，见其与客方晤对，手中扇不觉偶坠，道铿在旁，乃徐徐就地上拾之以进，其谨小慎微类此。 洎研究系分崩离析后，道铿亦不复求仕，入"中国通易信托公司"为董事，垂十四年，且面团团矣。 书生逐末，盖晚近中国社会经济关系之反映使然，可存而不论。

清末以君主立宪相标榜者，风气所趋，举国骚然。 然数经请愿团之争，乃仅于辛亥岁，召集资政院。 适"宪政编查馆"所草拟之新刑律脱稿，则以付诸院议，议数日而不能决，盖新旧人士，辩论甚烈也。 闽人陈宝琛及其从子懋鼎，俱为议员，宝琛袒旧律，投蓝票，而懋鼎投白票。 议至有夫奸与无夫奸一条，老师宿儒，咸愤然不平，时懋鼎号称维新，故能于叔侄之间立异。 议既定，新派卒胜，笃旧者为诗以讽之，有句云："寄语从今桑濮上，明珠但莫赠罗敷。"其迂执可哂，情见乎辞。 又当时议员，有所论列，颇多足资谈助者，如某君谓鸡奸之迹，但使被奸者，坐于菊花之上，则一望而知，众呼谓顾菊花，亦趣闻。 书至此，忆及郭则云语。 则云与晚近士大夫，曾仕于清室者，每以民国官吏无煊赫之威为病，相与太息，若有故国之思者然，余数数闻之，深以为怪。 一夕宴集，偶论仕进事，又有三数朋辈，盛道清代官吏之可贵，谓今之官吏，位纵相埒，权实远逊云云。则云曰："民国官吏之等差，当比拟清制次一级，差可等量齐观。"座中有梁鸿志与余，鸿志尝为参议院秘书长，而余则为众议院秘书长，众以难则云，意谓无可比拟也。 则云趣应曰："是固与资政院秘书长等，当为正四品之秩。"余闻而为之喷饭。 记资政院事，辄复及之。

遗老中，亦有慷爽可喜者，沈瑜庆其一也。 岁庚戌，瑜庆迁贵州巡抚，将之官，偶游金陵，则闽人士之三吴者，醵赀饯之。 时方溽暑，众皆衣冠翎顶以迎，瑜庆仅葛衣，不衫不履，出而周旋，其全无官僚之习气如此。 洎鼎革，瑜庆夙以才华自矜许，而累世受清室之恩遇，不得仕民国，居恒郁郁，每语余曰："吾岂长此以终耶！？"余应之曰："十二叔故豪放，欲仕则竟仕耳。"其六十生辰，嬲余赋长句以祝之，余仅作七律一首，瑜庆意未足，余曰："十二叔之功业，仅可值一律，而余与十二叔交谊，又仅一律之值，安能进乎此。"瑜庆亦不以为忤。 尝见其于广坐述儿时手淫事，曾无少讳，时其邻室即儿女及媳所居处，或尼其勾尔，瑜庆曰："是何伤，生而为大丈夫，敦非曾经沧海者。"咸为粲然。 十二叔者，余以行辈呼瑜庆之称也。 又瑜庆能弈而不工，尝与亲知弈，垂败则乱其局，或更执对局者，屡弈不肯休，必获胜一局乃罢，盖老而有童心者矣。

胡适之以倡导新文学，而又耽于国故得名，实则适之并不解文学，其所为诗，更索然无味，新旧体皆如此，惟偶为小词，差可喜。于小说家言，适之尤好为标榜，强以罗贯中所撰《水浒传》为施耐庵原本，又不惜穿凿附会，求一日人刊行本以实之，以视金圣叹之妄自改写耐庵本，同为多事，较费气力。 至其盛称《醒世姻缘》为旧说部中不可多得之作，直乃道其所道。《醒世姻缘》一书，纯是剽窃《品花宝鉴》与《野叟曝言》之唾余，而豆钉之，排比之，以成其书，且可置诸故纸篓中耳。 其佳处安在?! 余尝谓适之为《水浒传》致力之勤，其收获远不逮蔡元培作《红楼梦索隐》，较能探讨时代之背景，与《石头记》在社会以及阶级上之基础，为有功于艺林也。 适之读他书差有见地，其诋北宋以后词为词匠之作，与余意尤不谋而合，殆其于词曲一道有所得，故小词亦工。 余最喜诵其一阙如下："今夜云开月破，照见我们两个，为问去年时，为什闭门深躲。 谁躲，谁躲，这是去年的我。"白描圣手，可浮一大白。 然此词既用语体，则"为问"二字，决非吾人所能出诸口，其为文言盖甚明，似以易作"问你"二字较善。 质诸适之，以为何如?!

岁丙寅，吴佩孚复出。 以鄂军始发难，先后使寇英杰、靳云鄂入豫，时胡景翼已死，岳维峻代将其军。 维峻故骁勇善战，然自领河南督军后，日惟狎妓，耽鸦片，士卒效之，至以四万众，荷枪支八万，而不堪一击，（参阅《子楼随笔》）英杰乃得长驱定中原。 然论功首云鄂，于是而佩孚以云鄂为河南省长，以英杰继任督军。 佩孚方数遣介与关外张家父子通好，金以为"莫予毒"矣。 英杰亦遂踵维峻所为，以十万金纳歌妓碧云霞归，特为制七宝沉檀床，供云霞寝处，其淫奢且铄维峻。 迨后冯玉祥再逐直军，重主河南局，竟以此床睡王瑚。 王瑚者，玉祥之上宾，玉祥从之受经，雅相礼重。 瑚又尝仕于清室，官于民国，皆喜标榜清廉以自矜，时人号以王铁珊而不名，其果为廉洁否，则非余所敢知。 余意云霞有美名，睡七宝沉檀床，或亦其宜。 瑚一伧叟耳，亦高据此床，是同一七宝沉檀床，刹那中变迁如此，良可嗟叹。 英杰、玉祥俱为军阀，五十步、百步间，可勿深论，顾以伉爽与机诈较，英杰似犹差胜一筹，于所以处此床可知。

士论或以"九一八"之变，归咎王正廷，实则日本之处心积虑以谋我者盖久，而当时东北之事，又非当局所得而越俎，此稍明国际情况与远东形势以及中国政治者所习知，宜非正廷之罪。 且以余所谂，前此四五年，正廷固尝为所属秘密演讲外交问题，三致意于日本与苏联，则其意表所蕴可想。 徒以"九一八"之先，有某将军者，介赣人吴品今，数为正廷"说项"，谓是博通日本政情者，品今又雅擅辩才，坐是得为常驻日本秘密通信员，月耗巨金，迄无所获，卒以偾事，误国家并误正廷矣。 平情而论，正廷在中国外交官中，是佼佼者。 曩在北平，议《中俄协定》，正廷适乞假南游，加拉罕趣觇其隙，突以书期于三日以内集议，盖逆料正廷之猝不及返也，不知正廷已窥其隐，南游乃托词，竟于书到之第二日，翩然归，立邀加拉罕与议，苏联使署人十咸惊异，议以定，其机智如此。 然则"九一八"之国难，不当以之集矢正廷，倘亦龚定庵诗所云"阳秋贬笔未宜多"者欤？ 余以为中山孙公既逝世，中国外交，顿失导师，此为吾党与国家民族之不幸，正不必诿过于一二人也。 观于举世拒德，而孙公独能亲德，当时号称外交耆宿如唐绍仪者亦龂之。 其后举世排俄，而孙公独能联俄，遂以奠革命之局。 今日之事，苟其超孙公于九京，必且闻吾谋而拊掌矣。"余于外交，别有奇策。"

丙寅、丁卯间，国民革命军，方有事于中州，时靳云鄂、田维勤、魏益三所部，已与我军合，而武汉政权，实操于共产党人之手。所遣赴前敌，主慰劳与宣传事宜者，亦什七左倾少年，往往十数列车中，男女杂逐，共一室寝处，笑谑，习为寻常。 两河风气故闭塞，颇以为异，尤以云鄂性笃旧，溺于所谓礼教之说，见而大不敷，电尼其前。 党人争之而不获，或几以是与云鄂部下将校挥拳，既而余辈出而调处之，令分车而宿，他仍如故，得无事。 近与梁寒操书札往来，寒操书有云："尝与梦朝枢于役郑州，戏以朝枢字中行，属句云'猪男狗女麦中行'，当是指此。"寒操亦恶赤者，其《登黄鹤楼》一律，即成于是时，极有工力，因并志之。 诗如下："谈笑声中有隐哀，江楼负手费徘徊。 早知气运当如此，那许轻微管得来。 披发我曾怀白社，摘瓜谁复咏黄台。 未甘狂乐同流俗，且把愁忧付酒杯。"昔人谓哀乐过人者，其诗必工，盖由于情感之真实所感召也，此无论其思维与旨趣之为何，若往往能以沉着胜，故胜国遗老与共产党人之作，果其富有真实之情感者，要不妨并存。 此惟忠于文学若艺术之人，乃可与语。

民国以来，兵燹遍地，而受战伐与聚敛之最惨酷者，莫四川若。川人为余言，两川钱粮，甚且有预征民国三十七八年者，然川民甘之如故，不知者群以为异。 余偶与一二老于川事者共探讨之，乃知其症结所在。 盖川省土力至厚，任何赤地或童山，略加垦植，便有收获，无论其为谷类以及其他植物皆然，此其一；四川之风气，亦较闭塞，与河南同，而其地绅富，迭遭丧乱，往往有窖金以藏者，随地可以发现珍宝，取之无穷尽，此其二；物产既足以自给，如日用之盐与药材，又皆为邻封与他省所必需，岁入可取诸外府，此其三；川之军阀，喜置不动产，故虽贪暴，差无漏卮，其财货什七在地也，此其四。 此为研求中国史料者，所不可不知，辄复及之。 因忆杨杰尝云："从滇军入川时，数转战于自流井一带，偶以'亭午'憩某氏别墅，士兵方治炊，诸将校则就厅事以息，或卧于炕几，觉其有异，发视之，垒垒皆金砖也。 然以前锋'肉搏'急，后顾而敌骑又来袭，仅各稍稍检带其一二，余则悉仍其旧，委弃之。"是则窖藏之说为不虚矣，又川中军阀争长，独于中枢之府，礼事唯谨，罔闻于北洋军阀乃至吾党之执政者。 余深知其军阀之强者，动辄遣使赍巨金，求得位号、头衔以自娱，且以震其曹。 曹锟时代之王毓芝，得川帅金，积累至百万，为尤著焉。

往者谭延闿尝语余曰:"君欲知吾湘之三怪乎?!"余叩其为谁,答谓:"是郭人漳、陈家鼎、叶德辉也。"余即摭取人漳与家鼎轶事,入《子楼随笔》,不可独遗德辉。 德辉邃于旧学,自经、史、子、集,旁及医、巫、命、数诸杂家,无不博洽。 又自矜精于容成素女之术,纂《双梅影阁丛书》若干卷,有司以其诲淫也,禁之。 然坊间犹多私相购售,其书亦间有奇语、妙文,可供茗助。 洪宪变作,德辉以杨度之介,得世凯万金,遂厕身于湖南之筹安分会,誉袁克定为日角龙颜,其无行可知。 岁丙寅游于北平,友人邵瑞彭,以德辉擅子平家言,折柬招饮"西车站食堂",德辉自出其命造相示,余直言其必惨死,德辉抗辩不能胜,嗒然若丧。 洎革命军略定武汉后,长沙士论方左倾,德辉谬以少年者流,多出己之门下,竟为"农运会"撰一联:"农事方兴,稻粱粟麦黍稷,无非杂种;运输不匮,马牛羊鸡犬豕,都是畜生。"为共产党人所见,逮去枪毙,亦可谓不识时务者矣。 德辉面目似冬烘学究,而中无所守。 虽博极群书,适成其为"文妖"而已。 以论才气,既不逮人漳,而操行亦逊于家鼎,齐名"三怪",殆即以博雅为老宿所重乎?!

附录一

抗日罪言

（1937 年 8 月）

卷 头 语

愚既草《抗日罪言》，而意有未尽，则更于付印之始，一论列之。顷者邦人君子，每以为中日之争，乃由日之军阀，劫持其政府，及其元老重臣，以迄其政党，而出于卤莽灭裂，非元老重臣之本意，抑亦非政党与人民所乐闻，此大误也。 日本自其传统之封建集团意识之存在，与夫经济之发展不能不更求广大之殖民地为其尾闾而言，两者皆不得不吞并中国，此岂仅如欧、美资本主义各国惮于欧战之损失，殖民地之不易于统治，可同日而语。 矧日本真正的民意，久已不能自由发展，日本的中小资产阶级，已成为被欺骗的人民，其大多数的工农无产阶级，亦已成为被压迫的人民，在日本今日，实无真正的民意之可言。 曩大隈重信尝戏伊藤："君为朝鲜总监，我将为支那总监。"此稍习日本者能道之，重以日本民族共有之狭隘爱国主义，由于好大喜功之民族性，助长发扬，又与其政治经济之立场，相激相荡，终于一横决。 故日本帝国主义之组织，一日不变更，则日本之必不肯放弃其吞并中国之企图，日本真正的民意，自无从呈现，情也，亦势也。 于此而犹冀中、日妥协，何异于谈《孝经》以却黄巾，是直天下之至呆者矣。 愚深信日本之社会革命未实现以前，日本帝国主义之机构，依然强固，苟非其政治，突起重大而急剧之变化，如 1919 年德国之革命者，君主政体随战争而颠覆，而大多数的被压迫阶级抬头。 日本真正的民意，同时呈现，中日盖无合作之余地，何则？ 国际之环境，日本自身之政治与经济，固皆早已决定日本帝国主义者之动向，虽军阀之跋扈稍杀，无改于日本对华之心理也。 吾人既主张彻底抗战，愿全国人士，同此认识从而引伸之，倡导之，庶几中华民族最后之一滴血，不轻于牺牲，愚将馨香以求之！

民国纪元二十有六年（1937），抗日战争之第一月

日本的四大错误和三方面的失败！中国的十二个必要的注意！
抗战一天胜利一天，天天在战败，也就是胜！

自平津形成日本帝国主义者事实上的军事根据地，抗战空气，随敌焰而高。 在中央政府和最高领袖的领导之下，我们早就相信中、日的和平，走进最后的阶段了，上海的战争爆发后，这最后的阶段，更到了尽头。 本来这几年的中日间所谓和平，仅是一方面的幻想，和他方面利用时机的凑合。 因此在文字当中，虽可以看见中国领土和主权的完整，同时这美丽的文字，也已经被日本帝国主义者的炮火粉碎了。 中国方面，本其最大的容忍，始则以言和为主，而以备战为副，继则以备战为主，而以言和为副，从未尝停止和议进行。 其用意不但在维持中、日的和平，而在奠定东亚的和平，以至世界的和平。 不幸始则启日本的轻蔑而加强侵略，继则招日本的猜忌和乘虚，于是有先发制人之举。 它们预定在一年内对华全面作战的提早，好像已呈现于眼面前。 但我的观察日本帝国主义者外强中干的裂痕恰于上海的战争暴露了出来，也正为了这个，我们应当以最终的决心和努力，彻底抗

战，并宣布断绝国交，那么最有利的前途，一定在中国而不在日本。谁都知道，日本帝国主义者的袭取平津，为的要占领察、绥，浸假而威胁冀、晋，进而侵略蒙古，更进而进攻苏联。可是我们还要知道，即使日本帝国主义者，对于察、绥，乃至于冀、晋的企图，全都实现了，但整个的中国，它们仍不能够抓住时，这就会影响于它们的侵略蒙古和进攻苏联。所以它们在一天没有支配着整个的中国以前，日本帝国主义者是不敢轻于发动对蒙对苏的军事，因为中国随时可以给予它们以重大的攻击。在这一观点上，我们很明显的看出，日本帝国主义者必须把中国的政权，置于它们的支配下。换一句话，它们至少要有操纵中国政府的把握，而且要完全操纵，才能以全力来侵略蒙古和进攻苏联。它们天天所喊的中日共同防共的协定，那不过是日本帝国主义者暂时稳定中、日关系的一种手段，到了它们胜利的一天，中国的命运，也就不待说了。

这样更知道，日本的不宣而战，而且以外交为缓冲，不仅是欺骗，不仅是日本政府施放的烟幕弹，简直可以说，这是日本帝国主义者始终掩盖不住的它们自己的弱点。只要看最近，全面战争，已经开始，日本外务省，并未断绝国交而不承认，大家不要忽略了，这不绝如缕的国交，是日本帝国主义者的弱点，是对于中国下的鸩毒，是中华民族解放的暗礁。我们万万不可以在局部的战事获得胜利，甚至失败了的时期中，采取外交的方式，让它们多了准备的机会。另一方面，我们的战争，无论胜败，或者相持，都要认定，外交的谈判，最足以懈士气而长寇氛。东北四省和平津的教训，已经在告诉我们。

在这里，我所虑者，不是中国军事整个的败北，而是局部的胜败，或者相持。因为败北的结果，如果言和，到那时，城下之盟，等于亡国，这在中国方面，该会出于最后的挣扎。但中国要遭遇到局部的胜利，或者相持时，第三国免不了要再出来为进一步的调停，尤其在局部的胜败时（例如上海登陆日军的肃清，或华界的陷落）。这进一步的调停，多少带有缓和日本和点缀中国的体面的意味，至于日本是否能接受，是另一问题。 那么一来，歧路的彷徨，又横在中国的面前了。

也是谁都知道，日本帝国主义者的对华，不能持久战，但除了大家公认的政治上内在的危机和经济上的不容许以外，顾虑苏联，实是最大的原因。 我们可以肯定，日本的重视中苏，盖互为其因果。 在中国不曾完全被支配时，日本固然不敢进攻苏联，可是放松了苏联，而先以整个的武力，来侵略中国，使苏联坐大，万一战事延长，苏联的国力，也一天天的充实起来，这后顾之忧在日本，等于黄雀，日本帝国主义者不会这样不智的。 因此日本的对华，只能步步为营，假使中国真的能彻底抗战，日本帝国主义者势力的崩溃，可立而待。

因此在苏联的肃军和中国的备战中，日本急遽的大举侵略，看似逞强而实是示弱。 由于这个，日本帝国主义者的对华不能持久战，愈益图穷匕见了。 我相信彻底抗战到了相当的期间，苏联自然而然地会参加联合的战线，因为中国战胜，苏联的出兵，固然可以坐收渔人之利；如果战败，为了唇亡齿寒的关系，苏联更不能不奋起为中国后盾，也就是为自卫。 否则日德夹攻中的苏联，岂有幸免的可能。 同时我更相信，中国如能利用战事的相持，亟与苏联缔结远东的军事协定，于彼此尤其有益。

有人以为苏联一旦卷入中日战争的漩涡，势必使英、美猜疑，德、意嫉视。 我觉着这仅看到一半，因为英美对华，只要保持市场的地位，并无其他企图。 德意在远东，更没有直接的利害关系。 英美的不能助华反日，也就同样决定了它们的不能助日排华。 至于德、意对中国既无所谓利害，自然只有站在旁观的立场。 这都是显而易见的。 要是说英、德不愿意削弱日本的力量，更为了英日同盟的酝酿，日德协定的成立，英德的挺身而出。 总有一天，那我们更要知道，欧洲国际间的矛盾和欧美国际间的矛盾，错综复杂，千变万化。 假使不是与自身的直接利害发生冲突，而且万不可避免诉诸武力时，任何一国，都担忧着牵一发而动全身。 在相互的掣肘中，谁也不肯轻易越出自己的军事围墙外，向别个和自己国力相等的国家挑战起来，这也是铁一般的事实。 何况美国的远东门户开放政策和英国传统的外交政策，都是以避免武力为原则。 德意虽是在天天伺隙而动，尤其德国对于苏联某一部分领土的觊觎，但毕竟也为这些矛盾的存在，决不会像日本对华这样的鲁莽灭裂。 所以英、德即使要袒日，至少也要到了日本帝国主义者的势力缩减至某一限度时。 如果在这期间，中苏在实际上，还不曾有军事的结合，那么它们的袒日，止于中立。 就是中苏有了军事的结合时，为袒日而出于武力，也只有德国。 但还要看那时中苏两国外交的运用怎样？

彻底抗战中，我们要防范着一般的"准汉奸"和"日本通"，在都市的金融资本家以及那些不成其为工业资本的殖民地资本势力掩护之下，直接或间接鼓吹和平。 它们不外标榜着两大理由，一是借口于第三国的同情，不宜丧失；一是以民族资本的摧残为论据。 这似乎都很可以动听。 但所谓第三国的同情，是否值得重视，我在前面的一段里，已经有了解答；后者的一说，却正是我主张彻底抗战的出发点。因为中国的民族资本，受着帝国主义资本的压迫，很不容易抬头，这又是谁都知道的。 特别是日本帝国主义一天不消灭，中国的民族资本，也更一天不能够建设起来，货品的低廉、关税的不平等、交通的接近以及武装的走私、汉奸的合作，都可以使中国的民族资本，遭遇剥削。 幸而中日的经济合作，没有实现，否则号称合作，势必至中国的民族资本，整个的沦于日本帝国主义的殖民地资本的地位，而成为东方第二的印度。 还有一层，中国的所谓民族资本，什九在新型的都市。 而新型都市的繁荣，恰是以帝国主义资本的势力为转移，因此最繁荣的都市，也就是帝国主义资本最发展的市场。 所谓民族的资本，早已于无形中退居附庸，同时这些新型都市更是这许多年以来，中华民族性的堕落和智识阶级没落的总汇。 它一方面，既不能如欧、美、日本都市的促进工业化生产；而另一方面，又接受了欧、美、日本物质的消费率。 我们试想一想，看一看，民国成立后，政府的因循，官吏的颓废、贪污以及社会方面一般的腐化和恶化，资产阶级的只知以轻本榨取人民的汗血，中小资产阶级的只知享乐，都由于新型的都市实为厉阶，而且农村的衰落，也一半由于这些年来都市的虚荣所影响。 对于这不能促进生产而只供消费的新型的都市，实在是中华民族的致命伤。 我们利用这空前的民族斗争，来毁灭新型的都市，才能彻底获得民族的解放，才能把僵过了的民族，领导到复兴的道路。 这并不是中国的损失，而正是中国的催生剂。 至于物质方面，若干的损失，那仅是说明了殖民地资本的势力，灭绝于中国而已。

其次，前面已说过，日本帝国主义者这次大举地进攻上海和华北，在基于猜忌和乘虚而先发制人的动机。 但在这动机之中，它们自有其预定的步骤和片面的希望。 看透这几点，那么中日的胜负之间，真是可以烛照而数计了。 我以为这次日本的盲动，有四大错误。 第一是估计的不正确，它们认为中国抗日的准备还不曾充实。 更由于中央政府继续的交涉，依然倾向于妥协，它们觉着这是很显明的弱点，因此也就蒙着交涉的面具，突然来一个武力的威胁。 自然它们也明知这威胁，必定遭遇到抵抗。 但仅是有限度的抵抗，而"一·二八"和最近平津的恶例，又加强了它们梦幻的安慰，却没有想到这估计的不正确。 中国方面的答复，并不仅是有限度的抵抗，而是全面的抵抗，这里面也为了"准汉奸"以及所谓"日本通"，同样看错了，而告诉日本以中国还没有抗战的决心和勇气，使得它们轻于一试。 第二是观察的矛盾。 日本一方面肯定了中国抗战的高潮，还未到来；另一方面，又恐怕等待的主义，给中国以喘息的机会。 患得患失，好像是稍纵即逝似的。 因此它们准备着短时期的军事上压迫，强中国屈膝，这在它们看去，似乎有把握。 同时它们明知欧美资本主义各国，决不会干涉远东的中日之争。 但看到了英、美、法对华经济的提携，又怀着嫉视和恐怖。 在日本以为英、美、法对华的善意，只为了中国整个的统治权，依然巩固，那么撕破了这强有力的统治权，英、美、法的对华，势必宣布退却，而不再有经济的合作。 第三是对人的尝试。 日本帝国主义者始终看不清楚我们最高领袖的态度，恰和一部分中国的人民，历来怀疑着中央政府的抗日，不同而同。 所以近卫未组阁以前，在室伏、高信们的座谈会，曾明白这样说过，大意是"日本真的要和中国合作时，蒋介石的态度，有加以监视的必要"。 这怀疑之蛇，同样蠢动于每一个日本军阀和依附于军阀的机会主义官僚如近卫、广田之流的心目中。 因此它们必须在密迩中央政府所在地的上海，猛烈袭击，妄冀借此以测验有力的统治者最后的表现。 而且它们认为中国的统一，尚未完全成熟，急进则有各个击破的可能，而不知适得其反。第四是安内的运用。 自"二·二六"政变以后，日本帝国主义者内在的矛盾，日益尖锐化，军阀们利用大和民族共有的狭隘爱国主义，不得不假借对外为号召，既可以转移视线，把一切的力量集中，而且这策略的成功，显见是军事的胜利，进而支配整个的政治，那时候军阀的权威，高于一切，如操左券，对立的矛盾，自然消失，而不知战争的前途，未可逆睹。

综合起来，这四大错误的结果，就产生了三方面的失败： 一是政治和经济方面的失败，一是外交方面的失败，一是军事方面的失败。

为了内在矛盾的消弭和对外资源的夺取，日本帝国主义者，不惜急遽的大举进攻中国。 但旷日持久，在庞大的军费之支出和各阶级利害的不一致，民不堪命，国无余力，革命的爆发，随时可虑。 我们试看"一·二八"的战争，那样短短的三十多天中，日本的海军，已发现有共产党运动，就是证明。 而且这次的军事，也仅及一个月，日本已增加预算三次。 同时也已到了征兵的第三期。 这都暴露了举鼎绝膑的现象。 而且战时对华贸易的破产以及国际市场上证券的跌价，又是很显明的事实。 欲安内而适以召内忧之媒，欲拓资而转致金融和轻工业的崩溃，这不是日本在政治和经济上的失败是什么！

日本对华武力的侵略，除了领土和资源的欲求外，企图着造成中日共同对苏的局势。 所谓防共协定的酝酿，已是举世皆知。 因此更不能不于苏联的肃军和中国的备战中，先发制人。 如前面所说，但它们肯定了苏联一时的自顾不暇和中国的徘徊于英美之间，必不能立即联合，同时却又不肯稍放松，这样矛盾的政策。 以武力来替代外交，只不外为了急于威胁中日共同防共的实现，不料武力威胁的结果，倒反促进了中苏不侵犯协定的缔结。 同时日本欲以实力阻挠欧美资本主义各国，如英、美、法之类，对华经济的提携，而不曾想到，这些国家，都是很聪明的，它们对华的态度，有待于战局的决定，绝不是日本的实力所能动摇。 甚至德意也认为中日的战争，于欧洲无直接的利害，暂取旁观，虽则有最近莫索里尼①使德之说，那也只为了欧洲本身的问题，如当前的地中海问题之类。 即使牵涉到远东问题，也只是附带讨论。 这样看起来，日本的孤立已甚明，这不是日本在外交上的失败是什么？

军事的影响，自然更大。 但以中国幅员之辽阔，日本兵力之有限，战区过于扩张，捉襟立时见肘。 这次日本帝国主义者对于山东及华南，仅于游击的扰乱，也不啻显著说明了兵力之不敷分配，和它们之所以必须倾全力于上海和华北。 那么相持愈久，力量愈消耗，发展也愈更不易。 而且日本所恃以张皇武力者，仅军械比较充实，此外皆远不及中国，尤其是军队补充的困难和士兵经验的缺乏，以及高额的兵饷，中日恰都成了什一的比例。 一旦惨败，后难为继。 异动乘之，哗变可虑，这不是日本在军事上的失败是什么？

我们知道了日本的四大错误和三方面的失败，自然很明了于这次

---

① 现通译为墨索里尼。 ——编者注

战争的前途。 但中国方面，我们也不能不精密地观察一下，我个人所感到的，中国在抗战中，有十二个必要的注意，现在一一来说明它：

第一是人民的失业应如何补救？

第二是一般的生活，应如何安定？

第三是汉奸的叛逆，应如何肃清？

第四是生产应如何调整？

第五是交通应如何持续？

第六是建设应如何策进？

第七是应如何运用民众？

第八是应如何领导青年？

第九是应如何统制言论？

第十是应如何使地方的力量发展？

第十一是应如何使敌人的给养断绝？

第十二是应如何使国际的宣传有利？

据我看，第一二三、第四五六、第七八九各点，每三个都有其联系性，只有第十、十一、十二，各自独立的。 那么要分明归纳起来叙述，才能为系统的说明。

关于第一二三应注意之点，以生活为其中心。 在这里有个前提，我们应当明白，很多的中国人，都具有共通的矛盾，那就是抗日的情绪和恐日的心理，同时存在。 因此也有些有地位有产业的人们，常常跌进天人交战的氛围中，在情感上，不得不共同抗争，而在理智上，又不能不无形恐怖，但毕竟它们个人的利害，差不多和民族国家的利害，已经融成了一片，所以除了若干丧心病狂的高等汉奸，如最近发现的某秘书某县长之外，都还能够在相当的限度内努力。 但一般的中小资产阶级以及流氓无产阶级，有的是在职业层挣扎，有的是被摈于职业层以外，也有的是历来无职业，而以流浪的生活为生活。 像这些人都免不了个人的利害观念，超过于民族国家的观念。 而且它们既有着共通的矛盾，它们唯一的企求，又仅是要生活，平时这生活的企求，尚且不能够满足，甚至也有因为都市方面物质享乐的诱惑，而不自满足。　到了战时，各机关、社团裁员减薪，各工厂、店铺停业或缩小范围，社会上骤多无量数的游民，同时流氓无产阶级在中国，本就有其特殊的生活，如什么帮什么会等等，历来以中小资产阶级和工农无产阶级，为其生活的对象，战时则这许多的对象，失了自身生活的依据，情异境迁，久则生变，不敢说一定没有莠民混杂其间，尤其是战事延长的前途，更为一般的中小资产阶级所长顾却虑。　而流氓无产阶级的若干分子很容易转变的一阶段，这期间自作聪明的败类，受着抗日和恐日矛盾的意识所支配，沦为汉奸，又势有可虑。　不仅这样，因战争而一般人的收入，日益锐减，但市面的物价，继长增高，方兴未艾，社会上生产和消费，成了绝对的畸形，至少这很容易使得失业的人民和感到生活不安定的人们，因恐慌而生怨望，无形中抗日的情绪，因而低落。　这一切的动态，无论是属于人民的失业方面，或者一般的生活不安定方面，都含有制造汉奸的危险性。　还有一点，不能不说的，是汉奸的叛逆，种因虽多，而历来主和派之占优势以及"准汉奸"和"日本通"的活动，皆为产生汉奸直接或间接之根源。　因此我希望，从今天起，中国上下，都要努力于肃清"准汉奸"和"日本通"，这是肃清汉奸最根本的办法，也是初步的办法。　至于主和派应当改变其恐日的心理，急起直追，以求自赎于人民。　我们要知道，当民族国家危急存亡之秋，爱国与误国，用心原殊，而误国与报国，转念甚易，这是我愿竭其愚悃之诚，正告于历来主和的朋友们！更希望中央政府和地方政府，对于人民的失业以及一般生活不安定的动机，尽量设法消弭。　如利用失业的人民，分配于前方或后方的工作以及严厉取缔物价的抬高，都很必要的。

　　关于第四五六应注意之点，也是息息相关的。　很有人主张，一面抗战，一面建设，这自然再好不过，但我的看法，以中国的平时为例，则战时似乎应当"卑勿高论"，因为中国至今还停滞于农业经济组织的阶段上，秩序和系统的保持，依然不能如欧美各国，所以中国之缺乏工业社会的习惯，自政治以迄于社会方面，都是一样，人们没有工业社会的人民的修养，也都是一样。 平时如此，战时可知，但战事延长一天，生产方面、交通方面以及其他的建设方面，多少都免不了发生障碍，那么我们该要怎样来处置，这的确是重要的问题。 我认为应于国防和人民生活共同的必要上，为调整生产，持续交通，策进建设的种种设计，这里面也有个原则，应注意于发展农村，而中止都市不必要的建议以及虽属重要而效率较缓或者徒为点缀的建设。 同时生产方面，如重工业以及"食""衣"的供给，交通方面，如"行"的需要，尤须注意。 总括一句话，应当从都市和农村的生产合一，更应当使农村的生产，能适应于国防及人民生活所需。 如此则只供消费的新型都市，虽然毁灭，在国防和人民的生活上，不受其影响，至于详细的办法，篇幅所限，别待叙述。

关于第七八九应注意之点，自其联系上而言，我们应当使民众和青年以及国内的言论界，成为三位一体，而集中于与武力结合的基础上。 自其个别而言，我们应当开放民众的组织，并助长一般的民众和青年，以及言论界抗日的情绪。 尤宜以平时的立场如何，为注意的标准。 在这里最重要的工作，是消灭恐日的空气。 这在积极方面，政府应强化各党派的联合，而纳于整个的系统中，使其组织民众和青年；在消极方面，政府对于前面所说，人民的失业、一般生活的安定以及汉奸的肃清，更要采取有效及断然的处置，为釜底抽薪之计。 至于言论的统制，比较不成问题，但也还有些新闻纸，有形或无形之中，有了过于忠实的报道，或者有意或无意之中，不改其主和的论调，而发为似是而非的言论，影响于前方的战事。 我以为有一于此，都要取缔的。 因为中国的眼面前，恐日病依然为抗日的一暗礁，破除犹恐其不及，况于制造此等的空气。

关于第十点，也很重要。中国自来，有一流弊，中央与地方，相互牵制，相互推诿，积重难返，于今为烈。实则中国各地方，贫富虽有不齐，而面积之广，人口之众，至少都已及日本之半，我们应当利用这战时，使每一个地方，都成为抗日的一单位，那么中国本部的二十二行省，就是抗日的二十二个单位（已失的省份，应包括在内）。在中央的领导之下，共同努力，这是各省的当局，要负起责任来的重要一件事。而且战时国家税减少，新型都市，濒于破产，这也正是中央领导各地方，为种种的设计，以发展每个地方的力量之时。为了中国的新型交通，尚未普通于全国，因此地方的发展，在战时可不虞敌人的破坏。我们很可以利用农村的发展，来替代殖民地资本化了的新型都市，其办法也别待叙述。

关于第十一点，我们常常看到，古今劳师袭远的国家或个人势力，因给养被敌人断绝而挫败。那么这次日本帝国主义的进攻华北和上海，其在华北方面，它们有了东北四省和平津为根据地，断绝它们的给养，比较不易。但上海方面，海运以及租界的接济，都还可以设法破坏，假使我们有计划，这断绝敌人给养的成功，也未始不可能。此外对于敌军的分化，也不妨计划及之。

关于第十二点，自从苏联参加国际联盟后，在国际的宣传上，日本已显然失败，铲除赤化的口号，早不足以转移欧美资本主义各国的视听。而且为了日本的对付欧美以武力为经济竞争的后盾，同时对于中国和苏联，则兼用武力以及经济的侵略，尤其是明目张胆的宣布要征服中国，为英美所嫉视。因此国际方面，欧美帝国主义者，除德意以外，谁也不愿意日本抬头。英日的同盟，酝酿已久，终未实现，也未始不是日本的企图独占中国的市场，起了英国的猜忌。在这里，我们要认定，所谓国际的同情是建筑于势力和利害的条件上。欧美帝国主义者对于远东的利害，远不及其在欧洲之重要与迫切。那么中日之间，只有势力的消长，决定了它们同情的强弱，这是中国方面应有的认识。 至少在战争发动以前，它们也和日本的军阀以及中国的恐日病犯者，同样错误，以为中国必不敌日本。 但自中日战争相持后，它们的态度渐已变更，我敢断言，中日的战争，只要能持续一天，就是中国的势力突进一天，同时也就是日本的势力削弱一天。 换一句话，很可以说，中国在一天的抗战中，国际的宣传，也一天的有利于我，而且我们更要确信，战争一天延长，中国一天胜利，即使天天在战败，也等于天天获得胜利。 这只要看，日本帝国主义者这次的盲动，以骄兵始，而以愤兵继，这虽在拿破仑、威廉，且败不旋踵，何况它们急于挽回这不可收拾的局势。 从最近近卫的表示及其答复议会，已差不多暴露了自身不能持久战的弱点。 这样看透了日本帝国主义者张脉偾兴的态度，无疑地应予以坚决的打击。 我们这样的自信，一定会成为国际间的共信，"事实是最大的雄辩"，我们不要放弃了必胜的机会啊！最后，我更进一步而重复的主张断绝中日国交！宣战于中日皆有不利，而断绝国交，则所以表示彻底抗战的坚决，先声所播，足寒敌胆，且夺其虚骄之气。 按诸国际公法，绝交与交战不同，欧美各国，不必中立也。

于"八一三"抗战之四周间

附录二

林庚白家传

柳亚子

亡友庚白殉义九龙后一年又四月，其俪侣北丽女士始来桂林，乞余篇家传，余弗忍辞。

传曰：庚白初讳学衡，字浚南，别署众难，晚乃以庚白行，福建闽侯人也。闽多林氏，而族系不相联，各以文章事业，轩轩然争雄于书百里间。少穆尽瘁以后，如暾谷之殉燕市，广廛、靖庵、意洞之殉广州，宗孟之殉辽沈，咸与国运有关。庚白死后，乃为太平洋战争之牺牲者，亦何惭于黄花三杰哉！庚白簪缨奕世，而少失怙恃，独姊氏抚育之。赋性颖悟，七岁读书，能为断句，负神童之目。八岁游燕都，始入学校。十四岁肄学太学，与同舍生姚锡钧、汪国垣、王易、周公阜、胡先骕相酬唱，又与锡钧合刊《太学二子集》行世。明年辛亥，义师起武昌，虏廷用袁世凯，为以华制华计；庚白偕同舍生梁漱溟等创京津同盟会，谋西联吴禄贞于石庄，东援白雅雨于滦州，而奇才剑客复从中而起，则宛平可唾手得也。吴白既殉，和议遂成。庚白始南下，复于某巨公暨亡友陈子范创黄花碧血社于沪上。时彭寿松以同盟会健者专闽政，世凯忌之，则起岑春煊镇抚福建，以驱彭氏；盖闽定而后湘粤赣皖可以次第觊觎已。庚白与子范谋，将遣刺客，邀春煊于沪而歼之；会子范制爆裂弹失慎自炸死，遂不果。踰稔而长江战事作矣。时庚白已被推为众议院议员，既失职，浮沉自晦，犹居燕观变。 筹安之役，力言祖龙当以明岁死；盖假京房郭璞之术，阴以歆动当世，扇扬民气，其用心至苦。 顾卒以是负谤于流俗，迄身后犹腾诟不置，悲夫！ 张勋复辟，北平方巷战，炮弹落所居里巷间，几殆。事定，段祺瑞乃自以为功，再度解散国会。 国父孙总理即令程璧光率海军南下广州，奠护法之基；而庚白方任众议院秘书长，亦受命尽携院中枢密文件，间关入粤。 国会非常会议于以告成，举国父为军政府海陆军大元帅，命刘建藩率师北伐。 是役也，论者辄谓庚白之功，不在璧光下云。 旋奉国父命入滇，游说唐继尧，唐一见倾倒，礼为上宾。 顾形势牵制，滇师卒不能尽出；而岑春煊、陆荣廷复勾结议僚中不肖者，谋倾国父。 民国七年（1918）戊午五月一日，国父辞大元帅职，退居七总裁之一。 庚白知事未可为，拂衣走海上，始治欧美社会主义之学，旁逮其文艺。 复发箧尽读中国古诗人之诗，上溯葩经屈骚，下逮曹植、阮籍、陶潜、谢朓、杜甫、韩愈、白居易、李贺、李商隐、韩偓、王安石、黄庭坚、陈无己、苏轼、欧阳修、梅圣俞、陆游、杨万里、刘克庄等十九家，晨夕讽诵，如是者可十稔。 迄十七年（1928）戊辰，庚白年三十二，而其诗始大成；盖镕经铸史，兼擅魏晋唐宋之长矣。 顾未能忘情世事，国民政府奠鼎南都，颇参枢要。 倭夷陷辽沈；旋寇淞沪，国府召开国难会议于洛阳，庚白主战最力。 还都后任立法院立法委员者有年。 二十六年（1937）丁丑，讨倭军兴。庚白方居沪上，毅然入都门，与当道共患难。 著《抗日罪言》若干言，言极剀切，世未能尽用。 南都既陷，仓皇走武汉，复刊布小册子，名曰《国民党站起来》；所以为党国谋者，盖如是，其忠且挚焉。居渝都数载，未有所展希，而诗益道上。 尝谓："十年前论今人诗，郑孝胥第一，余居第二；顷则尚论古今人，余居第一，杜甫第二，孝胥卑卑不足道矣。"又谓："余胜杜甫，非必以才凌铄之；盖余之处境，杜甫所无，时与世皆为余所独擅，杜甫不可得而见也。"其自信如此。 顾庚白诗自佳，与其论政之文，实为双璧；皆足推倒一世智勇，开拓万古心胸,如陈亮所言者。 尝上书常道,谓今日之局,所虑者为三无、七害、十二贼,而不可不救之以六事。 文长千余言,惜其稿残缺不尽传。 世多夸毗小夫,或惊怖其政见,以为河汉;或又言庚白从政不得志,乃寄其牢骚于论诗,谓当目笑存之,皆非知庚白者也。

　　卅年(1941)十二月一日,自渝乘飞机赴香岛,欲与清流硕望共检讨家国事。 时太平洋战机已逼,盖亦冒万险而为之者,岂复计其个人之安危否耶! 抵港甫一周,战事遂作。 是月十二日夜,倭陷九龙,误传庚白为国民党中央委员,索之甚亟,至以焚巢相恫吓。 庚白方居今巴利道月仙楼友人家,不欲株累其里邻,急谋觅室迁避。 十九日下午,偕北丽行抵天文台道中,邂逅倭之巡逻者,遂被执。 倭不识庚白,徒见其出自月仙楼,遽胁诱为向导,使觅林某。 庚白亦伪为不知者,与语良久;倭即释之矣,复执以归。 如是者再,庚白脱险亟行,倭举枪拟之。 时北丽在后,为他倭所阻,禁不与庚白近。 既见事迫,趋向前,则枪弹已发,洞北丽右臂复出,中庚白背,遂并仆。 倭本无杀人意,见已肇祸,遽逸去。 北丽先起,欲引庚白归,而力弗胜。 庚白促北丽返屋,以人来援。 北丽入屋复出,呼同居者与俱。 行未数步,创发不能支,急复归屋,第乞同居者援庚白。 其人已慨诺矣,乃竟背约,弃庚白弗顾。 迨北丽昏厥三小时复苏,始更以人觅庚白,则流血过多,已弗可救,而囊金且尽丧云。

　　呜呼,黄鸟歼良,百身莫赎;夫己氏之肉,讵足食哉! 庚白生中华民国纪元前十五年丁酉旧历闰三月二十日,殁三十年(1941)辛巳国历十二月十九日,春秋四十有五,遗骸藁葬天文台道菜园中,仓促求棺木弗得,仅以朱衾殓体,倘马援所谓大丈夫当以马革裹尸者欤!

　　遗诗刊布最早者,为《太学二子集》,次为《急就集》,为《舟车集》,今皆不可觅。 十七年(1928)以后,往来秣陵沪渎间,有《藕丝集》《爇余集》,已毁于"一·二八"之役;《过江集》与《空前词》,藏浏阳黄淑仪许,未得见。 二十五年(1936)起,为《水上集》三卷,为《吞日集》八卷，为《角声集》四卷，为《虎尾》前后集各一卷，今存。 曾辑《今诗选》，自林文起，至严既澄止，得百余家，稿未完成，仅有什一，别附郑孝胥、汪兆铭、梁鸿志三逆诗，盖寓斧钺之义于诗史者；今拟写定之为《今诗选》残稿一卷，与《丽白楼文剩》一卷，《词剩》一卷，《语体诗剩》一卷，《诗话》二卷，《虎穴余生记》一卷，并附《水上》《吞日》《角声》《虎尾诸》集后，合为《丽白楼遗集》行世。 原《今诗选》中自选独多，其取材又不限于《吞日》《角声》两集，则拟辑为《丽白楼自选诗》一卷别行云。 当港九沦陷时，全稿落倭夷手，几与车鏖马足同尽；桐城章曼实任侠好义，以奇计出之，始归赵璧，其功有弗可泯灭者。 梓行有日，编纂校订之役，余与北丽尸之。 而临桂朱生荫龙，陈生迓冬辈，亦踊跃执简以从。 庚白地下有知，庶几无憾欤？

庚白少孤露，以母视女兄。 女兄适同邑许氏，因其以小姑为庚白妇，结缡时庚白年甫十七耳。 顾性情颇不相中；民国十八年（1929）庚白自居秣陵，昵某女士，遂与许解缡。 某女士旋负庚白，庚白彷徨无所归；如是垂十稔，始与北丽遇。

北丽亦闽侯林氏，与庚白非一宗。 父亮奇先生，讳昶，更名景行，别字寒碧，丰姿俊美，博学能文，尤嗜吾家子厚诗。 初习法政于樱岛，归国后与桃源宋教仁相友善，尝辟为僚佐；教仁既遇害，发愤走关外，谓如管幼安之依公孙度也。 讨袁军起，始返沪上，主《时事新报》，新会梁启超倚之如左右手。 一夕，自报社出，诣启超许，行马霍路中，为英人克明汽车所轹，死之。 时北丽生甫十八日耳。 太夫人崇德徐氏，名蕴华，字小淑，别署双韵，为鉴湖秋侠弟子。 其女兄忏慧词人徐自华，则与鉴湖订刎颈交，轩亭流血，营葬西泠，遭清御史常徽弹射，几罹不测，后创雄女校沪上，为秋侠纪念，与妹氏并称浙西二徐者是也。 北丽濡染家学，秀外慧中，使气矜才，不可一世，顾独重庚白。 其结缡南都，盖在二十六年（1937）丁丑抗战军兴后大轰炸中。 时庚白春秋已四十一，北丽则问年二十二云。

余识庚白，在民元壬子，作介者陈子范暨其邑人林之夏，遂入南社，每共唱酬。 亮奇小淑伉俪，则亦南社社友也。 民国一十年（1921），余在沪上，复晤庚白，恒偕安化谢冰莹女士过余寓庐；则其诗已能开辟户牖，非复民元时代比矣。 三十年（1941）岛上，仅获再面，遂成永诀，悲夫！ 庚白初在渝都，书来每以不能罄衷曲为恨；谓国家大计，世界形势，胸中森然俱在，会当抵掌尽言之。 南游匆促，犹未倾谈，不意广陵散从此绝也。 顾自北丽来桂林，余与从容谈论，质以所见，颇不谓谬。 盖余与庚白，政治文学，自信见解略同；所不同者，或其琐碎处耳。 庚白已矣，余犹健在，谓当与北丽左提右挈，戮力中原；则北丽所以慰庚白于九原者，亦庶几其在是矣。 至于料量遗稿，刊布流传，后死之责，所不敢辞。 庚白子女共九人：应震、应颐、应升、应乾、应咸、应庚，许出；应抗、应胜、应同，北丽出。同为遗腹，盖庚白殉义后九阅月，始产于香港广华医院云。

柳亚子曰： 庚白少余十稔，当不自意先余死；香岛之役，余亦在笼城中，幸赖友生之力得脱，更不意庚白之遽殉也，悲夫！ 庚白自渝来港，拟创诗人协会，及著民国史，欲为中国诗史两途开一新壁垒，此诚未竟之业；当今之世，舍我其谁，愿与北丽交勉之耳！

附录三

庚白的死

林北丽

　　"不打倭寇，中国的命运一定就完了。"这是"九一八"以后，庚白非常忧心的话。　终于民国二十六年（1937）的"七七"，抗日的第一炮在卢沟桥发了出去，庚白兴奋得竟跳了起来；接着，他便撤销了沪寓，搬去南京住，他以为从此中国便走上了得救的路，也走上了前进的路。　他深信住在抗日的中心地——南京——多少可以贡献一点自己的力量；他平素的抱负，总不至于变成完全的浪费。　南京沦陷了，我们俩在沦陷后的第十天，便也狼狈的到达了汉口。　他抗日的决心依然很热烈，对抗战的前途也依然很乐观。　他日夜不停的写"抗日罪言"，写"国民党站起来"。　他深信抗战的最后胜利，一定属于我们的。　但在艰苦的斗争时期，我们千万不可以光喊"抗战必胜，建国必成"的口号为满足。　我们必须先行改进自己，充实自己。

　　西迁后整整地过了四年，庚白焦心苦虑的结果是什么呢？十卷的诗——我称他为"闭门的呐喊"——和半头的白发吧了！　三十年（1941）的岁末，他决定离开陪都，和我们作一次港岛的旅行。　他想借这个机会，找旅港的文化人，共同检讨一切。　又预备在香港办一个日报，发表他十数年来的政见。（这件事和南洋华侨某巨公已有接洽，由这位先生担任经费。）还想创一个诗人协会和著一部《民国史》；替中国诗史两途开一新壁垒。谁知道抵港仅七天，太平洋战事爆发，跟着九龙的沦陷，庚白竟以身殉国了。他在幼年时就爱诸葛孔明，长大了自负是现代的诸葛亮。我在悼亡的今天，想到"出师未捷身先死，长使英雄泪满襟"的诗句，怎能禁得住无穷的哀痛呢！

庚白和我带了两个孩子，在三十年（1941）十二月一日，乘"峨眉"号飞机离渝，当夜三时到九龙。在雅兰亭旅邸住了一夜以后，第二天就搬到柯士甸道客来门饭店。八日天亮，忽听得飞机轰炸的声音，才知道意外的战事已经开始了。十一日那天，前线的战事很紧急，住在饭店里的人，都恐怕兽兵会占据客来门，作为他们的司令部。于是我们就答应了淑仪的邀请，搬到今巴利道月仙楼二号，住在她的家里。谁知十二日夜里，九龙陷落以后，庚白竟成了敌军要找寻的目标。因为当时有低能的间谍，向敌军报告，把庚白误认作中国国民党的中央委员，想居为奇货。十七日正午，有四个兽军军官，再度来找庚白，幸而他逃避在隔邻叶秋原夫人的家里，没有被碰见。兽兵却见着了我，就对我说："林委员是躲藏了吧？请你转告他，赶快到我们司令部去一下，升官发财，要什么有什么。用不着害怕，我们连一点坏意都没有。因为在这里，英国人才是我们的仇敌。至于你们中国人，正是我们的好朋友；我们是代你们中国人向英国人收复失地哩。但如果林委员不信任我们，不和我们合作，那么三天以后，我们只好不客气了。你们这座房子，怕就保全不了，禁不起我们放火一烧呢！"此时月仙楼的主人——淑仪——过海去了，当然不能回来，也不敢回来。同住的人很多，他们都担心会受影响而贻害他们，于是硬楚歌四面起来。庚白在这种情势之下，觉得住在那里，实在是太不合适了。到了十九日的下午，港九隔海对峙的战事，比较沉寂一些。庚白便从后门出去，想另找避难的所在。可是那几天，鬼子常在路上戒严，我怕他太大意，闹出乱子来，想阻止他不要出去。 他个性很强，又不肯听我的话，没有办法，只好追踪跟出去。 谁知道庚白一出后门口，就碰到五个兽兵，拉住了他，要他引路去找林委员。 原来鬼子根本不认识庚白，那天庚白穿了一件旧棉袍，很像一个乡下佬，当然鬼子更不能辨认庐山真面了。 但他们看见庚白是从月仙楼二号后门走出来的，所以一定要他引路，还拿了许多钞票和手表给他做引路的酬劳费。 庚白连连摇头，表示不晓得什么叫作林委员。 一个兽兵硬拉着他，自天文台道上坡口直趋下坡口站住。 而我当时被兽兵阻住，不许跑下来，只好站在上坡口，提心吊胆地窥探。 不一会儿，看见一个兽兵，拍拍庚白的肩头，表示可以放他走了。 庚白很从容不迫地，从下坡口走向上坡口来，走不了十几步，突然一个兽兵抢步赶来，又把庚白扯了下去，盘诘不休。 盘诘以后，一个兽兵又踢他一脚，表示叫他走吧。 庚白这一次走上来，比上次急一些，想是怕兽兵再拉他回去，但刚到半路，五个兽兵忽然自己争论起来。 一个兽兵竟拿起驳壳枪直对庚白背后瞄准着。 我看到时机紧迫，也顾不了自己的危险与否，急忙奔下坡去，想设法拦救。 说时迟，那时快，子弹已经发出，竟从我的右臂穿过，再打中了庚白的背部。 于是我俩跟着枪声，同时倒地。 但我并不知道自己已经受伤，居然还能够立起来。 这时候，兽兵好像知道自己闯了乱子似的，已一哄逃走了。 于是我便喊庚白起来回家，庚白道："我觉得心脏有些麻木，大概是被石块碰伤了。 一时实在站不起来，休息一会再走吧。"我认为逗留在马路上，太不妥当，便下意识的用左手去拉他起来。庚白抬起身来，见我血淋淋地，半件旗袍都给染红了，心中一吓，又倒了下去，叫着我的小名道："淞！ 你怎么还拉我？ 我没什么，你却被打伤了。 血流得这么多，那是会死的呢！ 趁现在还能够支撑，赶快回家，请他们找个医生来止血，我不要紧，歇一刻就回来看你。 快回去！ 淞！"我被他说破后，也就心慌意乱，再没有力气可以去拉他起来，只流连在他的身旁叫着："挣扎吧！ 白！起来，我和你一块儿回去。"他见我老不肯先走，突然发怒道："淞！ 你不听我的话吗？你平时是很有理智的，今天为什么这样的不中用？难道站在这里，等两个人一同死去吗？快回去，叫个工人来扶我。 是救你自己，更是救了我！"我也觉得僵立在路上，是不会有好结果的，便急忙跑回月仙楼二号，请了一个同居的人，一块儿出来。 谁知跑到天文台道的上坡口，已不能支持。 便指着庚白睡倒的地方，求他去扶庚白起来；一面自己又跑回二号去，刚进屋子，就昏迷不省人事了。 等到醒来后，医生正在替我打急救针。 淑仪的朋友沈，也赶了来帮忙，我连忙问他："庚白怎么样了？"他们都说： 庚白受了轻伤，比我轻得多，已送进了法国医院，一二星期便可以出院，但因为法国医院住有兽兵，不收女病人，所以我不能够同去住在一起。 此后我因为发现右臂的骨头已经打断了，便进了桂医生的诊所，留着医治。 一次又一次，一人又一人，凡是来看我的朋友，总说庚白的伤势并不十分轻，但已渐渐好转，只是医药不很好，出院恐得还迟些时候，不过危险是绝对没有的。 于是我也就深信不疑了。 哪儿想得到，我昏迷以后，庚白并没有被救回来。 直到我醒后问起，沈才知道，再去找他，此时已在受伤后的第四点钟，哪儿还有活的希望呢？这样英才豪气不可一世的庚白，就冤冤枉枉的断送了，他是丢了，他永远不再回来了！ 他的遗体，沈和几个朋友，就在天文台道菜园的一角，草草地薰葬着，连棺木也没有，真是应了"大丈夫马革裹尸"的谶语哩！ 他的遗稿，被藏匿在淑仪的秘密文件室里，没有人肯去拿出来。 幸而一个月后，靠着侠义双全的曼实，他冒着几度的危险，不顾一切地找了出来。 于是托人先带回曲江，仍交淑仪保管，因为淑仪先已回到曲江来了。 这一次我由港回国，先赴曲江，但淑仅为了别种关系，又匆匆地离去了，连一面都见不到。 我托了她家庭的保管人，好容易开了她的一只文件箱，细细地找寻过。 但《过江集》和《空前词》二种，不知道什么缘故，竟已大索不得了。 现在所找到的，只有《水上集》三卷，《吞日集》八卷，《角声集》四卷，以及《丽白楼诗话》残稿一本，《今诗选》残稿二本，《虎穴余生记》数页，《虎尾前集》及《虎尾后集》各数页，正在替他整理，以待付印。 庚白！ 你不是曾经说过：你的气节比躯体更重要，你的诗稿比生命更宝贵吗？ 那么，你这一次慷慨捐躯，义声昭著，也可以说不辜负你平生的期许了；虽然你的才情和你的抱负，还没有展布到万分之一。 还有你的诗稿，我居然替你保存了一部分，虽然并非全璧，但总算还不至于全军覆没呢。 庚白：你还是安心的去吧！ 要是文字有灵的话，在中国革命史和文学史上，都应该有你的地位。 但是我呢？难道除了低吟着最近所作"生死惟余梦寐亲，心怜能结再来因"两句残诗以外，便没有什么可以自慰了吗？ 为了你，为了我自己，我应该找到我的岗位，负起我的责任来！ 这样百年以后，我也可以很光荣的和你握手于地下吧！

　　正文已写完了，但似乎还有几句话要讲：庚白，你知道你这一次在九龙殉国以后，外边对于你还有许多冤枉的误会吗？第一点，是讲你迷信算命，为了流年的不利，怕在渝有空袭的危险，所以逃到香港；结果呢？命是算准了，但命也送掉了。 这件事，本来也可以算是你的弱点。 你不是常常喜欢给人家算命，并编有《人鉴》和《广人鉴》两书么？（《人鉴》二十年前付印，现绝版；《广人鉴》未完成，只有残稿留着。）这在你，小一半是癖好所在，大一半怕还另有着韬晦和掩蔽的作用吧。 但你这一次离渝赴港的原因，我在上面不早已讲得清清楚楚了吗？ 哪儿是为了迷信？哪儿是为了趋避呢？空袭在重庆，从五月到八月，才是最严重的季节，你去港岛，是在十二月初旬，这要算重庆最安全的时候，哪儿会有逃避空袭的事情呢？低能和白痴都不能相信的话，却居然有人传说，有人记载起来。 他们因为你会算命，而笑你为迷信，但又因为你算准了命而连他们自己也迷信起来。 泥古不化者流，更比你为郭璞，那不是对你太开玩笑了吗？这是你死后受冤的第一点。 第二点呢，说你轻率浮躁，不顾好歹，在戒严的地方散步，便因为不懂敌人哨兵的话，不听他们的禁止而被他们开枪打死了。 更有无聊的人们，还捏造谣言，讲是我在房子里闷得慌，要出门散步，你却是陪我出去而遭受池鱼之殃的呢。 你平生做事不免有些急躁，这个也是事实，但这一次，为了间谍的告密，为了兽兵的窥伺，更为了同居方面的安全起见，所以毅然冒险出去寻觅别的避难地方，哪儿是闷得发慌出去散步呢？并且，这时候兽兵四处强拉花姑娘，人心正在恐慌浮动之秋，我又不是三岁小孩，难道真替自己去找死，更会找了你去陪死吗？这是你死后受冤的第二点。 第三点呢，有人说你既然认命为研究国际的专家，自命为现代的诸葛亮，为什么连日本鬼子会掀起太平洋战争的决心也看不到，而特地到港岛来找死呢？这一点，我也无从替你辩护。 因为你到了港岛以后，有人问你，太平洋战事是否会爆发，你完全肯定的否认。 还说出"日本撒娇，英美作态"这八个字来，断定鬼子不敢动武。 不过话还得说回来，这一次鬼子掀起太平洋战争，对他本身实在是一种切腹的举动，是疯狂了才会动手的。 铁腕外交家陈友仁不是也说过吗？"日本鬼子无论如何是不会动武的，除非他是疯狂了。"疯狂的人还可以讲到利害吗？ 从来研究国际问题的人，只是从利害上检讨一切的。 现在鬼子的举动，正是所谓"人急跳梁，狗急跳墙"；又可以说是"油糊了窍，猪油迷了心"，的确是在人类正常思虑范围以外的。 所以不特当时旅港文化人的看法，都和庚白一般，毫无准备；就是英美大政治家像邱吉尔①、罗斯福

---

① 今通译丘吉尔。 ——编者注

之流，在太平洋战争初起后，显然也露出手忙脚乱的形状来。 那么，他们还不是和庚白一样的上当，哪儿可以独独苛责于庚白呢？人家不把估计错误来攻击邱吉尔而单索垢寻瘢到庚白身上来，这是他死后受冤的第三点。 本来"人非圣贤，谁能无过"，我也不是一定要替庚白辩护，把他描写做一个当世的完人。 不过，太过于捕风捉影之说，流传众口，也是不对的。 所以这段尾巴，我看也还是不能省掉的吧。

三十二年（1943）四月二十八日夜北丽于桂林

附录四

虎穴余生记

（1941 年）

十二月八日

晨如厕忽闻角声，疑是防空演习，既而声益厉，炮声炸弹亦络绎不断，知有剧变。 急起呼淞，见阿辛自仪弟许来告，日机已突袭港九。 正注视淞及两儿梳洗饮食，张夫妇至，云途遇水兵，言日本已对英美宣战，而婉甥亦适以电话来，所传述较详。 盖檀香山、夏威夷、新加坡等处皆被袭。 解警后匆匆午膳，一时左右，又闻警，与淞及两儿，走避邻舍。 三时后解警，携淞诣英王子道访友相左。 遂至贺王吴寓楼，留谈甚久。 饭后以灯火管制，黑暗中摸索而归。 先往视仪弟，谈至十一时，始返旅店。

十二月九日

警报频来，走避地下室及罗斯者六七次。 夜访张，谈至宵分。

十二月十日

雨甚。 以夜深诣张处，与诸友步至海岸，攀梯入舟。 乃甫抵中流，舟人告余辈不得渡，废然而返。 又闻警，仓猝中皮夹落水，囊金尽丧。 冒险登岸归。 张及诸友咸留饭后始散去。 余作数书，淞则访仪弟。

十二月十一日

开晴。 未昧爽即起，步出购买食物，行里许，闻警急返，又避地下室。 解警后，偕淞访李，谈次又闻警，一饭始归。 傍晚迁月仙楼，仪弟已走香港。

十二月十二日

又晴，居人相告，日军已登陆。 出视则太阳旗飘扬。 街口已有日本士兵三五人岗位。 众纷裂白布，作太阳圈，以示降顺。 李家全眷来。

十二月十三日

日间，闻香港警报及两军炮声频频。 夜半，炮火益烈，震撼甚。

十二月十四日

冒雨出购食物，已达油麻地，被阻不得复前，返过汤少谈。 忽居人告，自来水中断，咸为忧虑。 午后诣叶夫人谈。 沈夫人来。

十二月十五日

天又晴。 两军隔海炮战更剧烈，空袭亦频。 补作日记。 房东来告，庭中有井，可与邻共之，众大喜如庆更生。

十二月十六日

晴，晨闻巷口卖芋声，急出觅之。 一媪提竹篮，中簧洋山芋十一斤。 邻已尽购，商之，得以四元分四斤携归。 午后为祝某测得"祝"字，余断云冬至后可皆出险。 夜半炮声又甚厉。 先走复道藏，寻登三楼望之，火光独烛天。

十月十七日

微阴。 自晨及午，两军炮声飞机声无稍间断。 午后忽谣传，香港已陷。 晚间炮战又甚烈，众始无言。

十二月十八日

晴。 连朝战事，夜以继日，金淞岫过谈。 今日炮战，迄傍晚未休。 巷口有卖《光复日报》者。 出步回廊，见黑烟蔽天，与夕照相映。 女佣云是香港之筲箕湾被弹所焚，盖工人区也。 女佣又指告西环亦焚。 一昼夜中，炮声机关枪声益厉。

十二月十九日

雨。 起视隔岸火犹炽，几似晓霞。 梳洗毕，又闻水断，深忧之。 俄而炮声加厉，从容写昨所作诗，补记日记。 寻与淞登三层楼，观日兵以小艇强渡，英水兵用摩托鱼雷艇两艘邀击之，往复者数，迄午未得逞。

附录五

丽白楼诗话
（1940 年）

上编

　　诗要有意境与才力，意与境又自不同；而才力则所以运用意境者，此不可不知也。 古人谓"诗穷而后工"，又谓"愁苦之辞易工，欢愉之言难好"，世之为诗者，往往误解此二义，其实所谓"穷而后工"与"愁苦之辞易工"者，盖入世不深，则不足以尽人间之变，而喜、怒、哀、乐之情动，与其境遇相为表里，曰穷，曰愁苦，言其极也。 境不极则情不真，纵或能工，抑末矣；非必教人以叹老嗟卑为工，以伤贫怨别为穷也。 故又谓"诗以言志"，前者言其境，而后者言其意，凡人之哀乐过人，或怀抱与人殊，皆境为之也。 境之极而意于是乎出，其诗始工，亦由其情之真也。 若乃所处非古人之身世，但蕲其貌似古人，非仅丧真，且并失古人之真，其所得止于古人面目之伪而已，此宋以后诗之所以日衰也。

　　唐宋两代诗，先后媲美，无所轩轾。 以言其工，突过汉魏，直接《三百篇》。 何者？其不若是也。 柏梁体特应制诗之滥觞，其本已拨；建安七子虽遭逢丧乱，其人物大都萎靡颓废，徒知标榜豪放与清

高，开六朝亹亹之风，中华民族性之不振，**魏晋之诗**，亦有以毒之
也。 晚近浅者，溺古不返，遂以为诗愈古则愈工，宋必不如唐，唐必
不如汉**魏**六朝，而《三百篇》《离骚》，莫敢议其一字者，吁，何其陋
且固欤！

一代有一代之文物典章，而文物典章所被，人情与风俗亦因而
异，形诸诗歌，宜表其真实。 春秋战国人之生活，不同于三皇五帝时
代，汉**魏**六朝人之生活，又不同于春秋战国时代，而唐宋元明人之生
活，则又与汉**魏**六朝时代不同。 清戊戌维新，迄于民国，远沿五口通
商之旧，近经辛亥与丁卯革命之变，文物典章，几于空前，生活之因
革，虽或矛盾杂陈，要其于人情与风俗之推移，实为有史以来之创
局。 苟诗人于此，瞢瞀无睹，行今人之行，而言古人之言，人人自以
为陶、谢、李、杜，其去陶、谢、李、杜益远矣。

诗者民间歌谣之变也，自政尚帝制，仕皆儒冠，而诗始为士大夫
阶级所独有。 浸假至今，末贵本贱，士大夫骐僧相为狼狈，民困于
生，举莫能读书识字，于是诗之为物，骐僧亦负之以趋，以与士大夫
游咏，转于劳民无与矣。 惟其如是，民间之疾苦，遂不得见于诗。
而此辈士大夫骐僧，身委质于异族与豪强者之间，衣于斯，食于斯，
寄生于斯，民间之呻吟，异族与豪强之刀俎，彼方踞以资富贵，欲求
其表暴今之生活与时代，又岂可得哉？ 此无他，情与意之真者，蔽于
其境，而境之真者，金掩之矣。

清同光以来，为诗者号祧唐祖宋，而大都取法于荆公、后山、山
谷、简斋、宛陵、诚斋诸人，其尤笃古者，则高言杜、韩或王、孟、
韦、柳，然一究其实，祖宋则近似矣，祧唐则未也。 抑所谓祖宋，亦
仅从句法着眼，其弊之极，肉胜于骨，以骨胜者，又往往捧拓古人之

枯骨，而强之以皮。 顾所以致此者，真感苦少，其意境又皆囿于古人之意境也。 彼盖不解宋人诗皆自唐贤变化而来，所不同者，唐人任自然，而宋人力求不苟。 试一寻绎，则恍然于宋人每以汉魏与唐人古体诗之句法，蜕为今体，南宋诗尤多近于晚唐。 宋人中才思较富而气力横绝者，能接杜、韩之骨，如荆公、山谷、后山、诚斋、放翁皆然，简斋、宛陵，则前者袭杜、韩之皮，而后者剽取王、孟、韦、柳之骨，之数子亦间参陶、谢，此又不可不知也。

同光诗人什九无真感，惟二张为能自道其艰苦与怀抱，二张者，之洞与謇也。 之洞负盛名，领东镇，出将入相，而不作一矜夸语，处新旧变革之际，危疑绝续之交，其身世之感，一见于诗，视謇尤真挚。 如《九曲亭》云："华颠文武两无成，差见江山照旆旌。 只合岩栖陪老衲，石楼横榻听松声。"《焦山观宝竹坡侍郎留带》云："故人宿草已三秋，江汉孤臣亦白头。 我有倾河注海泪。 顽山无语送寒流。"《读宋史》云："南人不相宋家传，自诩津桥警杜鹃。 辛苦李虞文陆辈，追随寒日到虞渊。"《崇效寺访牡丹已残损》云："一夜狂风国艳残，东皇应是护持难。 不堪重读元与赋，如咽如悲独自看。"《中兴》云："流转江湖鬓已皤，重来阙下抚铜驼。 故人第宅招魂祭，胜地林亭掩泪过。 前席颇怜非少壮，小忠犹得效蹉跎。 神灵今有中兴主，准拟浯溪石再磨。"诸作皆沉郁苍凉，其感叹之深，溢于言表。 盖之洞夙主"中学为体，西学为用"者，丁满清末造，知国事之不可为，其主张之无补于危亡，而身为封疆大吏，又不得不鞠躬尽瘁以赴之。 后二首居宰辅时之作，时势益艰，故危苦益甚。 浅者讥之洞之诗有纱帽气，不惟不知之洞，不知诗矣。 之洞于各体诗并工绝，其五七言古体诗，直可与荆公抗手，无能高下。

民国以来作者，沿晚清之旧，于同光老辈，资为标榜，几于父诏其子，师勖其弟，莫不以老辈为贝虾，而自为其水母。 不知同光诗人之祖宋，与宋四灵、明七子之学唐，直无以异，盖皆貌其面目、声音，而遗其精神也。 唐人以自然得其真与美、善，而四灵七子，务刻划以蕲似于自然，背矣。 宋人以充实矫平易浮滑之失，与唐人争胜，而同光迄于民国以来诗人，但雕琢以求充实，空矣。 或谓同光诗人，如郑珍、江湜、范当世郑孝胥、陈三立皆不尽雕琢，能屹然自成其一家，固矣。 然珍、湜实当咸同之世，不得列为同光人。 当世、孝胥、三立，则诗才与气力，故自不凡。 而孝胥诗情感多虚伪，一以矜才使气震惊人；三立则方面太狭，当世则外似博大，而内犹局于绳尺，不能自开户牖。 以视珍、湜诗，能用古人而不为古人所用，抑又次焉。 即以珍、湜论，《伏敔堂集》且突过《巢经巢》，此惟可为知者道之耳！

凡大家诗，必有多方面，千篇一致，仅是名家，故义山、放翁，造诣更在王、孟、韦、柳之上，其得于杜独多也。 白香山之《长恨歌》《霓裳羽衣舞歌》《琵琶行》与其他七言古体，截然两人所作；而少陵五七言律与荆公七言绝句，又皆千声万态，绝不类出于一家之手，此其所以为大也。 玉溪之前后《无题》，以及《锦瑟》《碧城》诸作，皆从老杜之"雷声忽送千峰雨，花气浑如百和香"一首脱胎而出；而《写意》《随师东》《重有感》《筹笔驿》诸作，皆渊源于老杜之"花近高楼伤客心"一首，其《春雨》《楚宫》《流莺》诸作，又老杜之"一片花飞减却春"二首之变化也；至乃"人生何处不离群"之作，则真与子美之"兵戈不见老莱衣"一首，神似极矣。 放翁七言律，几尽杜之传薪，尤不胜枚举。 惟放翁七言律方面之多，虽可与杜等量齐观，惜其五言律与古体，不能穷杜之美善，义山之逊于杜亦以此。 诚斋律绝，亦有托根于杜者，七绝如"东风染得千红紫，曾有西风半点香"与"要识早行奇绝处，四方八面野香来"，以及"夕阳不管东山暗，只照西山八九楼"等，皆自杜之"自今已后知人意，一日须来一百回"之句而来；而"乍暖柳条无气力，淡晴花影不分明"，则又自杜之"林花着雨胭脂湿，水荇牵风翠带长"而来也。

诗有三要，要深入浅出，要举重若轻，要大处能细，三者备可以为诗圣矣。 深入浅出者，意欲其深，而语欲其浅；举重若轻者，句欲其重，而字欲其轻；大处能细者，格欲其大，而律欲其细。 此等处要能以技巧运用其才思与工力于意句中。 古今诗人臻此者，李杜诗中，十居其六七，乐天亦庶几，前乎此者，则有陶潜，后乎此者，则有欧阳修、陆游，而清代之江湜，直与李杜埒。 自余诸家，多为爱好之结习所累，惟昌黎、荆公，有时能兼此三要，韩之七言律绝，荆公之古体及绝句，尤数见之，昌黎古体中"山石荦确行径微"之类，亦其选也。 王孟负盛名，而其诗之轻者，实多于重。 以量而言，唐人诗于此，较胜宋人，任自然则其出于不自觉者，往往造此。 山谷诗，硬语盘空之作，与深入浅出、举重若轻、大处能细者各不相掩；而荆公亦有"看似寻常最奇崛，成如容易却艰辛"之语，则知其所以致力矣。东坡诗间有此境，惜浮滑之作稍多；后山则气力较逊。 韩孟并称，而孟多苦语，不能浅出，宛陵亦然。 微之誉子美之博，而不知此正子美之短，非惟深出，亦失之铺张排比，若杜诗首首皆"去年潼关破，妻子隔绝久"之类，与"夜深坐南轩，明月照我膝"之类，则虽风骚亦有惭色。 又语浅意深者，略举如工部之"闻导杀人汉水上，妇女多在官军中"；举重若轻者，略举如太白之"两岸猿声啼不住，轻舟已过万重山"；大处能细者，如义山之"帝得圣相相曰度，贼斫不死神扶持"各首，读者可以隅反矣。

六朝人苦学魏晋，得其神似，而建安七子手摹心写于《三百篇》，虽风致流美，音节渊然，终嫌其不类。 盖《三百篇》之情感真挚，无附会语，子建、嗣宗辈，但倚才思，岂能相比。　老杜称鲍照之诗，然鲍实不如谢，爱好太过，遂为所累。　余曩读鲍集有《听妓》一首，为之失笑，妓何可听?"听妓"二字实不辞之甚，正不必拾老杜牙慧，据为定论也。　曹操诗不多，然于汉、魏、六朝人当居首选，岂遂以人而废言乎哉!　后人喜为汉、魏、六朝之诗，有辞无意，触目皆是，此以古人之情感与意境为情感意境，其本已拨，综令为之而尽工，亦不外魏晋人之于《三百篇》，又其次则如四灵、七子之学唐，下焉者，直是晚近诗人之学宋者流，可一笑也。　王闿运五言律学杜陵，古体诗学魏晋六朝，亦坐此病。　故同一学杜，而梅村之五言律，迥非湘绮楼所及，何者?梅村以亡国大夫而委蛇于两朝，其境遇甚苦，情感甚真，心迹甚哀，此所以直摩浣花之垒，而为古今五言律之泰斗也，但赏其工力，非能知梅村者。　然梅村除五律外，其他各体皆不称。

今人用韵，什九以坊间所刊行之《诗韵合璧》为准，于古体则数韵相通，而于今体但墨守一韵，此大不通也。　微论沈约所定诗韵，未足依据，即今依沈韵，亦无取规行矩步如此之甚。　盖《三百篇》及汉魏六朝唐宋人之用韵，皆与沈韵有出入，质言之，则凡词韵可通者，诗韵皆可通，古体可通者，今体皆可通。　此非余一人之私言也，亦非创见也，求之于《诗经》以迄唐宋名家诗集，指不胜屈。《诗经》犹可诿之曰古体，杜工部律诗，则固家弦户诵之今体也，然以工部之自信"老去渐于诗律细"者。　其《又呈吴郎》云:"堂前扑枣任西邻，无食无儿一妇人。　不为困穷宁有此，只缘恐惧转相亲。　即妨远客虽多事，便插疏离却甚真。　已诉征求贫到骨，正思戎马泪盈襟。"则直以上下平之真侵韵相通用。　又如苏东坡之《浴日亭》云:"剑气峥嵘夜插天，瑞光明灭到黄湾。　坐看阳谷浮金晕，遥相钱塘涌雪山，已觉苍凉苏病骨，更烦沆瀣洗苍颜。　忽惊鸟动行人起，飞上千峰紫翠间。"则更以上下平之先删韵相通用。　此外唐宋诸贤，以江阳或覃侵通用于今体者，尤数数见，信知余之持论为是也。盖沈约浙人，音本不正，而后人困于帖括之学，文士求仕进，不得不为"试帖诗"，辗转相沿，遂益不能自拔矣。

下编

林文字时爽，福建闽侯人，闽中名宿希村先生子，黄花岗七十二烈士之首也。希村先生博极群书，所为骈体文，兼有六朝盛唐人之胜，诗词亦工，与先君子叔衡先生，同邑杨子恂先生、张珍午先生等称"十才子"，亦或呼之为"十躁"，盖皆矜才使气，为侪辈所嫉视者也。时爽诗渊源有自，不幸早逝，未臻大成。今录其《春望》一首云："残雪犹留树，春声已满楼。睡醒乡梦小，起视大江流。别后愁多少，群山簇古丘。独来数孤雁，到处总悠悠。"雅似唐贤，非镂肝雕肾者所可及。

杨匏安以字行，尝为国民党中央委员。有诗云："慷慨登车去，犹能一节全。余生无可恋，大敌正当前。忍死思张俭，临危笑褚渊。功成后死事，不用泪潸然。"

晚清诗自《巢经巢》迄《海藏楼》诸集，皆高言杜韩而出入于南北宋、中晚唐之间，王壬秋独标榜魏晋六朝，顾仅貌似，其七言古亦有效长庆体者，如世所传诵之《圆明园》词是也。壬秋一生，毁誉参半。贵池刘慎怡读《湘绮楼诗集》七言律云："白首支离将相中，酒杯袖手看成功。草堂花木存孤喻，芒屐山川送老穷。拟古稍嫌多气力，一时从学在牢笼。苍茫自写平生意，唐宋沟分未敢同。"持论最公允。《今诗选》所录，皆壬秋学杜陵而酷似梅村者。

陈弢庵丈早达负清望，与张佩纶、张之洞齐名。 清光绪甲申，以言事忤那拉后，罢官归，洎溥仪即位复被召，除山西巡抚未赴，改授溥仪读。 其《入京谢表》有云："贾生之召宣室，非复少年；苏轼之对禁廷，每怀先帝。"精警绝伦，传诵一时。 又《咏秋海棠》句云："涧谷一生稀见日，初花却又值将霜。"盖丈自甲申投劾，迄于戊申，凡二十五年，再入都门，亦垂垂老矣。 而又慨于清末朝政之日非，情见乎辞，然清社亦自是遂颠覆，不可谓非诗识也。 暮年值伪满洲国之潜，屡征不出，其风节有足多者。 丈诗以昌黎、荆公、眉山、双井为依归，落笔不苟，而少排奡之气，不甚似荆公，于其他三家，皆有所得，诋之者病其有馆阁气，非笃论也。

王礼锡，江西安福人，有《市声草》《去国草》。 岁丁卯，余始治社会主义之学，旁及欧美文学，迄于辛未、壬申而有成。 时蛰居上海，得交礼锡，知其于此事亦勤研求，遂多过从。 礼锡偶见余诗，大惊服，索稿尽读，益相推许，兼出示己作，则致力于东野、宛陵，而尤酷肖清江湜。 其七言古体，如《龙门道中》一首，直摩梅都官之背；《南浔车中看山》一首，则置诸《伏敔堂集》，几乱楮叶。 然礼锡诗善学古人，而不为古人所囿，盖能为今人之诗者，此所以可贵也。《去国草》皆其留滞欧洲所作，不逮《市声草》之精悍，顾亦多隽语。余曾和其《呜呼吾安往兮》六首，惜礼锡不及见之耳。

吴镜予以字行，江苏武进人，有《西溪诗草》。 镜予为诗，始喜简斋，后服膺荆公，用笔不苟。 至入蜀所作，能求真实，自尔隽永，近人中罕有其俦。 句如《送内子回里》云："危时共命真难料，他日藏山倘与俱。"《移眷避湘》云："始信因循有今日，再图完聚定何年。"《雨夜》云："世乱书生老，春寒燕子稀。"《到汉昌眷属相遇》云："低头三尺地，苟活一家人。"《遣怀》云："惭愧军谋期制胜，恢张诗律抵攻坚。"《戊寅九日》云："终望折肱能活国，何堪秃发为思乡。"《岁晚楼夜》云："世乱儒风工剧美，岁寒心事在盦盐。"《和潘伯鹰》云："一院疏阴酬独寤，三年故国费千思。"《夜话闻警》云："奇变已无书可信，清欢惟与月相妨。"并皆于平淡中得深刻。

黄曾越字荫亭，福建永安人，有《永思堂诗》。 余初与相见北平，知其能诗，而溺于沈归愚选本，苦无以自拔，稍稍劝其多读半山、后山诗，荫亭善之。 寻归里，及陈石遗之门，诗益有进。 近二三年，屹然作者矣。 句如《雨花泉》云："秋原雨霁作春始，历劫空台尚有泉。"起甚见气势。《登台城》云："江南自古伤心地，不独齐梁拙用兵。"结亦有力。 又如《寄李问渠》云："无官张祜诗名贱，善哭唐衢意气奢。"《有感》云："民穷贼胆谁能恤，世变天心独不惊。"《游甘陵燕子窝》云："两字和戎成国是，只愁无地著遗民。"《久无诗对月感赋》云："心寒最觉风霜早，才退非关笔墨慵。"《不寐》云："枕畔情怀千起灭，愁边精力早销磨。"《重九和梦梅》云："愁边家国荆舒感，劫里朋侪骨肉亲。"《贵阳宿工桥》云："溪声撼梦村楼夕，玉手传杯瘴国春。"皆有真情感，所谓成如容易却艰辛者。《今诗选》所录，多近于后山，不类介甫，盖其性格使然也。

《今诗选》中，余自选独多，或疑其私，然而无私也。 曩余尝语人：十年前郑孝胥诗今人第一，余居第二；若近数年，则尚论今古之诗，当推余第一，杜甫第二，孝胥不足道矣。 浅薄少年，哗以为夸，不知余诗实"尽得古今之体势，兼人人之所独专"，如元稹之誉杜甫。而余之处境，杜甫所无，时与世皆为余所独擅，杜甫不可得而见也。余之胜杜甫以此，非必才力凌铄之也。 余五七言古体诗，奄有《三百篇》、魏、晋、唐、宋人之长；五七言绝句，则古今惟余可与荆公抗手；五七言律诗，则古今惟余可与子美齐肩。 盖皆以方面多，才气与功力，又能并行，故涵盖一切。世有知诗者乎，当信余之所言非妄矣。

　　北丽旧名隐，字幼奇，今以北丽行，福建闽侯人。余与寒碧先生交游时，北丽尚未生。岁丙辰，先生主《时事新报》笔政，夜过夷场，误触汽车，伤重不起，距北丽生甫十八日耳。少依小淑夫人膝下，读书颇有成，于学多能颖悟，而不求甚解。其诗、画、棋、七弦琴皆有得，顾辄废去，若无足措意。有《博丽轩诗草》一卷，归余后即不尝作。今录其意境较警辟者二首。《浙江省立各学校演说竞赛，以独裁政治与民生政治命题，任择其一，余取民主，得第二名，师私惋惜，望后勿尔，赋此谢之》云："专欲人情冀倖存，独裁制恐种危根。自来弱国能强盛，亦恃群黎为奥援。民贵曾闻贤者倡，世新况见共和尊。剧秦直是书生耻，欲超卢梭与细论。"《题所得画》云："不识谁家物，飘然落眼中。衰门牛觳觫，尺地树葱茏。旧属骠姚日，遥应叱咤雄。推移怜举世，岂独一穷通。"

附录六

子楼诗词话

（1933 年 7 月 6 日—12 月 23 日）

　　尝读《全唐诗》，载有《观邻人演昭君变》一首。《昭君变》者，当时剧名也。　使逊清同光以来诗人，执笔为之，必什九不敢用"昭君变"三字。　观于《范伯子诗集》，偶涉及电报，辄以"电语"二字代之，特电话及有声电影犹未传播中国也。　若在今日，直不知电话之类当作何语矣。　揣其意，殆以"电报"二字非古，易以"电语"，则典雅近古。　抑知"杂报""邸报"，皆古人所常用之语，仅更一字，即期期以为不可，毋乃泥古！

　　古人于人名、地名，以迄事、物，苟其为前代所无者，往往举其实以入诗词。　晚近伧夫，不解此意，如是而犹腼颜自侪于诗人、词客之列，虽欲不谓之不通，岂可得哉？　试以隅反。　如陆放翁之"公卿有党排宗泽，帷幄无人用岳飞"，宗泽、岳飞，皆当时人名。　刘后村之"檀水归来边奏少，熙河捷后战功无"，檀水、熙河，皆当时地名。又后村诗"可怜白发宗留守，力请銮舆幸旧京"，留守，亦当时官名。此在今人，倘或以部长、主席、委员等入诗者，且哗然以为打油矣。今人之食古不化若此。

　　王子安诗，用"朱轮""翠盖"；苏小小诗，用"油壁""青聪"。义山之"车走雷声语未通"，后主之"车如流水马如龙"，皆刻画当时车马之盛，而各肖其声音情状也。　然求之今日，则朱轮、油壁之车，且不可得见；而所谓雷声者，亦仅电车相仿佛，其他则车之旧者如佣工所乘之手车，车之新者如达官、巨贾所据之汽车，绝不似雷声也。

乘火车、轮船，而犹作"扁舟容与""驱车古原"之感，旅居于通都大邑之旅馆，而犹发"鸡声茅店月，人迹板桥霜"之咏，岂惟不类，直是懵然无所觉。余激赏近人李拔可之句"车行追落日，淮泗失回顾"，此真能诗者。盖此情此景，非火车中行客不知也。友人曾履川有句云："艨艟驰逐波初大，星斗迷离月正中"，状海行亦工。履川有《黑水洋》一律，尤雄浑可诵。诗云："夜气迷漫水郁苍，南归北客意茫茫。极知沧海成何世，却认寥天作去乡。刻画鬼神供戏笑，咨嗟佣保话兴亡。科头跣足扶桑去，一枕何分上下床。"的确是轮船中所作，的确是轮船中官舱或房舱旅客所经历之情景。

昔东坡诗"客行万里半天下，僧卧一庵初白头"，山谷以为是"日头"之误，谓"岂有以白对天之理"。东坡谓："黄九要强作日头，不奈他何。"夫以山谷之工诗，犹不免偶失之迂，则俗子固无足责。又杜工部诗"灯前细雨檐花落"，或改作"檐前细雨灯花落"，谓："檐际安得有花？"此其谬作解事，与山谷同。彼不知"僧卧一庵初白头"，盖深感僧之垂老。入世之客，与出世之僧同其无所成就，乃僧得闲中趣，而客则徒作劳人也。此诗之妙处，全在"白"字。工部诗，则在细雨濛濛中，灯光返映于檐际之树，而树头花落，遂为诗人所觉耳。此其情景之幽美，非"灯前细雨檐花落"不足以尽之。易以"檐前""灯花"，便索然无味。余近句有"秃树槎枒不见花，风丝黯黯雨斜斜"。某君见之，谓是雨丝乃佳妙，余为忍俊不禁。此可与前两事并志。

诗词中用字造句，不畏其平凡，而病在意境之狭，技巧之疏。余屡告朋侪以字句无所谓雅俗，仅有生熟之分，善为诗词者，生而熟之，则虽俗而亦雅。试观谪仙之诗："李白乘舟将欲行，忽闻江上踏歌声。桃花潭水深千尺，不及汪伦送我情。"此诗以"不及""送我情"五字，叫起全首，是何等力量，何等意境！否则寥寥二十八字，而两用现实之人名，曰李白、曰汪伦；两用通俗之语句，曰"将欲行"，曰"深千尺"，使人不能求其佳处所在矣。又如渊明诗"采菊东篱下，悠然见南山"，工部诗"车辚辚，马萧萧，行人弓箭各在腰。爷娘妻子走相送，哭声直上干云霄"，全用极平凡、极通俗之辞句，而胜似镂肝雕肾者千百倍。此耽吟者所不可不知，于词亦莫不然，后将更举例以实之。

同光以来诗人词客，间亦不乏卓绝者，顾什七失之胶柱刻鹄。彼将求古人之残骸于墟墓中，而不顾其远于现实之生活，抑亦非善学古人者。此与语体诗人，强以欧美之意境与句调入诗，其弊将毋同？盖一则己身虽同化于质胜之社会，其于今之文物典章，履之而不欲言之，强今之社会为封建社会；又其一则未尝深察今之社会性，以为是已欧美化矣，此其强今之社会为资本社会，亦肤浅之徒而已。夫以矛盾相持之今社会，新旧事物与意境杂然并陈，盖取之左右逢其源。古人仅有一事物，一意境，今之事物与意境倍之。古人所有，今固无疑；而古人所无，乃造物所以厚我，将以助我之诗词张目者。如是而犹局促于一隅，谬矣。

友人刘放园见示《移居愚园坊》一律，甚美。诗云："当年此地访愚园，迢递如寻水外村。今觉飚轮驰一息，旁看横舍辟千门。举家笼处身疑鸽，终日梯升步似猿。借得层楼安我佛，故应心寂境无喧。"三、四，五、六两联，刻画海上寓公之居处，惟妙惟肖，而末句尤兼擅辞意之胜。"层楼"句，放园旧作"橡楼"，余谓沪地洋式楼房，未尝有橡，易为层楼较善。放园以为然。既而又以原作"今觉""旁看",乃"今日""道旁"所易,疑其语气失之弱,遂仍用"今日""道旁",而易"一息"为"一瞬","横舍"为"杰宇",更窜改"举家"为"晨昏","终日梯升"为"风降梯旋",几全失去庐山真面目。 余以放园持质余,爰驰书争之。 曩《随园诗话》载某君诗"大帝君臣通骨肉,小乔夫婿是英雄",寻自不惬意,改为"大帝誓师江水绿,小乔卸甲晚妆红",已逊原句;未几又改为"小乔妆罢胭脂湿,大帝谋成翡翠通",愈益支离不可问。 此可为放园进一解否?

因放园而忆及王调甫。 调甫有诗云:"帘角寒生渺渺愁,瓶花吟帖静相俦。 一尊直辟无穷世,百泪难温已坠秋。 云气飞扬终入海,细禽零乱不归楼。 陆沈已抱为鱼痛,葬尽年华此浊流。"神韵悠然,真佳作也。 乃调甫自以为后半首未善,数数窜易,不复成语,余规之乃已。

诗以能用极平凡、通俗之语出之,而辞意深刻,有自然之美者,为上上乘。 此惟求之大家为能。 若名家则务言风骨,言神韵,言工力。 其谋篇琢句之中,于此数者极其胜。 不知彼大家之作,盖不待雕镂,已臻于此数者之绝诣矣。 此于词曲,亦莫不然。 略举梅村之五律,容若之短调为例。 梅村诗:"消息凭谁间,羁愁只自哀。 逾时游子信,到日老人开。 久病吾犹在,长途汝却回。 白头惊起问,新喜出凉来。"状封建社会间父子之爱,离乱之情,何等逼肖,何等浑成,何等真挚! 此较工部之"有弟皆分散,无家问死生"及"遥怜小儿女,未解忆长安",几突过之矣。 容若词:"心灰尽,有发未全僧。 风雨销磨生死别,夜来相对只孤檠。 情在不能醒。"其佳处又较后主之"流水落花春去也,天上人间",更为有力。"情在不能醒"五字,颇似为近代沉溺于爱河者作写照。 味在弦外,弥足珍诵。

梅村诗,以五律为最,直可与老杜分庭抗礼。 唐以来一人而已,其得名盖非偶然。 浅者仅赏其长庆体之歌行,非能知梅村者。 容若所著《饮水词》，在清代词苑中，无愧大家之地位。 以余观之，似又胜竹垞、樊榭，其才力、工力，皆远轶朱、厉耳。

曩见同学汪辟疆扇头，有胡小石所作《莫愁湖》绝句三首，并隽永，耐人寻味。 惜忘其一，录两首于此："侧帽看山兴不孤，风帘新见燕调雏。 春光十里沙淘尽，赚得荷花绝世无。""回雪吹香古大堤，柔波曾几照旌旗。 斑骓休系垂杨岸，恐损青青万柳丝。"可谓温柔敦厚矣。 即以神韵论，亦当"婢蓄"渔洋。

闽人黄懋谦，有诗才，为逊清遗老陈弢庵之门下士。 其诗什九描摹听水，然亦或青出于蓝。 录《海棠》一律云："未及花时烂熳开，落英狼藉委苍苔。 残妆宿酒扶无力，华屋金盘唤不回。 乍暖作寒寒作雨，断红成紫紫成灰。 看花阅世元同意，负手风前忍独来。"咏物诗中之上乘也。

南宋时已种鸦片，且当时军人疑颇多嗜此者。 诚斋《咏米囊花》绝句云："乌语蜂喧蝶亦忙，争传天诏诏花王。 东皇羽卫无供给，探借春风十日粮。"自表面读之，似是寻常烘托之辞尔。 余则以为仅仅烘托，当不如是沉着。 落英固可餐，奚必联想及于羽卫？ 此于当时军人之吸食鸦片，殆有不胜其惋叹者在也。

宋诗类能深入，盖什七以汉、魏、初唐为骨干，而浸淫于六朝、中、晚，故宋代诸大家诗，可谓集诗之大成者矣。 逊清同光以来诗人，学宋仅得其貌似。 盖仅仅涂饰辞句，摹效意境，必求其近古不俗，以为是逼肖宋人矣，不知南北末之诗，亦古亦今，可雅可俗，即生硬如山谷，且有"有子才如不羁马，知君心是后凋松"之句，其辞亦平易极矣。 荆公绝句"二十四年三往返，一身多在百忧中"，辞澹而意远。 今之自命荆公、山谷者，恶足以语此！

皖王一堂、湘章行严，皆中年以后始为诗，颇似高达夫，而诗皆不恶。 行严在英京伦敦有句云"一夜愁心不受眠"，余与李拔可皆喜诵之。 顾其为文，过于求工，转多疵汇。 余《雪夜怀人绝句》云："飞书誉我似陈琳，刻苦为文谤益深。"盖纪实也。 又断句之工者，如俞恪士入陇诗"陶穴犹存中古制，望春忽起少年情"及"望远残灯随念没，临流一树傍愁生"，两用"望"字，各极其妙。

久不见叶楚伧诗，乃益精进。 偶读其《谢陈武诚将军握药》一绝，有句云："省识艰危忧惧意，但分余苦不分甘。"殆有古人臣之风。 甚愿楚伧与吾党贤豪，果如此诗，而身体力行之也。

粤余心一，亦耽吟讽，余意初易之。 比王礼锡（过存）示以心一在粤所作，有"空山过雨虫声沸，残梦飞舆笠影骄"之句。 凡曾游闽粤者，当能欣赏此联之佳。 心一可一蹴而几于诗人之列矣。

绝句最不易，看似淡薄而意味深远醇厚者，其最也。 余喜读銮天之《赠秦翁》云："八十秦翁老不归，南宾太守寄寒衣。 再三怜汝非他意，天实遗民见渐稀。"又荆公《永庆招提见儿子秀题壁》云："永庆招提墨数行，岁时霜露每凄伤。 残骸岂久人间世，故有情锺未可忘。"仅以意绪而论，此二诗盖于封建社会中士大夫之哲学观念及其囿于阶级与家庭之情感，不自觉而流露于外，若此其深且挚。 然就诗论诗，无愧佳构。

党人王礼锡，号"甲乙团"领袖，颇为法西斯中人与布尔什维克辈所诟病。 然其诗才，故自不凡。 其《洛阳道中》一篇云："中道尘起天宇昏，三人蹲踞土墙垠。 一老虬髯缀黄尘，肥臀裸露拊其孙。 一女抟土入口吞，呜呼此亦生之伦！ 而我一车风中奔，小鹿前行飘纱巾，两车时并笑语亲。 叔模吐语能尖新，蘅静小诗琅可听。 忽来一车飞四轮，突叫如兽声不驯。 车中达者意甚尊，车后黄沙欲淹人。 回顾三人土墙阴，漠漠墙与人俱冥，但闻虎虎沙沙风啸车行声。"此篇七古，洵近人诗中仅见之作。 盖既有时代之眼光，而辞意又并茂也。"车中达者意甚尊，车后黄沙欲淹人"十四字，不惟状洛中"汽车阶级"之情状，跃然纸上，抑可与杜陵之"朱门粱肉臭，路有冻死骨"媲美。 读者或疑吾之为礼锡张目，则当知吾侪有所论列，举皆宜从客观上探讨，不以先入为主焉。

偶忆及亡友涟羽霄，为诵周某一律甚佳。 周诗集世无刻本，吉光片羽，致足珍也。 诗云："陋邦从事拟投荒，逆旅花开病在床。 尚有故人怜远放，已成昨日枉思量。 汉南木冷千山雨，汝水风生一夜霜。 杀马毁车从此逝，陆沉何地得深藏？"持较东坡，可抗手无愧。"病在床"三字，本似极俗，而运用能尽其妙，所谓化俗而雅矣。 周名锦涛，精岐黄之术。

柳亚子著有《磨剑室词》，未刊行问世。 隽语时出，如《丑奴儿令》云："飘沦莫向天涯问，道是闲愁。 不是闲愁，一往情深不自由。 何人慰我伤逸意，待数从头。 忍数从头，往事零星记得不？"《蝶恋花》云："小别无端愁寂寞，一日三秋，况是三旬约。 雨横风凄楼一角，恼人只怨天公恶。 因甚心情容易错？ 见也寻常，去便思量着。 香冷重衾惊梦觉，半床绣被浑闲却。"此阕中"见也寻常，去便思量着"，看似平淡，含意隽永，未经人道过。 又题《李后主词》之《虞美人》一阕云："南朝自古多亡国。 汝亦何须说。 伤心铲袜下香阶，此恨绵绵，流不断秦淮。 不容卧榻卿酣睡，喝澈冢山破。 燕云十六尽干休，至竟赵家天子有人不。"勇于灭同种而怯于排异族，盖并狭隘之民族意识已久，不复为中国士大夫阶级所尚矣。 亚子此词，殆为拯救此没落之民族而深有慨欤？

粤诗人黄晦闻，与刘申叔、邓秋枚友善，今垂垂老矣。 尝见其港澳旅次所作二律，亟录于下："山翠当门聊卜居，一年尘事了无余。意多始觉泉明晚，迹近能令务观疏。 庭树鸟鸣同止止，海波鸥没自徐徐。 眼中物我浑忘得，回首乡邦重歆歔。"又："雨挟朝曦风又催，井泉枯渴未能回。 山扶海气行行去，鸭上枝阴默默哀。 猩扰羊群时亦斗，书随鱼贩去还来。 地穷不屩人求给，且载淞江水一杯。"三、四是奇语，五、六则惯辞尔。 晦闻思想较迂旧，宜于欧化之东渐，不胜其痛心疾首也。 末二语盖指当时香港水不给，以舟运诸上海，故云。又断句如："残秋昨夜初过雨，归梦从君共溯江。"委婉而有力，求之两粤能诗者，殊罕其俦，此则略其思想而不论矣。

晚近文人，以左倾称者，余所知有鲁迅、郁达夫、郭沫若、田汉、黄素，皆能为旧体诗词。 录鲁迅、达夫各一律。 鲁迅作云："惯于长夜过春时，挈妇将雏鬓有丝。 梦里依稀慈母泪，城头变幻大王旗。 忍看朋辈成新鬼，怒向刀丛觅小诗。 吟罢低眉无写处，月光如水照缁衣。"不假雕琢，耐人寻味。"缁衣"句，殆以鲁迅常御和服，纪实而云耳。 达夫作云："病肺年来惯出家，老龙顶上煮桑芽。 五更衾薄寒难耐，九月秋迟桂始花。 香暗时挑闺里梦，眼明不吃雨前茶。 题诗为报霞君道，玉局清游兴未赊。"诗亦颇似玉局，第三句稍弱。于此有愿与二君共商榷者："梦里依稀慈母泪"之句，以诗论固佳，然吾侪士大夫阶级之意识与情绪，盖不自觉其流露，"布尔什维克"无是也；达夫诗末一语，以玉局自况，而境地殊不类，得毋趁笔之累耶？

（更正：15 日我的《诗词话》中，钞了《磨剑室词》数首。经
亚子先生来信，属为更正如下：《蝶恋花》中"雨横风凄楼一
角"，敬谨更正为"风雨凄清楼一角"。又"香冷重衾惊梦觉"，
敬谨更正为"睡鸭香销寒梦觉"。1933 年 7 月 17 日。）

旧国民党人，有左右倾之争，谭组庵、廖仲恺、汪精卫、于右
任、柳亚子，似皆左倾，胡展堂则始终右倾。此数君者，咸耽吟讽，
辄复连类及之。余曩于展堂诗，唯唯而已，近睹其《不匮室诗钞》，
则日益孟晋，一蹴而几于作者之林矣。《哭执信》云："岂徒风义兼师
友，屡共艰危识性情。关塞归魂秋黯淡，河梁携手语分明。盗犹憎
主谁之过？人尽哀君死太轻。苦语追摹终不是，铸金宁复似生平？"
《兴亡》三首之一云："曾于迂《史》感张陈，廿载相从分至亲。世事
为云复为雨，诸贤谋国并谋身。中兴倘拟尊元老，文德终当服远人。
举国横流宁易与，异时三户定亡秦。"此篇前半首，仅以诗论，故自不
恶。展堂与精卫最久要，顾在当时，左右殊途，其辞意盖可知。又
有句云："受人穿鼻谋先左，与子同袍事可疑。"于当时党论之左祖，
尤深致愤懑。余颇喜其用棋字韵云："向来残局若为棋。"又用"阴"
字韵云："雨过能为数日阴。"并清新可诵。

精卫所刊《双照楼诗词藁》，亦时有佳构。五古如《林子超葬陈
子范于西湖之孤山，诗以纪之》："民国二年春，江色朝入槛。我从张
静江，初识陈子范。容貌既温粹，风神亦夷淡。于中郁奇气，如山
不可撼。落落语不烦，沈沈心已感。至今魂梦间，光采终未减。呜
呼夜漫漫，众生同黯黮。束身作大炬，烛破群鬼胆。劳薪忽已热，
惊泪不能斩。故人有林君，收骨入深坎。秋坟郁相望，杨花白如
禅。下车苦腹痛，絮酒致烦僭。"其《译嚣俄共和二年之战士诗》，
捶今铸古，尤所仅见。诗云："吁嗟共和二年之战士！吁嗟白骨与青

史！万人之剑齐出匣，誓与暴君决生死。暴君流毒遍四方，曰普曰奥遥相望。狄而斯与苏多穆，就中北帝尤披猖。此辈封狼从瘘狗，生平猎人如猎兽。万人一怒不可回，会看太白悬其首！漫漫欧陆苦淫威，孰往摧之吾健儿？嚖嘈猛将为指挟，步兵塞野如云驰。铁骑蹴踏风为靡，万众一心无诡随。势若沧海蟠蛟螭，与子偕行兮和子以歌。大无畏兮死靡他，徒跣不恤霜露多，为子落日挥天戈。日之所出，日之所没。南斗之南，北斗之北。山之高，水之深，何处不有吾健儿之足迹？陆沈之枪荷于肩，捉襟蔽胸肘已穿，昼不得食兮夜不得眠。身行万里无归休，意气落落不知愁。试吹铜角声啾啾，有如天魔与之游。健儿胸中何所蓄？目由之神高且穆。谁言舰队雄？截海归掌握。谁言疆场岩？靴尖供一蹴。吁嗟吾国由来多瑰奇，男儿格斗如虹霓。君不见祖拔将军破敌阿狄江之上，又不见马索将军耀兵莱因河①之湄。螯弧先登锐无前，突骑旁出摧中坚。追奔冒雨复犯雪，水深及腹无迴旋。受降城外看街壁，鼓吹看营森列戟。王冠委地如败叶，付与秋风扫踪迹。健儿一身经百战，英姿飒爽众中见。目炬烂如岩下电，短发蓬蓬风掠面。神光朗四照，卓立迥高标。有如猰㺄一跃临岩嶤，怒鼍呼吸风萧萧。壮怀激越临沙场，雄声入耳如醉狂。甲刃相触生铿锵，铙歌傅翼随风扬。鼓声繁促笳声长，间以弹雨声滂滂。有如雷霆百万强，暗呜叱咤毛发张。呜呼！喾然长啸者何声？赫尼俾将军死犹生。革命之神忾然而长吁，苍生亿兆皆泥涂。谁无伯叔与诸姑，趣往救之勿踟蹰，躯壳虽殄心魂愉。健儿闻之喜，万口同一唯。相将赴死如不及，前者虽仆后者继。吁嗟乎！孰言穷黎天所戮？君看趯倒地球如蹴踘。生平不识畏惧与忧患，力从长夜求平旦。由来众志可成城，端赖一身都是胆。共和之神从指麾，百难千灾总不辞。若云共和在天路，便当与子蹑云去。"又《八

_____

① 现通译为莱茵河。——编者注

声甘州》词有句云："轻飔微飐枝头露，似桃波靧面欲生寒。"《念奴娇》词有句云："暮霭初收，月华新浴，风定波微剺。翛然携手，云帆与意俱远。"一则以娟秀擅，一则以淡远胜。

今人喜泥古，往往以古人为目，而自为其水母焉。其于诗词，亦莫不然。儿时读纪晓岚所评《瀛奎律髓》，则适与今人相反。其于唐宋诸家之作，任意涂勒，虽未必悉当，要不失为能读书者，盖不肯以古人为偶像也。余意昔贤诗，佳者固多，而疵累固亦数见。略举如阮嗣宗句"朱鳖飞吴宫"，鳖何能飞？宁非不通？且即能飞矣，此等句有何意味？鲍明远有《听妓》诗题，"听妓"二字，亦不复成语。彼盖求字面之美，而以听妓度歌曲，简称"听妓"耳。又后山句："从今相戒莫打鸭，可打鸳鸯最后孙。"无论是何用意，其索然无味，盖不待言。山谷句："蛾眉倾国自难昏"，用"昏"字韵殊牵强。此与诚斋之"昨扇犹午携，今裳觉晨单"，苦吟之状，跃然纸上，终不得谥为好诗也。

论诗者，每称盛唐而轻中、晚，谓北宋诸贤，远轶南宋，此非知言也。盛唐、北宋之诗，什九出于承平日，宴游多暇，遂及吟讽。虽亦或含意甚深，遣辞多怨，而政治与社会之变乱未穷极，非若中晚、南宋，能多获世情、物态之助也。李、杜、苏、黄，生于开元、元祐之世，已不得谓之全盛，余子则异矣。浅者病韩冬郎诗纤薄，不知冬郎实温柔敦厚之至者，如"一春连日醉昏昏，醒后衣裳见酒痕。细水浮花过别涧，断云含雨入孤村。身闲易有芳时恨，地胜难招自古魂。多谢流莺相厚意，殷勤远为到西园。"使人低徊不能自己，而五、六一联，尤能道出有闲阶级之意绪，与流连景光之可以已。此其怀抱，又岂貌为忠孝清高者所得梦见哉！

诗有与古人雷同，顾胜似古人者，如龚定庵句："某水某山迷姓氏，一钗一佩断知闻。"盖沿用宋人方秋崖"一夔一契负公等，某水某丘如我何"之一调，而辞意皆非秋崖所及。此例甚夥，无待更仆。余以王调甫喜诵此二语，辄为道其本源如此。

十三四岁时见何枚生先生所作《张园》一律，爱诵不去口。今且二十余稔，先生犹健在闽中，爰录之以实吾《诗词话》："侵晓张园车马静，散疴最爱近林塘。更无人与分荷气，只觉风来尽露香。驰道双环松影合，红楼一角柳荫藏。归途见日才檐际，续梦犹能半枕凉。"此诗可谓不食人间烟火气矣。"驰道"二字，余终以为疑。盖"驰道"之为用与今之马路异，似未可一概也。先生诗于各体皆工，《游西湖》有句云"钟定声依无际水，诗成意在欲开梅"，传诵海内。

林宗孟与余先后为众议院秘书长，论政每相左，而私交颇不恶。宗孟于余，盖二十年以长，顾余漫不以为意。民国初元，被沮击，克强馆之于私邸，余时才十有六龄耳。往慰问之，辄拍其肩曰："子虽非吾党之徒，然我爱人才。"狂奴故态，思之可笑。宗孟诗才书法两擅长，惜所作不多见。录其甲子岁寄余一首云："倦客心情不自聊，出关易惹鬓霜凋。欲从负贩求遗世，未解躬耕去拿潮。四十九年逢甲子，八千里路过元宵。南中近讯君知否？闻道花时有急飚。"三、四言其在沈阳业精盐，而末二语则指当时浙督卢永祥将举系讨直兵也。"遗世"句竟成诗谶，郭松龄之败，宗孟死于乱军中，骸骨俱烬，果羽化矣。

北大同学与余共负笈者，有姚鹓雏、胡步曾、黄有书、汪辟疆、王晓湘，皆工诗。前乎余者，则有梁众异、黄秋岳、朱芷青；后乎余者，则有俞平伯，而平伯又兼擅新旧体诗。鹓雏与余，号"太学二子"，其佳篇甚富。今就记忆所及，录一律："江上春残我未归，江涛六月飒成围。 二年踪迹谁先觉，隔岁风光已半非。 问舍求田吾亦得，浮槎凿空世交讪。 鲁连应亦思长往，何日相看返故衣。"介于荆文、后山之间。 又绝句云："虚堂绿荫自葱茏，未雨先看拔木风。 人世炎凉本如此，手挥冰柱送飞鸿。"盖有慨而发，次句余尤喜诵之。

逊清同光以来诗人，余雅好梁节庵而最不喜沈子培。 盖节庵诗绝似二十许女子，楚楚有致；乙庵则喜用僻典及生涩之字面，大类鸠盘荼故为搔首弄姿者然。 然乙庵诗亦间有平易近人者，如"此去海门原咫尺，浪花何事白人头"，直是山谷诗中绝句之上乘者也。

中国士大夫，囿于封建社会传统之心理，其于不正确之身份与名誉上观念什九重视，浅者挟此为嘲骂、诬蔑、报复之资，受之者亦耻之恨之，实则甚属无谓。 闽卓君庸别墅在北平之玉泉山，颜曰"自青榭"。 曾次公故性狂放，又与君庸不相能，辄为之题一绝云："野水无人鸭自狂，我来凭吊感兴亡。 君家惯卖当垆酒，肯为青山一日忙？"诗甚美而意在讽刺，君庸衔之。 朋侪述其事于余，余以为是固无伤，微沦卓文君之奔相如，仅是虚伪之礼教所不许，即当垆果为贱业，一氏族间所为事，于己何与？ 次公诚谬，君庸亦未为旷达。

智识阶级至东方愈益薄劣，而东方之中国，则更不可问。 虽极浅近、极狭隘之民族意识，求诸中国，乃亦戛戛乎其难。 此盖不自今始矣，录汪水云诗以实之。 水云躬逢蒙古民族入主中夏时，其《醉歌绝句》有云："衣冠不改只如先，关会通行满市廛。 北客南人成买卖，京城依旧使时钱。""北师要讨撒花银，大府行移逼市民。 丞相伯颜犹有语，官中好拣秀才人。"前者盖讽当时之商人，·言其与蒙古人相狼狈，国虽亡而市面则繁荣犹是也。"关子""会子"皆当时钱币之名，犹今之中、交钞票。 后一首盖讥士大夫甘为臣虏，而蒙古人亦务求此辈士大夫而利用之也。 伯颜为元之宰相。 综观此二诗，可知一民族之灭亡，士大夫与豪贵及至商贾者流，固自有其不亡者在，所苦者小民耳。 故水云诗第二首，有"北师要讨撒花银，大府行移逼市民"之句。 此其情景，使人读之，殆将惊心动魄，而哀不自胜矣。

侯官学者严几道，名满中外，而晚节不终，附洪宪以自毁，士论惜之。 几道所为诗，视其古文辞尤工。 坊间刊行之诗集，间有遗珠，余见其《寿曾伯厚》两律，可与盛唐诸贤颉颃，集中竟未载。 亟录之："怜君不得意，白首客京师。 入社添佳句，持门有好儿。 家贫身总健，世易意犹疑。 晚节应尤美，桐孙茁九枝。""群盗知廉吏，疲氓识好官。 处膏能不润，履险乃常安。 积案闲三木，长虹枭两竿。 至今蜀父老，说尹尚汍澜"。 其"世易意犹疑"一语，民国以来老辈之衷曲，可谓道尽矣。"处膏能不润"云云，则晚近官吏中，百不一二。 几道此诗，以思想论，虽未脱封建社会之意绪，顾在彼之社会中能道其所道，无愧诗人。

岁壬戌、癸亥之交，廖仲恺数出入于粤军，盖策之以讨陈炯明也。 有《安海感赋》之《蝶恋花》一阕云："五里长桥横断浦，送尽离人，又送征人去。 剩对山花怜少妇，向来椎髻围如故。 黯黯斜阳原上暮，罂粟凄迷，道是黄金缕。 彩胜红旗招展处，几人涕泪伤禾黍。"其于农村妇女之力作，民间之遍种鸦片，与武人之挟鸦片以收功，慨乎其言之，可资为后之史料。 词亦佳。

林曦谷诗，颇为同光老辈所称，石遗之兄木庵先生，尤激赏之。木庵尝有句云："诗成试起挑灯看，不似诚斋定不然。"盖木庵与曦谷皆办香诚斋者。 然曦谷诗，虽近诚斋，胆力终未逮也。 举例如"海上今年二月寒，出门何地有花看"，使诚斋执笔为之，吾知其直作"上海"，而决非"海上"。盖海上二字，字面似美，太不切实。青岛、天津，举无不可，且用上海，亦未尝不美，暾谷必用"海上"，殆犹未免泥古。余近作云："要我郊游共汽车，北平归客到真茹。迎门稚子呼爷起，置酒三人入座徐。园野凉生无际绿，村居眼豁数行书。剧谈把盏浑忘暑，尘外桃源倘不如。"迳用北平、真茹，而辞意愈美。则知字无雅俗之说，信而有征矣。必如是，乃真可抗手诚斋。世有知诗者，不易吾言！

唐宋诸大家，用字遣句，无所不宜，此盖其才力使然。今之学唐宋者，仅拾其糟粕，而食古不化之念又萦回于脑际。彼恶知诗词无不可用之字、无不可遣之句哉？杜工部诗"美人娟娟隔秋水，身欲奋飞病在床"，苏东坡诗"醉循牛屎觅归路，家在牛栏西复西"。"病在床"三字，用之于此，不见其俗，而适形其美。此与近人周锦涛之"逆旅花开病在"句，后先辉映矣。友人潘凫公过谈，为举此二语，以左袒吾说。余笑谓凫公，假令同光以来诗人，遇此等处，断不敢用"牛屎"二字，必为"牛迹""牛粪"无疑。抑知其非"牛屎"，便不足以见此诗之妙。盖真能诗者，用字不苟类若此。

偶与王调甫论诗，调甫谓其友人严既澄有集，名《驻梦集》，调甫以为必改《注梦集》乃佳。争而莫能决，举以询余。余曰两者皆未尽美，当易以"住梦"二字。时履川亦在座，二君咸称善。

黄公渚之季弟公孟，亦能诗，而集句特工。尝集简斋句，为七律十余首，辞意并茂，突过原作。录《雨夜有赠》云："东家乔柏两虬枝，长映先生须与眉。今夜远闻五更雨，危楼只隔一重篱。独无宋玉悲秋念，压倒韦郎宴寝诗。竹饱千霜节如此，岁寒心事欲深期。"《春日》云："晓窗飞雪惬幽听，转眼桃梢无数青。且复高谈置余事，绝胜辛苦广骚经。 鼋鼍杂怒争新穴，草树连云写素屏。 百尺楼头堪望远，未须觅句户长扃。""鼋鼍"句颇可为白色帝国主义者重求分配新市场写照。 然公孟思想似亦笃旧，未必有此意识也。《登楼》云："一笛西风夜倚楼，雨津横卷半天流。 钓鱼不用寻温水，扫地还应学赵州。 欲诣热官忧冷语，漫排诗句写新愁。 梦阑尘里功名晚，壮士如今烂莫收。"《游怡园有作》云："心田随处有真游，问梦膏肓应已瘳，床位略容摩诘借，园居犹为退之留。 书生身世今如此，客子茅茨费屡谋。 得一老兵虽可饮，也须从事到青州。"《夜坐》云："天缺西南江面清，夜阑酒尽意还倾。 芭蕉急雨三更闹，杨柳微风百媚生。 梦境了知非有实，客怀依旧不能平。 醉中今古兴衰事。 正要群龙洗甲兵。"集句中之圣手也。

　　张樊圃为逊清咸同间词客之一，有《新蘅词》行世。 偶于友人黄荫亭处见其晚年所作数阕，皆集中未载者。 录《唐多令》《山花子》各一首。《唐多令》云："花片落空尊，春寒镇掩门。 拥单衾几个黄昏。 明月青溪烟柳暗，空愁煞，渡江人。 纨扇箧犹存，薰墟香复温。 渺天涯，如梦如云。 流水三生萍再世，销不得，是春魂。"《山花子》云："火冷锡稀杏欲残，梨花如雪压东栏。 一角新愁无着处，寄眉山。 天上鹍鸡惊夜午，帘前鹦鹉说春寒。 剪烛为君裁白纻，称心难。"风致皆不恶。 清代中于樊榭差近，而"流水三生"句则颇沉着，似后主之《浪淘沙》矣。

　　凡诗词，意欲其深，句欲其重，而遣辞用字不忌其平易通俗也。 盖深而重者，必能深入而浅出。 擅此者，便是大家。 看似平易通俗，实非仅平易通俗而已。 中国往昔之思想界，囿于社会制度，故古人诗词中之意境，已不足以应今世之用，必更求其深刻。 剽窃古意已是次乘，若但辞句貌似古人者，斯其下焉矣。 同光以来诗人、词客，可与语此者，诗人则前有江弢叔，而后有诸贞壮。词客虽夥，什七以清真、梦窗为宗匠，罔或直排二主之闉，得此中三昧者，似犹未见。贞壮诗在朋侪中，端推第一，以较老辈，则其才力又远胜弢叔、伯子。天下后世，自有定评，岂吾之阿私所好哉？

儿时读书天津译学馆，从王贡南先生授经。先生激赏余诗，然余少作实不足称。二十以后稍佳，近数年乃突进，颇自负百年以来未有此作。余虽不愿仅为一诗人，而先生相知之雅，则深恨其不及见也。先生诗见于近人何翽高所刻《一微尘集》者甚夥，皆神似唐贤。余与哲嗣长公相捻，因觅得其集外诗数首，不仅《一微尘集》无之，即先生所手定之《楞修诗集》，亦未收入。盖壬子至丁巳所作，六年中仅仅此数首，名贵可知。《二月十八日渡江姑堆》云："黄流滚滚日晶晶，渡水南征趁晚晴。茅屋几家都插柳，江姑堆上过清明。"《夜宿东佛狸庄》云："渡远河南宿，艰危念县城。师行无百里，人静坐三更。贼骑春田扰，村汇夜柝惊。佛狸庄上月，留照汉家灯。"《二月廿七日宿裴城寺》云："信宿裴城寺，分明近贼巢。安危关数县，辛苦仗同袍。野色春星淡，河声夜泛高。巡檐人独立，群盗正如毛。"二诗皆成于"白狼"披猖鲁豫时，先生方需次山东也。

《小病喜豫儿夫妇挈诸孙至》云："去年病榻儿孙别，今日重来体又孱。三载衙官成底用，一家骨肉暂开颜。城低望远天难尽，地僻惊秋草未删。新构危亭应待汝，徐安笔砚写溪山。"《一病》云："经年一病尝新麦，流寓全家记异乡。辛苦田园供旱魃，飘摇风雨叹萧墙。池南暮霭晴方好，天外轻雷怒欲狂。荼火军容吾未见，红榴裙是美人妆。"末二语殆有所指，以意揣之，当是讥军中挟妓者流。又《寄江杏村侍御》云："不及宣南祖道尘，望中冠剑若无人。朝廷尚以词林待，海内皆知御史真。幸免党援牵蒋赵，独标风格在瓯闽。

还山自为娱亲去，圣代何尝有逐臣。"此则逊清宣统时之作。 老辈诗词，为时代所限，正不必盱衡其思想也。 又《马处士坟》云："西崦山中马处士，前朝文献至今存。 娑罗一树白如雪，四月南风花压垣。"风致娟然，睥睨中、晚。 其断句如："半夜春潮生渤海，出关铁路接辽阳"，"中国岂无华盛顿，主人原是郑延平"，皆雄浑。 又"旧燕窥帘仍识主，残花委路竟无名"，"身世谁堪冰语夏，生涯已似橘逾淮"，皆沉着。《半夜》一联，集中亦未见，余三联则已载，余尤喜《身世》一联，大可为今之士大夫阶级诵之。

梁溪杨蕊渊，为逊清词人杨蓉裳之女公子。 嘉道间颇蜚声词苑，所著《琴清阁词》多才语，而世无刻本。 余于章衣萍案头，见其购自市肆之钞本，虽未可以方驾《漱玉》，要较《芙蓉山馆集》，似已跨灶矣。 录《高阳台》云："乍试生衣，犹欹单枕，晓窗幽梦初残。 香篆萦青，重扉静掩双镮。 娇痴鹦鹉玲珑语，唤云英，移近阑干。 卷疏帘，翠雨如烟，一片迷漫。 瘦人天气添憔悴，任脂零粉腻，明镜慵看。 燕子来迟，小楼空贮春寒。 闲愁只在垂杨裏，被东风，吹上眉端。 凭妆台，细字蚕眠，写遍冰纨。"《南歌子》云："匀泪欹珊枕，寻诗拂锦笺。 晚凉如水浸疏帘。 低漾一层花影一重烟。 兰露飘残月，桐荫罨画檐。 药炉声沸夜无眠，只觉年年多病是秋天。"《声声慢》云："明漪皱碧，纤雨飘香，佳游好是今朝。 腻粉嫣红，闲园共斗春娇。 朦胧海棠睡醒，试新妆酒样难描。 帘影外，看几丝垂柳，绿到无聊。 知否韶华晼晚，怕流莺憔悴，坐老花梢。 昨夜阑干，厌厌瘦尽夭桃。 相看别饶乡思，况家山烟水迢遥。 风正紧，任飞吹过小桥。"断句如：《鬓云松令》之"薄暖轻寒，好倩花枝耐"，《点绛唇》之"更深也，月来窗罅，一树梨花谢"，《菩萨蛮》之"莫劝饯春杯，荼蘼尚未开"，《采桑子》之"俏悄帘栊，薄雾轻笼，春到缃桃第几丛"，并皆有致。 与蕊渊同时者，有李纫兰、许林风，亦擅倚声。

林风有句云："人在看风冷似秋"，看似寻常语，而读之使人低徊不能自己。 逊清末叶，诗人词客，竞以雕镂相标榜，往往辞浮于意。 若更从严论列，则南宋词已多此弊。 南宋以后，尤难更仆。 试寻绎其词，几于千篇一律，仅字句不同耳。 如是者，虽声律极精，辞藻至美，又安足贵？ 凡文艺之上乘者，意境胜于辞藻，诗词亦莫不然。仅求律与辞之工，侈言风骨，全无意境，或虽有之，而陈陈相因，是涂泽而已，摹拟而已，不足以语于创作，充其量仅可自傲曰"吾述而不作"也。 故中国诗词之弊，至近百年而极。 晚近耽于语体诗者，其剽窃欧、美、日本之辞与意，什九与此辈同是。 亦不可以已乎？

诗始于民间之歌谣。 歌谣皆有韵，故诗为韵文，百世不易。 盖必有韵而后可以歌唱，而后可通于音乐也。 苟其废韵，是文而非诗。欧美诗，虽有不用韵者，乃例外，非原则。 彼邦名之曰"自由诗"，具一格而已。 今之号为诗人者，长篇巨制，炫人耳目，姑无论其向蟹行书中作贼，即果出于心裁，亦仅可美之曰妙文，不得谥为好诗也。余所知语体诗人，如郭沫若、徐志摩、闻一多，皆颇善于用韵。 而谢冰心、朱湘、田汉诸人，亦时有才语，盖皆善读欧美诗者。 近睹右倾之诗派中，后起之秀，政复不鲜。 而号称左袒之新诗人穆木天、王独清，诗才亦不恶，然皆未尝去韵也。 旧作《嫁后》一首用语体，有伧夫见之，谓诗不必有议论，余为齿冷不置。 诗不必有议论，亦不必无议论。 此君之言，似解非解，半通不通，何足言诗？ 乃坊间亦刊行其诗集。 夫以口号标语式之文，强而行列之，曰是"诗"也，吾知《十二个》之作者，将痛哭地下。 而所谓工农大众，亦必瞠目相骇，而不知所云矣。

傀儡伪国，自僭号以来，亦复党派纷歧，各挟日人或其他势力以自重。 遗老陈宝琛，曩应溥仪之召，有所参与，知难而退，未尝复往。 与交厚者，谓其识解，高郑孝胥一等。 余偶从友人处，见其客岁所赋二词，于伪国之内讧，与感叹所系，颇足以供研讨，词亦不恶。《咏残棋》调《壶中天》云："一枰零乱，欠猧儿，为我从新翻却。越是收场须国手，不管饶先争著。 休矣纵横，究谁胜败，苟罢同丘貉，可怜灯下，子声敲到花落。 兀自坐烂樵柯，神州累卵，眼看全盘错。 大好河山供打劫，试较是非今昨。 蜩甲枯余，玉尘输尽，说甚商山乐？ 羡他岩老，梦边那省飞霜？"《中秋待月》调《南楼令》云："丛薄易黄昏，众星檐际繁。 好山河生怕幕吞。 七宾催修成也未？一年事，够销魂。 秋色正平分，天风吹海云。 甚仙人，擎出金盆？只要高寒挨得过，怎秋月，不如春？"意在弦外，可深长思矣。

郑孝胥于客秋赋《重阳》一律，谬自期许。 余见而技痒，辄用其体，走笔次和。 兹并录郑及余作于此，亦诗史也。 郑作云："壮年曾记戍南荒，脱向空桐惜鬓霜。 自窜岂甘作遗老，独醒谁与遣重阳？菊花未见秋无色，雁信常迟海已桑。 定有黎民思故主，登高试为叩穹苍。"余和云："委蛇何苦窜穷荒？四海交亲惜鬓霜。 歇后一官甘汉贼，在东万里作重阳。 兵穷刘豫金终厌，梦误成都亮有桑。 污却诗名医寂寞，只哀返照落苍苍。"以诗论，亦当压倒郑作，属辞、隶事，自觉尤为精切。 未谂郑读之作何状？ 末句谓暴日已成回光返照之势，其没落可待耳。 朋侪有自伪国逃归者，述日人驹井在彼权倾一时。 其官斋案头，置电铃二，一以呼仆役，一则呼郑，盖习以为常。故余和作有"委蛇何苦"之语。（附注："在东"二字，用"蝃蝀在东"之意，非用"周公在东"也。）

白蕉君数以诗词相质，致力甚勤，进步亦猛。 曩见其七律，有"落花庭院诗俱瘦，凉雨江城气欲秋"之句，颇称赏之。 近辱见示《浣溪沙》一阕，乃几欲突过古人。 亟录于下："减却相思意转痴，樱唇欲淡血红脂，欢情偏笑那家儿。 今日休言还有恨，这番非梦更无疑，斜阳犹挂最高枝。"下半首尤使人低徊不自已。 又为余诵炼霞女士句云："怜我影成孤，何如影也无。"殊沉著，故是佳句。

近人颇喜学定庵，世所称诗僧苏曼殊，其著也。 顷余姚陈伯英邮赠其《秋据楼诗稿》，乞为审定。 读之，亦办香定庵者。 断句如"曲塘深处无人到，付与鸳鸯作小眠"，"小桥东去市声懒，独有春风扬酒旗"，则又略似中晚唐矣。 录其《四月十九日威如来访同饮欢剧》云："几人海上共徘徊，百种无聊喜汝来。 不意江湖见华发，自将身世讬深怀。 稻粱便堕中年志，文字空埋一世才。 话与他时解萧瑟，有灯如雪鼓如雷。"辞意皆不恶。 又"门低不待暮先苍"，"凉飔先到水边楼"等语，看似寻常，未经人道过。

逊清遗老，什九貌为忠孝，而以民国法网之宽，得恣所欲言。 在北洋军阀时代，以一身出入于清室与民国者，又指不胜屈。"笑骂由他，好官自为"，此辈遗老，亦庶几矣。 曾履川有《落花》四首，于此辈遗老，极讽刺之妙致。 其第二首有云："岂谓摧残关宿业，只应零落看终场。 江山故国空垂涕，风雨高楼且命觞。"其第四首有云："极呼后土终何补，欲逐前溪不自由。 养艳昔曾张锦幔，酬恩倘似堕珠楼。"皆辞意深刻，声调激越，直类春秋笔法矣。 记梁众异所作绝句，间或近此者。 如："预为死后求佳传，羞向生前说旧恩。 当日遗山真失计，但营亭子不臣元。"盖为赵尔巽受命民国，就清史馆总裁之职而作也，并志之。

歌咏所发，性情胥见，此间于中外古今而皆然。 中华民族富于惰性，故标榜清高，企求逸豫，虽在贤哲，犹所不免。 其隐为民族性之翳者，盖深且远。 诗词中举例，尤难更仆。 唐之韩昌黎，宋之苏东坡，皆以名臣而兼诗人。 然昌黎有句云："断送一生惟有酒，寻思百计不如闲。"东坡有句云："惟愿孩儿愚且鲁，无灾无难到公卿。"其委心任运之意绪，盎然字里行间。 宜数千年以来，影响于智识阶级之心理而不自觉。 民族性之日堕，固有由矣。

中国诗人乡土之思，几尽人而同，自是时代与环境所囿，而中华民族之乏冒险性又略见。 李德裕者，唐代宰相之佼佼负盛名者也。尝读其《会昌一品集》，前后有《怀平泉故居》诗二首，思乡怀土，情见乎辞。 名臣如此，酸儒可知。 录于下："昔闻羊叔子，茅屋在东渠。 岂不念归路，徘徊畏简书。 乃知轩冕客，自与田园疏。 残世有遗恨，精神何所如？ 嗟予寡时用，夙志在林间。 虽抱山水癖，敢希仁智居。 清泉绕舍下，修竹荫庭除。 幽径松盖密，小池莲叶初。 从来有好鸟，近复跃倏鱼。 少室映川陆，鸣皋对蓬庐。 张何旧僚寀，相勉在悬舆。 常恐似伯玉，瞻前惭魏舒。""孟夏守畏途，舍舟在徂暑。 愀然何所念，念我龙门坞。 密竹无蹊径，青松有四五。 飞泉鸣树间，飒飒如度雨。 菌桂秀层岭，芳荪媚幽渚。 稚子候我归，衡门独延伫。 谁言圣与哲，曾是不怀土。 公且既思周，宣尼亦念鲁。 矧余窜炎裔，日夕谁晤语。 睠阙悲子牟，班荆感椒举。 凄凄视环玦，恻恻步庭庑。 岂待壮鸟吟，方知倦羁旅。"二诗皆贬崖州后作，晚岁壮志浸衰歇，宜其哀以思已。

晚近诗人，食古不化，余已数数辟之矣。 偶与某君论诗，彼以为南京、中国等字面，俚俗不可用，余谓子乃数典而忘其祖矣。 因举杜、韩诗，以正其谬。 工部《梅雨》一律云："南京西浦道，四月熟黄梅。 湛湛长江去，冥冥细雨来。 茅茨疏易湿，云雾密难开。 竟日蛟龙喜，盘涡与岸回。"昌黎《赠译经僧》云："万里休言道路赊，有谁教汝度流沙？ 只今中国方多事，不用无端更乱华。"此非迳用"南京"与"中国"乎？ 工部所称之"南京"虽系成都，其字面一也。 又余诗常用"阶级"二字，或亦以为疑，而不知本于《汉书·范蔚宗传》，与今之"阶级"二字，意义正同。

咏物与悼亡之作，余所见以张之洞之《牡丹》一绝、林黻桢之《蝶恋花》一阕为最佳。 张诗云："一夜狂风国艳残，东皇应是护持难。 不堪重读元舆赋，如咽如悲独自看。"哀感顽艳，盖不独为牡丹而作也。 此诗南皮诗集中，竟未载入，不可不举以公诸同好。 林词云："行近城阴天惨碧，添个凄惶，雨别黄昏密。 柳似烦冤苔似泣，一行舟施横风入。 怜汝幽楼还自惜，剪纸招魂，独对前和立。 从此风萍随浪迹，一生肠断重阳日。"盖送其亡妇殡所作也，无一字一句不极沉痛缠绵之致。 此叟亦工诗，有咏月句云："能入世间千种意，始知明月是天才。"直发古人所未发。 又游杭有句云："凉生平野千林雨，酒醒孤城一拍筎。"亦悠然使人神往。

伪国务总理郑孝胥，负诗名，其有文无行，与明之阮圆海仿佛。然阮之诗，至晚近始为世所知，而郑则《海藏楼诗集》，早传诵于时。吾人倘不以人废言，如郑者，故是一代作者。 曩见其少日狎妓之作，有"灯花红处人初见，檐雨凉时梦不成"句，殆似阮胡子《燕子》《春灯》之跌宕矣。 又《乌石山题石》一绝，亦集中未载者，并录于此："山从旗鼓分，江自洪塘下。 海日生未生，有人起残夜。"殊沉着。

昔贤谓"诗穷而后工"，此非笃论。 古今诗人中，凡大家名家，什七皆未尝穷，而大家几尽为显达者，不惟不穷已也。 唐宋两代，尤难更仆。 略举如唐之李峤、张说、武元衡、李德裕、和凝，皆位至宰辅；薛能、高适、元稹、白居易，亦皆至节度或尚书。 而宋之东坡、荆公、欧阳文公，又尽人而知其为名臣。 贺知章、韩愈皆至侍郎，杜甫、王维为拾遗及尚书右丞，皆不得以穷视之。若清代之范伯子、江弢叔辈，乃真穷而后工矣。

陈石遗先生著述等身，在老辈中，思想似较佳。其诗集早经行世，近作乃益精进，风格亦视往时略有异，不可不录以飨爱读先生之诗者。《庚午春尽日花光阁送春》云："此阁何年不送春？送春诗句苦陈陈。天将乍雨还晴景，饷与今来昔往人。烟柳斜阳青兕老，池塘明日绿荫新。漫吟春尽花开尽，仍仗榴花照绛唇。"《翻香山年谱作，时余造第五楼将成，年已七十四矣》云："香山居士明年死，而我还来筑此楼。拟取剑南舍长庆，可能寿比放翁不？""也是三间五架堂，泉台久矣孟家光。朝云有子杨枝在，持较先生似略强。""楼未增高树过墙，此楼似就树移堂。乌峰敢比庐峰好，赢得看山在故乡。""不是平生听雨情，修篁百挺忒多生。潇湘篷北黄冈瓦，何似檐前潇洒声。""听雨看山兴味浓，如何密竹蔽诸峰？南州溽暑楼如炙，能引清风胜种松。"《榆生寄张园雅集照片感赋并示图中诸旧好》云："频年饥渴许多人，忽现图中径寸身。别后发眉都宛尔，老来江海作比邻。虬翁避面知何往，蜕叟苍颜尚未亲。惆怅散原还北去，盍教投辖与埋轮。""天将乍雨还晴景"，及"赢得看山在故乡"之句，皆不脱旧诗人意识之窠臼。此自是时代所限，未足为先生病也。

今夏先生过沪，其及门弟子，觞之于康桥"夏氏别墅"，邀余与遐庵、众异、拔可、公渚、凫公诸人作陪，夷傔、梦旦、子有丈，亦咸在座。余为赋二律，嘲公渚及别墅主人映庵，诗小有致，录于下："兵尘流转石遗翁，难得康桥此会同。我倦周旋新旧际，翁犹矍铄笑谈中。达官亦有能诗者①，遗少宁无浊世风（朋侪中或以遗少呼公渚）。稍喜潘生多磊落，狂言惊座气如虹。""二十万金年七十，映庵

所望倘非奢。① 浮觞今见林园美，买艇闲思语笑哗。 世念全销吾有遁，性词不解子如蛙。② 诗人最有青莲裔，能状时宜笔粲花。③"公渚、映庵见之，得毋怒我恶作剧耶？

曾履川为韶觉掌书记，词翰甚美，为时所称。 余偶与韶觉邂逅，语及履川诗，韶觉谓近经点拨，稍可观。 余忍俊不禁，乃以一诗戏韶觉，兼示誉虎、履川，此亦骚坛中趣史也。 诗云："韶觉矜点拨，誉虎称诗家。 今见君诗美，韶觉言近夸。 我交韶觉久，诗肠生槎枒。 譬彼黄口儿，索乳尝牙牙。 亦知用诗人，携以资涂鸦。 秘书职非细，爱士弥可嘉。 吟成示郑叶，好句或笼纱。 誉虎故知诗，睹之当笑哗。 为我语韶觉，怒兹诤友耶？"

中国士大夫阶级，有恒言为贫而仕，盖封建社会时代高于农业经济之生活，所谓智识者之出路，自不得不群趋于仕之一途也。 此风至今未替，且变本加厉，亦可哀已。 曩山谷诗，有"食贫自以官为业"之句。 余旧作则有"国贫竞以官为业"之句，似较山谷尤深刻，盖生世不同耳。 表舅祖陈幼海先生，少负才名，诗、词、骈散文，皆沉博绝丽，而仕辄不进，殁时仅五十三岁。 余记其一律云："打叠征装未碍轻，黄金垂尽又长征。 潇潇细雨寒驴背，漠漠浓云隔凤城。 新麦未黄初出穗，野花一白不知名。 平生书剑飘零惯，惭愧少年负盛名。"第二句犹是山谷之意，末句则与余有同慨矣。 又断句云："沧江一夜黄梅雨，四月重棉尚未温。"亦佳。

---

① 戊午春与众异、映庵、彦通偕游西子湖，映庵谓生平第具二愿，一则寿七十，又其一则拥赀二十万金云。 ——作者原注
② 映庵以余尝倚《声声慢》《一半儿》诸阕，谓子之词集，宜名以"性词"，盖相诮也。 ——作者原注
③ 谓拔可。 ——作者原注

从叔鼎燮，幼贫而好学。 既壮，于草书多所涉猎，文采斐然，陈弢庵颇激赏之。 然乡居固陋，偶入城，见策马者，归语所亲，"吾今日见无角之牛矣。"比谒弢庵，弢庵款以茗，燮叔讶问："瓯安得有耳？"弢庵戏之曰："今得一妙对，乃'瓯有耳'与'牛无角'也。"中岁服官，余数为作项斯，稍稍能自活。 竟不及中寿而殁，至可惋叹。燮叔中年以后诗，益精进，惜行箧散乱，未易检出。 先就记忆所及，录一律："苏公白傅流连地，难忘湖西水接天。 此地经过曾廿稔，故人一别遂逾年。 情长纸尾兼诗句，俸薄囊中几酒钱。 为语新来相忆否？ 海棠花发陆祠前。"语长心重，味永神清，殆兼而有之。

燮叔之弟子廖德寿女士，亦能诗。 尝于林凉生家任教读。 凉生为余诵其断句云："枯诗病面惭相对，倚遍阑干一惘然。"婉而多怨，故是佳句。 近见皖江芷女士，有句云："我自不如梁上燕，无愁无病过清明。"亦颇有致，惜未脱封建社会中东方女子之口吻耳。 书至此，连类忆及吕碧城女士咏牡丹句云："却为来迟情更挚，非关春去意元哀。"某女士咏梅云："最念故园今日景，不知城外几分寒。"并皆新颖。 吕句尤深刻可味。

杨皙子之下堂妾陈文悌，尝为梁众异、曾云沛所眷。 文悌喜作捧心颦，盖亦工愁善病者流。 众异尝用其名嵌入诗，戏以章佩乙为之偶。佩乙曩以潘馨航度支，允辟为次长，而不果践宿诺，殊怨怼。 又其大妇有河东狮吼之癖，佩乙纳妾名雪妃，为所侦知，来相问罪，佩乙亟匿之。 故众异诗云："三吴灵秀在文章，巾帼须眉两擅场。 往事凄凉叹皙子，一官蹭蹬骂馨航。 逢人喜说新来病，无馆空题自在香。"①其第七

---

① 佩乙购书画，辄钤以"自在香馆珍藏"之印，实未尝有馆也。 ——作者原注

句偶忘却，末为："云郎东去雪妃藏。"此虽近于打油诗，而其事颇趣，足资谈柄，爰取以实吾诗话。

黄荫亭为石遗及门弟子，擅法国语文，而旧学亦有根柢。尝撰《石遗先生谈艺录》行世，余为之序。荫亭勤于诗，日有进境，其句如"一事自哀年少日，坐看沈陆作诗淫"，"松翠上衣经院静，海风吹浪日光寒"，"自信头颅堪许国，那知忧患已摧肝"，"长廊昼静宜清梦，古木阴浓易夕阳"，皆不恶。今夏末伏过上海，至余子楼，投诗甚美，亟录之："散策春申意转幽，侠肠英气自千秋。江南人物真才子，海内文章此子楼。中岁情怀关党史，早年姓字动诸侯。只怜盖代虬髯意，红拂由来未易求。"又荫亭所为古文，尤得老辈称赏。

李拔可尝为余谓林暾谷"今日好山撑不近，明朝须换小船来"之句，真白描圣手也。昔贤以为王摩诘诗中有画，此则画之工者，亦不易肖其情景。晚近妇女，喜涂泽脂粉，而于唇脂尤其，顾与所欢，偶一接吻，则每易脱落。故白蕉词有"樱唇欲檐血红脂"之句。曾仲鸣所作绝句，亦有"人最聪明心最细，临行先自补胭脂"之句，皆纪实也。

新体诗人，每喜拾欧美牙慧，而不知其远于创作。曩见徐志摩译哈代所作《一个星期》，辞意并美，为之技痒，遂亦踵成一首，颇自矜以为突过哈代。兹以哈代所作，与拙作并录于此，以质海内之嗜新体诗者。

哈代作云："星期一那晚上，我关上了我的门。心想你满不是我心里的人，此后见不见面，都不关要紧。到了星期二那晚上，我又想到，你的心思，你的心肠，你的面貌，到底比不得平常，有点儿妙。星期三那晚上，我又想起了你。想你我要合成一体，总是不易，就说机会又叫你我凑在一起。 星期四中午，我思想又换了样。 我还是喜欢你，我俩正不妨亲近的住着，管他是短是长。 星期五那天，我感到一阵心震。 当我望着你住的那个乡村，说来你还是我亲爱的，我自认。 到了星期六，你充满了我的思想。 整个的你，在我的心里发亮。 女性的美，哪样不在你的身上？ 像是只顺风的海鸥，向着海飞。 到了星期日的晚上，我简直发了迷，还做什么人，这辈子要没有你！"婉而有致，故是佳构。

余作云："星期一： 我在梳妆台上，捡着了两三瓣的鲜花。 我又是想她，又是恨她。 只怕我虽然在惦记，她已经 kiss 了别人家。 星期二： 我到柜橱里找熨斗。 她常穿的一件玫瑰色衬衣，还没有带走。 想起了肉的颤动，我简直像喝醉了酒。 星期三： 我晚上回来，把书桌的抽屉拉开。 剩下些什么？ 她给我的情书一大堆。 星期四： 我决计不再想她，一个人静静地坐在家。 可又挨不过爱的饥饿，我真成了小孩子离不开妈妈。 星期五： 我想她还是可爱，可恨我的脾气不能够耐。 难道女性真是男的永远占有物吗？ 现在是什么时代！ 星期六： 我恍然大悟，我发现了我的出路。 社会上不少女性，再试试求爱的初步。 到了星期日，我心上的一块石头落下地。 请太太小姐们注意，别再来诅骂男性，一样把你们性的需要，当作常事。"似较哈氏为深刻。

荫亭顷复遇沪，出示石遗绝句三首甚美，亟录之："残秋满耳是诗情，桐叶青黄未尽更。 丛菊四围樽一个，此时何事逊渊明？""残秋满耳是诗情，不在虫声与雁声。 高竹百竿梧几本，是风是雨不分明。""残秋满耳是诗情，木叶萧萧已可听。 满地叶干风自扫，更教疏雨滴泠泠。"刻画入微，诗中有画矣。

偶诣刘放园，观其《大暑日得雨》二律，颇不恶，因以公诸同好。 诗云："大暑方愁热，炎氛忽尽消。 万家同喜雨，远浦正添潮。 檐瀑狂如舞，庭花湿自骄。 也如人得势，所惜不崇朝。""一雨临中伏，未秋气已凉。 荷香殊郁勃，蝉韵益悠扬。 云黑催诗急，风清引梦长。 天公工作态，楼角又斜阳。""湿自骄"句之"湿"字，放园寻易为"润"字，"也如"易为"亦犹"，远不逮其旧，故余仍录原句也。

岁己巳之冬，闽有政变，省府委员，被擒于卢兴邦者六人，且禁锢之于延平。 此六人者，为林知渊、程时煃、郑宝菁、吴澍、陈乃元、许显时。 既入陷阱，六人计无出，则惟日夕以读书吟诗，遣此浮生。 程时煃有《浣溪沙》一阕，余见而美之，爰取以实吾《诗词话》："镇日楼头听雨声，一春来去总无情，花朝过了又清明。 逆水送将孤棹返，晚风吹向万山行，梦中何日是归程？"颇有北宋人之风格。

曩见陈弢庵之《春阴》四首，辞极清丽。 惜仅记其一，录如下："落红庭院昼愔愔，半晌微晴半晌阴。 殢雨添成归燕懒，峭寒能否病莺禁？ 偶抬柳眼只生怅，稍展蕉心且见侵。 莫怨东风悭与便，吹犹不散酿还深。"绝似晚唐。 弢庵早通藉，工于试帖，故体物琢句，尤所擅长。 尝赋落花诗，亦为四首，传诵海内，容觅录之。

顷见凫公所草诗话，于余评骘赵叔雍诗，记载稍失实。 且其辞意，似若左袒叔雍者，亦复未当。 爰取是日履川招饮座上之经历，为详述，俾资诗坛中之信史。 盖是日叔雍出其近作绝句，示同席诸君，余谓："灵和""秘殿"字面，必不可用，姑无论其酷肖遗老语。 且张作霖僭号大元帅，已为民国时代，中南海早经离去灵和秘殿之境。 更恣言之，则已在溥仪被逐走天津之第四年，并灵和秘殿之影响，亦杳不可得。 叔雍纵身为遗老，低徊故国，眷恋旧君，亦嫌其欠精切，矧仅为遗老之子乎？ 余题组庵先生诗集，末二语为："早死应留佳传永，诗中不见靖康年。"凫公误"早死"为"身后"，所谓"失之毫厘，谬以千里"矣。 其以此诗之用靖康，与赵诗之用"灵和"相提并论，尤"拟不于伦"。"九一八"后之时局，不可谓不似靖康之南渡，而1926年之张作霖时代，必不得谓其似"灵和"。 况作霖仅称大元帅，未尝窃帝号，何秘殿之足云？ 同光以来旧体诗人，食古不化者夥，初不足责，亦不足道。 独惜凫公思想较有获，乃亦自溷，此则援《春秋》责备贤者之义，不能不为更进一解也。 又其诗话所载，于余是日之语气神情，亦殊不类。 凫公与余捻，才气亦远胜某君，顾未能状余之万一；宜某君作小说，描写徐志摩全然不似。 此殆其局于封建社会之意识与情绪，于近代资本社会之人物，即不能了解，而突遇资本社会之人物，又不待言。 故凫公纪余之戏言，亦有舛误处。 余谓：余不喜人称我为某老者，非仅以余年事才三十许，乃以某老云云，直是封建社会中官僚之口吻，岂余所愿闻。 至谓余不喜妇女以先生相称，语诚有之，而绝未云喜其称"哥哥"。 此惟富于封建社会性之文人，只知风花雪月者，乃喜此称为。 若近代人物，自非《玉梨魂》作者之流，必有以明其不然矣。

江都方地山先生，清末于天津客籍学堂授史学。 时余以召集北洋学生会被革，先生为力言于校长，俾复入学。 时余才十三龄，坚不愿往，然其爱护之意，则固可感。 盖先生亦跌宕不羁之才也。 尝写似挽那拉后绝句，别是一风格，录如下："天崩地裂山河静，妇叹儿啼忧患长。吾舌尚存心已死，空听朝士说沧桑。""八骏日驰三万里，白云黄竹动哀歌。 朝来鼻涕长一尺，独自书空唤奈何。"时亦奔放，似其为人。

客籍学堂校长孙雄，生平好附庸风雅，略能为骈文，于诗词皆门外汉。 而谬操《道咸同光四朝诗史》之选政，盖借以进身于豪贵也。郑孝胥为题一绝句以讥之，诗云："近代诗人让达官，曾闻实甫论词坛。 潜夫只有忧时泪，也作君家史料看。"可谓皮里阳秋矣。 孙君晚年颇潦倒，其六十岁征诗启，意在向门生、故人打秋风。 某君寿以一律云："诗人六十尚为郎，梦想承平鬓亦苍。 忠孝非关文字事，咏歌尽付管弦场。 在山不信泉能浊，浮海真怜道未光。 金石自来堪寿世，一觞何事向行藏。"极嬉笑怒骂之能事。 诗亦工，三、四及五、六两联，不堪使委蛇于清室舆民国间遗老读之。

白蕉过谈，出所钞炼霞女士《一剪梅》词，甚美。 录如下："相见何如只怆神？ 眉上愁颦，襟上啼痕。 相思何苦太殷勤？ 有限温存，无限酸辛。 相忆何时最断魂？ 倚尽斜曛，坐尽灯昏。 相怜何事忒情真？ 减了厨珍，瘦了腰身。"上半阕之"相思何苦太殷勤？ 有限温存，无限酸辛"数语，不仅缠绵，尤极深刻。 涉笔及此，忆及仲鸣词，有"依旧云鬟，依旧眉弯，依旧梨涡宛转看"之句，格调与此颇仿佛，而情境略异。

章衣萍词，读者颇病其浅薄。 平心而论，衣萍工力诚未深造，音律亦未工稳，而才语则间亦有之。 如"素手偷亲亲不得，在人前"，刻画封建社会中男女之交际，良复神似。 又《摸鱼儿》词，有句云："君记取，是瞒了那人，来诉匆匆语。"此中情景，呼之欲出，盖有妇使君，别有所欢，而于故剑，又未能恝然。 其矛盾之情绪，至可味。 殆昔贤所谓"未免有情，谁能遣此"。

柳亚子论诗，喜岭南三子及亭林、定庵诸人，故其诗雄浑高亢，与此数人可抗手。 所著《磨剑室诗存》，积古今体诗五六百首，佳构时出，惜未付印。 兹录记忆所及者，吉光片羽，足窥一斑。《追忆浙中江上之游》云："福水龙潭换梦来，松寥小合一灯陪。 难忘绝巘中秋胜，不尽长江北府哀。 明圣湖头同泛棹，中山堂上共衔杯。 而今坠绪羌无着，荡气回肠更几回？"《题秋石遗像》云："犹见英姿飒爽来，梦魂无路可追陪。三年地下苌弘血，一赋《江南》庾信哀。乱世经纶钩党狱，漫天烽火髑髅杯。蹉跎我已哀心死，愧对眉痕日几回。"又《游白俄舞场》句云："江山摇落难为客，女女淫荒绝可怜。"《报载共产军占长沙》句云："张皇赤帜开新国，狼借青磷殉旧朝。"《携佩宜无垢游东沟》句云："月轮幻作胭脂色，烟缕都成黫黮形。"《答长公》句云："中年哀乐都成梦，痛饮醇醪别有肠。"并皆豪放。俟就亚子借钞其集，更当有以飨爱读亚子诗者。

遗老陈小石先生，亦达官中之能诗者。其于诗，致力甚勤，晚岁所得，卓然成家。偶于坊间，见其《花近楼诗集》，于甲子及丙寅纪事之作，属辞隶事，咸极精警，惜不记全首。句如："卢循战舰横江上，侯景潜师入禁中。战乱微闻收董偃，纳降毕竟误臧洪。"盖为冯玉祥诛李彦青及逐溥仪而作也。又如："江山故国思吴会，香火丛祠拜蒋侯。"盖为蒋介石氏收江南而作也。江山故国云云，似以小石先生在清末，曾除江苏巡抚，故不胜其今昔之感耳。

南社同人马君武，以理化学者兼擅文艺，朋侪中叹为难能。其诗于五言律最工，录《重到蒲芦塞》云："七日蒲芦塞，时时醉梦间。蹉跎望青眼，憔悴为红颜。短睡经昏晓，清阴换暖寒。康铺池畔路，独立恨无端。"《宿 EMS见鲁意沙》云："送我狼河曲，人生相见难。远山遮落月，初日破轻寒。细语牵衣袂，深情赠手竿。前宵听乐处，回首水迷漫。"《劳登谷奇柳人权》云："九年羁异国，万里隔家乡。鲁酒难消渴，吴歌最断肠。归期问流水，独立望斜阳。寂寞劳登谷，临风忆柳郎。"《劳登谷独居》云："宇宙无终始，他乡过半生。荒村寻旧迹，异国遇阳春。树密鸟私语，山空人独行。天涯芳草绿，终古竞生存。"《别桂林》云："莫使舟行疾，骊歌夜未阑。留人千尺水，送我万重山。 倚烛思前路，停樽恋旧欢。 滩江最高处，新月又成弯。""最古桂林郡，相思十二年。 浮桥迷夜月，叠嶂认秋烟。同访篱边菊，闲寻郭外船。 为招诸父老，把酒说民权。"皆有唐音。又断句如《别英伦》云："百族贡鲜血，庄严饰此都。"《别莱因》云："当垆黄发女，笑语最温存。"《重到蒲芦塞》云："微风吹池水，无意生波澜。"《游拜伦》云："少年儿女事，追忆发深悲。"类能以近代意境入诗，而隽永耐人寻味。 或赏其"甘以清流蒙党祸，耻于亡国作文豪"及"百字题碑纪恩爱，十年去国共艰虞"之句，此则仅与明七子相仿佛耳。

炼霞女士诗词，前此已略有采录。 顷复见其《月夕书怀》云："碧天如水月轮明，照澈阑干分外清。 颇费安排惟画债，最难消受是才名。 愁肠怯酒偏成泪，病骨宜诗别有情。 惆怅夜深帘影外，懊侬犹唱一声声。"《浣溪沙》云："曲曲帘拢剪碧波，芭蕉叶大柳丝拖，闲情可似别情多？ 细雨湿残香梦影，晚风吹皱小眉窝，病深愁密怎禁它？"又："丝雨濛濛薄暮时，飞花满院湿胭脂。 一春心绪更谁知？自是多愁何必讳，本来添病不关痴，银灯孤影负相思。"断句如："惯懒有因偷恋梦，避愁无计学忘情""金缕薄罗轻似蝶，珍珠小字瘦如人"。 并极工致。 偶从友人案头，得翠眉女士《长相思》一阕，白描圣手，亦良不恶，辄及之。 词云："更一声，漏一声，愁煞明朝郎要行，此时愁更真。 坐不宁，卧不宁，只是思量那个人，背人涕泪零！"极旖旎缠绵之致。 出诸女子，可谓勇矣。

余与陈器白，初未相捻，辱以数诗见奇，皆为近人中不可多得之作。 如《虚斋》云："虚斋听雨坐昏黄，收拾秋炎换夜凉。 末路声名招诽谤，幽寻意绪入苍茫。 披猖世议吾何辩，清苦诗情命未妨。 一夕吟成还独笑，眼中人事已沧桑。"《述怀呈冯君木师》云："块垒撑肠苦不消，浮生意味总无聊。 每将佳日资冥索，欲办甘眠遣太宵。 圣处工夫宜冷淡，愁来才思作刁调。 漫漫大海无穷味，只向先生乞一瓢。"《不寐》云："浮生只觉情为累，浊世浑疑梦是真。 逼取悲哀支独夜，坐愁风雨失芳春。 孤衾易发苍茫感，残烛能温寂寞尘。 宛宛心光空白照，可能索解问佳人？"《戏赠》云："亭亭眇视杂媆光，玉暖明珠絙洞房。 只觉吹花堪荡魄，非关捣麝亦闻香。 能为楚女婆娑舞，易断呈儿木石肠。 准备缠绵万言语，冰瓯掷笔赋《高唐》。"可谓要眇顽艳矣。

白蕉有《罗敷艳歌》三阕，深入浅出，读之黯然。 心如是，盼词之为词，乃可以不朽。 矧其为雅俗共赏，尤戛戛乎难，此胜于务求堆砌与晦涩而自矜其沉博、艰深者，何啻霄壤！ 白蕉真才人也。 亟录之："最难收拾秋情绪，笑也无名，愁也无名，每到花时暗自惊。 宵来独自成孤酌，酒也盈盈，眼也盈盈，待不思量泪已零。"其二云："尊前不把嫌疑避，笑靥生涡，笑语微酡，曾记相怜敷粉何？ 此情竟遣成追忆，盼断姮娥，镇日谁过？ 孤馆秋情特地多。"其三云："无言终是多情思，心上微波，眼上微波，并向秋宵伴酒魔。 依依今古伤心别，车影如梭，日影如梭，犹怕年时未易过。"此数词，字字平凡，字字深刻，使人如桓子野闻歌，辄唤奈何。 余颇怂恿白蕉恣为之，当无愧一代作者。

闽中老辈王荔丹先生，少负才名，而诗不多见。 偶于行箧，得其二律，录于后："京华满风雪，与子骋文章。 瘦骨吾知冷，群花今自香。 各怀千古志，应笑万言狂。 寄语石林长①，拏舟此酒觞。""蒋山横素影，余墨为君枝。 一别诗犹健，今年鹤苦饥。 澹香开士梦，

---

①　是日叶临恭都门书适至。 ——作者原注

短笛故园思。 驿路非千里，春华好护持。"澹远可诵，较道咸间福建耆宿，貌高元，摹拟盛唐者，差似胜之。

姨表叔林季鸿先生，擅胡琴，工弈，余事艺菊，冠绝一时。 清末叶，梨园子弟多从其度曲，名伶如梅兰芳、姜妙香，皆时就教。 阀阅及士大夫中，有林四爷之称。 粗谙春明掌故者，类能道之。 殁后，鄂遗老陈仁先挽以诗云："年年秋色君家好，一度来看一岁除。 今日菊开谁作主？ 他时花下渺愁予。 妻孥和靖微相似，棋曲东坡二不如。 水榭风廊黯无语，暗尘随意点精庐。"仁先名曾寿，别署苍虬，今《国闻周报》之《采风录》，数见其作，遗老中之能诗者。

士有抱绝艺而侘傺以终，名不出于里巷者。 表舅祖裴戟森先生亦其一也。 先生于诗、书、画皆工，书、画尤臻极诣。 举孝廉时，声闻借甚于戚党。 闽之鼓山有"大雄宝殿"四字，字字皆大可数丈，雄浑挺秀，兼而有之，至今见者，咸相叹赏。 顾毕生不得志，以县令需次成都，卒于官所，真乃数奇。 就炎南兄录得其诗，如《题画》云："满地浓阴湿绿苔，碧云深处见楼台。 山斋长日浑无暑，时有溪声送雨来。""曲曲清溪绕碧峰，林荫一寺白云封。 渔樵归去江村晚，丝雨含烟翠万重。""春华如海梦前朝，寒菜青青贴地娇。 金粉六朝零落尽，西风又瘦玉奴腰。""画栏临水曲楼通，咏絮人来翠蔼中。 坐久浑忘罗袜冷，瘦香吹透藕花风。"《次韵和冯仙桂学使闽中唱酬集》云："淮海多名德，千秋道义坚。 江都开正学，谢傅起中年。 杞梓蒐时彦，津梁待后贤。 家声承大树，勋业薄凌烟。""岩穴开名郡，驰驱道路难。 文章仰宗匠，识拔首单寒。 觞咏来今雨，图书结古欢。 谁知雪深处，门外有袁安。"断句如《过洞庭》云："岷山东导归江汉，湘水南趋汇楚吴。"《和渔洋秋柳》云："古渡人来还系艇，断桥风老不吹绵。"皆时有才语。

北大同学程家桐，下笔万言，才气磅礴，与余及汪辟疆友善。所为诗词，亦复不恶。未三十而殁，至可惋惜。遗稿散佚，仅记其为余《题珊树集》四律之一。《珊树集》者，余十三四岁时所作艳体诗也，今不知零落何许矣。题辞云："雅有才华继六朝，玉台新咏见高标。身如柳絮东西水，诗赋花魂大小招。林荫黄昏楼上月，少年剑气美人箫。奚囊祝汝勤将护，如许聪明要福消。"末二语颇冷峭，录以纪念此忘友。

同学中梁众异、黄秋岳咸负诗名，而所为诗，亦各肖其人。言为心声，殆属可信。众异、秋岳诗篇皆富，余独喜诵众异"与我共知天下晓，世间惟有启明星"之句，殊有朝气。然矗在宣南之句，有"平生见事较人迟，不仅看花独后期"二语，抑又何其颓废耶？民国纪元，与秋岳相见北平，记其赠余一律云："执袂恨然意未忘，宣南别汝一年强。江山历劫惊摇落，词赋闻君逼老苍。客舍柳髡应忆昔，绮窗梅绽说还乡。人间蛮触谁能问？且共吴姬醉赏觞。"诗平易，非其至者，聊以志泥爪尔。

近见鲁迅吊丁玲绝句极佳，此老固无所不能耶？录以实吾诗话。诗云："如磐夜气压重楼，剪柳春风导九秋。瑶瑟凝尘清怨绝，可怜无女耀高丘。"以谕工力，突过义山。

柳亚子尝为余诵某君《桂林篇》云："桂林兵马天下闻，苍头特起何纷纷？一战再战定淞沪，余威犹及奸同群。昨宵闸北有巷战，积骸成莽尸成云。胡人高鼻走相告，戡乱岂必张吾军？书生金印大如斗，慷慨陈词动耆苟。拯民水火非偶然，嗟尔党人早自首。吁嗟乎'煮豆燃豆萁'，'厝火积薪'将何为？君不见螳螂捕蝉雀在后，今人毋使后人悲。"其"胡人高鼻"一联，尤深刻，真诗史也。

晚近新体诗，摹拟欧美，终嫌太肖，大类"洋试帖"。佳者虽亦往往而见，以云创作，未敢谓是。书至此，忆及交亲中，或议陈弢庵诗，以为佳则佳矣，每苦未脱试帖气。盖字斟句酌，必求其工稳也。余不尽以为当，弢庵诗诚有此病，然非其全豹，一斑而已。今之某某数君，其濡染"洋试帖"之气味，殆远过听水。

黄秋岳诗工力甚深，微嫌其食古耳。喜用典实，亦其一短，此则以秋岳擅骈俪文所累。近见其《奔牛车次》一律云："别意如云远渐稀，但从金缕想裳衣。鸳肠那忆江春晚，酥酪应迎塞雪归。道是无情仍脉脉，可能重见尚依依。奔牛道上车轮转，一夕思君减带围。"诗极佳，而必曰"金缕"，曰"鸳肠"，曰"酥酪"，似太堆砌矣。质诸秋岳，以为何如？